"俄罗斯文学译丛"系
"金色俄罗斯丛书"平装版

怪人笔记

Записки чудака

[俄] 安德烈·别雷 / 著
温玉霞 / 译

四川人民出版社

图书在版编目（CIP）数据

怪人笔记/（俄罗斯）安德烈·别雷著；温玉霞译.
—成都：四川人民出版社，2021.8
（俄罗斯文学译丛）
ISBN 978-7-220-12297-2

Ⅰ.①怪…　Ⅱ.①安…　②温…　Ⅲ.①自传体小说
-俄罗斯-现代　Ⅳ.①I512.45

中国版本图书馆 CIP 数据核字（2021）第 105603 号

GUAIREN BIJI
怪人笔记
（俄）安德烈·别雷　著　温玉霞　译

策划组稿	黄立新　张春晓
责任编辑	王其进
责任校对	舒晓利
装帧设计	张迪茗
责任印制	祝　健
出版发行	四川人民出版社（成都槐树街 2 号）
网　址	http://www.scpph.com
E-mail	scrmcbs@sina.com
新浪微博	@四川人民出版社
微信公众号	四川人民出版社
发行部业务电话	（028）86259624　86259453
防盗版举报电话	（028）86259624
照　排	四川胜翔数码印务设计有限公司
印　刷	自贡市华华广告印务有限公司
成品尺寸	140mm×203mm
印　张	14.5
字　数	310 千
版　次	2021 年 8 月第 1 版
印　次	2021 年 8 月第 1 次印刷
书　号	ISBN 978-7-220-12297-2
定　价	89.80 元

致敬“金色俄罗斯丛书”译介团队，感谢所有参与者为传播俄罗斯文学、增进中俄两国人民文化交流而做的努力！

汪剑钊　丛书主编，北京外国语大学外国文学研究所教授，博士生导师。
张建华　北京外国语大学教授，博士生导师。
张　冰　北京师范大学俄语系教授，博士生导师。
赵晓彬　哈尔滨师范大学斯拉夫语学院副院长，教授，博士生导师。
杨玉波　哈尔滨师范大学斯拉夫语学院副教授，文学博士。
郑艳红　中国社会科学院文学博士，绥化学院外国语系教师。
张　猛　北京外国语大学外国文学研究所博士。
李　莉　北京师范大学文学博士，杭州师范大学教授。
顾宏哲　辽宁大学俄语系副教授，硕士生导师。
赵艳秋　复旦大学俄语系副主任，文学博士。
侯玮红　中国社会科学院外国文学研究所俄罗斯文学研究室主任，文学博士。

池济敏　四川大学外国语学院副院长，副教授，文学博士。

飞　白　云南大学外语系教授，浙江省比较文学与外国文学学会名誉会长。

黄　玫　北京外国语大学俄语学院教授，博士生导师。

杨晓笛　北京外国语大学博士，太原理工大学教师。

李玉萍　洛阳理工学院外国语学院教师，文学博士。

王立业　北京外国语大学俄语学院教授，博士生导师。

邱　鑫　黑龙江大学俄语学院文学博士。

郭靖媛　北京大学世界文学研究所博士。

薛冉冉　浙江大学外语学院副教授，博士。

温玉霞　西安外国语大学俄语学院教授，博士生导师。

潘月琴　北京外国语大学俄语学院副教授，博士。

余　翔　北京外国语大学外国文学研究所博士。

李春雨　厦门大学外文学院助理教授、博士。

董树丛　山东文艺出版社编辑，文学硕士。

冯昭玙　浙江大学外文系教授。

杜　健　北京师范大学俄语语言文学专业博士。

韩宇琪　北京师范大学俄语语言文学专业博士。

徐　琪　厦门大学外文学院教授，文学博士

徐曼琳　四川外国语大学俄语系教授，文学博士。

欢迎更多的译者加入“金色俄罗斯丛书”……

（按译作出版时间排序。）

金色的“林中空地”（总序）

汪剑钊

2014 年 2 月 7 日至 23 日，第二十二届冬奥会在俄罗斯的索契落下帷幕，但其中一些场景却不断在我的脑海回旋。我不是一个体育迷，也无意对其中的各项赛事评头论足。不过，这次冬奥会的开幕式与闭幕式上出色的文艺表演给我留下了深刻的印象，迄今仍然为之感叹不已。它们印证了一个民族对自身文化由衷的热爱和自觉的传承。前后两场典仪上所蕴含的丰厚的人文精髓是不能不让所有观者为之瞩目的。它们再次证明，俄罗斯人之所以能在世界上赢得足够的尊重，并不是凭借自己的快马与军刀，也不是凭借强大的海军或空军，更不是凭借所谓的先进核武器和航母，而是凭借他们在文化和科技上的卓越贡献。正是这些劳动成果擦亮了世界人民的眼睛，引燃了人们眸子里的惊奇。我们知道，武力带给人们的只有恐惧，而文化却值得给予永远的珍爱与敬重。

众所周知，《战争与和平》是俄罗斯文学的巨擘托尔斯泰所著的一部史诗性小说。小说的开篇便是沙皇的宫廷女官安娜·帕夫洛夫娜家的舞会，这是介绍叙事艺术时经常被提到的一个经典性例子。借助这段描写，托尔斯泰以他的天才之笔将小说中的重要人物一一拈出，为以后的宏大叙事嵌入了一根强劲的楔子。2014 年 2 月 7 日晚，该届冬奥会开幕式的表演以芭蕾舞的形式再现了这一场景，令我们重温了“战争”前夜的“和平”魅力（我觉得，就一定程度上说，体育竞技堪称是一种和平方式的模拟性战争）。有意思的是，在各国健儿经过数十天的激烈争夺以后，2 月 23 日，闭幕式让体育与文化有了再一次的亲密拥抱。总导演康斯坦丁·恩斯特希望“挑选一些对于世界有影响力的俄罗斯文化，那也是世界文化遗产的一部分”。于是，他请出了在俄罗斯文学史上引以为傲的一部分重量级人物：伴随拉赫玛尼诺夫第二钢琴协奏曲的演奏，普希金、果戈理、屠格涅夫、托尔斯泰、陀思妥耶夫斯基、契诃夫、马雅可夫斯基、阿赫玛托娃、茨维塔耶娃、布尔加科夫、索尔仁尼琴、布罗茨基等经典作家和诗人在冰层上一一复活，与现代人进行了一场超越时空的精神对话。他们留下的文化遗产像雪片似的飘入了每个人的内心，滋润着后来者的灵魂。

美裔英国诗人 T. S. 艾略特在《诗的作用和批评的作用》一文中说：“一个不再关心其文学传承的民族就会变得野蛮；一个民族如果停止了生产文学，它的思想和感受力就会止步不前。一个民族的诗歌代表了它的意识的最高点，代表了它最强大的力量，也代表了它最为纤细敏锐的感受力。”在世界各民族中，俄罗斯堪称最为关心自己“文学传承”的一个民族，而它辽阔的地理特征则为自己的文学生态提供了一大片培植经典的金色的“林中空地”。迄今，在这片土地上生根发芽并长成参天大树的作家与作品已不计其数。除上述提及的文学巨匠以外，19世纪的茹科夫斯基、巴拉廷斯基、莱蒙托夫、丘特切夫、别林斯基、赫尔岑、费特等，20世纪的高尔基、勃洛克、安德烈耶夫、什克洛夫斯基、普宁、索洛古勃、吉皮乌斯、苔菲、阿尔志跋绥夫、列米佐夫、什梅廖夫、波普拉夫斯基、哈尔姆斯等，均以自己的创造性劳动进入了经典的行列，向世界展示了俄罗斯奇异的美与力量。

中国与俄罗斯是两个巨人式的邻国，相似的文化传统、相似的历史沿革、相似的地理特征、相似的社会结构和民族特性，为它们的交往搭建了一个开阔的平台。早在1932年，鲁迅先生就为这种友谊写下一篇“贺词”——《祝中俄文字之交》，指出中国新文学所受的“启发”，将其看作自己的“导师”和“朋友”。20世纪50年代，由于意识形态的接近，中国与俄国在文化交流上曾出现过一个“蜜月期”，在那个特定的时代，俄罗斯文学几乎就是外国文学的一个代名词。俄罗斯文学史上的一些名著，如《叶甫盖尼·奥涅金》《死魂灵》《贵族之家》《猎人笔记》《战争与和平》《复活》《罪与罚》《第六病室》《丽人吟》《日瓦戈医生》《安魂曲》《没有主人公的叙事诗》《静静的顿河》《带星星的火车票》《林中水滴》《金蔷薇》和《钢铁是怎样炼成的》等，都曾经是坊间耳熟能详的书名，有不少读者甚至能大段大段背诵其中精彩的章节。在一定程度上，我们可以说，翻译成中文的俄罗斯文学作品已构成了中国新文学的一个重要组成部分，成为现代汉语中的经典文本，就像已广为流传的歌曲《莫斯科郊外的晚上》《三套车》《喀秋莎》《山楂树》等一样，后者似乎已理所当然地成为中国的民歌。迄今，它们仍在闪烁金子般的光芒。

不过，作为一座富矿，俄罗斯文学在中文中所显露的仅是冰山一角，大量的宝藏仍在我们有限的视域之外。其中，赫尔岑的人性，丘特切夫的智慧，费特的唯美，洛赫维茨卡娅的激情，索洛古勃与阿尔志跋绥夫在绝望中的希望，苔菲与阿维尔琴科的幽默，什克洛夫斯基的精致，波普拉夫斯基的超现实，哈尔姆斯的怪诞，等等，大多还停留在文学史上的地图式导游。为此，作为某种传承，也是出自传播和介绍的责任，我们编选和翻译了这套“金色俄罗斯丛书”，其目的是进一步挖掘那些依然静卧在俄罗斯文化沃土中的金锭。可以说，被选入本丛书的均是经过了淘洗和淬炼的经典文本，它们都配得上“金色”的荣誉。

行文至此，我们有必要就“经典”的概念略做一点说明。在汉语中，“经典”一词最早出现于《汉书·孙宝传》：“周公上圣，召公大贤。尚犹有不相说，著于经典，两不相损。”汉朝是华夏民族展示凝聚力的重要朝代，当时的统治者不仅实现了政治上的统一，而且也希望在文化上设立标杆与范型，亟盼对前代思想交流上的混乱与文化积累上的泥沙俱下状态进行一番清理与厘定。客观地说，它取得了一定的成效，虽说也因此带来了“罢黜百家”的重大弊端。就文学而言，此前通称的“诗三百”也恰恰在那时完成了经典化的过程，被确定为后世一直崇奉的《诗经》。关于“经典”的含义，唐代的刘知幾在《史通·叙事》中有过一个初步的解释：“自圣贤述作，是曰经典。”这里，他将圣人与前贤的文字著述纳入经典的范畴，实际是一种互证的做法。因为，历史上那些圣人贤达恰恰是因为他们杰出的言说才获得自己的荣名的。

那么，从现代的角度来看，什么是经典呢？商务印书馆出版的《现代汉语词典》给出了这样的释义：1. 指传统的具有权威性的著作：博览经典。2. 泛指各宗教宣扬教义的根本性著作。不同于词典的抽象与枯涩，意大利著名作家卡尔维诺归纳出了十四条非常感性的定义，其中最为人称道的是其中两条：其一，一部经典作品是一本每次重读都像初读那样带来发现的书；一部经典作品是一本即使我们初读也好像是在重温的书。其二，经典作品是一些产生某种特殊影响的书，它们要么自己以遗忘的方式给我们的想象力打下印记，要么乔装成个人或集体的无意识隐藏在深层记忆中。参照上述定义，我们觉得，经典就是经受住了历史与时间的考验而得以流传的文化结晶，表现为文字或其他传媒方式，在某个领域或范围具有一定的权威性和典范性，可以成为某个民族、甚或整个人类的精神生产的象征与标识。换一个说法，每一部经典都是对时间之流逝的一次成功阻击。经典的诞生与存在可以让时间静止下来，打开又一扇大门，带你进入崭新的世界，为虚幻的人生提供另一种真实。

或许，我们所面临的时代确实如卡尔维诺所说："读经典作品似乎与我们的生活步调不一致，我们的生活步调无法忍受把大段大段的时间或空间让给人本主义者的悠闲；也与我们文化中的精英主义不一致，这种精英主义永远也制定不出一份经典作品的目录来配合我们的时代。"那么，正如沙漠对水的渴望一样，在漠视经典的时代，我们还是要高举经典的大纛，并且以卡尔维诺的另一段话镌刻其上："现在可以做的，就是让我们每个人都发明我们理想的经典藏书室；而我想说，其中一半应该包括我们读过并对我们有所裨益的书，另一些应该是我们打算读并假设对我们有所裨益的书。我们还应该把一部分空间让给意外之书和偶然发现之书。"

愿"金色俄罗斯"能走进你的藏书室，走进你的精神生活，走进你的内心！

“文学自恋的高级学校”（译序）

安德烈·别雷（Андрей Белый）是20世纪初俄国现代主义象征派“年轻一代”的重要代表，被西方评论家视为20世纪俄罗斯最杰出的天才小说家，其小说被视为“划时代”的现象。捷克学者雅·尚达就在标题为《安德列·别雷——具有世界意义的小说家》（1965）一文中，把别雷与普鲁斯特、乔伊斯、卡夫卡相提并论为实验型的作家，是现代小说的改革者。

别雷的真名为鲍里斯·尼古拉维奇·布加耶夫（Борис Николаевич Бугаев），1880年10月14日生于莫斯科一数学教授和钢琴师之家。早年迷恋于佛教、神智学（теософия）、通灵术（оккультизм），同时喜欢文学，深受陀思妥耶夫斯基、易卜生、尼采、叔本华、弗拉基米尔·索洛维耶夫、新康德哲学理论的影响。1899年进入莫斯科大学数学物理系学习，期间结识了“老一代”的象征派作家巴尔蒙特、勃留索夫、梅列日科夫斯基和吉皮乌斯，开始对法国诗歌和象征派诗歌感兴趣。1903年别雷大学毕业，组建了文学小组“寻找金羊毛的勇士们”（Аргонавты），出版了诗集《自由的良心》（Свободная совесть，1906），并结识了亚历山大·布洛克（Александр Блок）和布洛克的妻子柳芭·门捷列耶娃（Любовь Менделеева）。由于布洛克很少关心自己年轻的妻子，柳芭便爱上了别雷。布洛克在自己的剧本《临时搭建的小戏台》（Балаганчик，1906）中叙述过这种三角恋。在与布洛克和柳芭分手之后，别雷试图自杀过，后出国半年，调整自己的情绪。1909 年 4 月别雷返回俄罗斯，结识了安娜·阿列克谢耶夫娜·屠格涅娃（Анна Алексеевна Тургенева，1890—1966），安娜有很高的绘画艺术天赋。1910 年安娜陪别雷旅游了北非和中东地区。1912 年在柏林别雷结识了著名的神智学家鲁道夫·施泰纳（Рудольф Штейнер），并成为他的弟子，专心于神智学的变种人智学（антропософия），此学说认为人可以直接与灵魂世界交往。1914 年第一次世界大战爆发，别雷与导师施泰纳一起来到瑞士多纳什城，参与“歌德纪念馆大厦”（Гётеанум）的建设。1914 年 3 月 23 日别雷与安娜的婚礼在瑞士伯尔尼举行。1916 年别雷途经法国、英国、挪威、瑞典回到俄罗斯，妻子安娜则留在瑞士多纳什城，继续专注于施泰纳的人智学事业，她将自己绘画的艺术天赋补充到人智学出版物里。1921 年 10 月至 1923 年 11 月别雷侨居在柏林，期间别雷见到安娜，安娜提出永远分手，别雷为此非常痛苦。他的许多作品都是献给妻子安娜的，小说《银鸽》（Серебряный голубь，1909）中女主人公卡嘉和《怪人笔记》（Записки чудака，1922）中奈丽就是安娜的原型。1923 年别雷回到莫斯科。1925 年结识了新的女朋友克拉夫季娅·尼古拉耶芙娜·瓦西里耶娃（Клавдия Николаевна Васильева，1886—1970），1931 年 7 月 18 日，他与克拉夫季娅登记结婚。虽然他们之间没有爱情可言，但文静的妻子伴随到他生命的最后。1934 年别雷因中暑突发中风，死在妻子的怀抱里。

别雷兼负作家（小说、回忆录）、诗人、批评家（诗学理论）、戏剧家为一身，视野广阔，著述十分丰厚。他的小说内容含量大，体裁多样。他出版了小说《交响曲》四部曲，包括《北方第一英雄交响乐》《返回》《暴风雪高脚杯》等；长篇小说《银鸽》《彼得堡》《废弃的屋子》《铁栅柱》《面具》等；自传体小说《科季克·列塔耶夫》《鲁道夫·施泰纳和当代世界观中的歌德》《怪人笔记》等；特写《创作的悲剧：陀思妥耶夫斯基和托尔斯泰》；论述象征主义诗学的论文集《象征主义》、《绿色草地》和《多种装饰音的乐曲》；回忆录《在两个世纪之间》《世纪之初：回忆录》《在两个革命之间》等；诗集《碧空中的金子》《灰烬》和《瓮》，犹如一个各种因素组成的化装舞会。

别雷认为前途茫茫，人生如梦，因此他早期的诗歌充满悲观主义和神秘主义色彩。别雷对诗歌和小说进行了大胆的实验，在诗中他把读者神化，与其进行一种特殊的游戏，娴熟地把过去与未来，将 18 世纪俄国诗语与现代意象融为一体。他不仅以诗人的方式，也以艺术家和音乐家的方式感受世界，将母体、意象、语调乃至语音、节奏，与绘画、音乐联想在一起。别雷在小说中也进行了卓有成效的音乐实验，交响乐的主题贯穿于他的每部小说中，他认为诗的语言能创造出一个语音象征的世界，因为语言首先是一种充满意义的音响。他把交响乐中的某些结构原则移植到小说创作的实践中，即把作曲法中的对位、韵律、变奏等功能用到小说创作中，使小说有音乐和节奏感，把中心主题带入叙事文本里，从而一反小说的传统的叙事结构形式，使统一的叙事情节分解成一个个小环节，然后通过中心主题把它们联结起来。将叙事形式变为节奏旋律，这样小说形式本身就具有了意义，小说自身的容量增大，内涵丰富，负载的意义也大大超过了传统小说的意义。在哲学美学探索中别雷总是矛盾的。他认为艺术表现的最佳方式就是音乐，因为它能够探索到人灵魂的深处和抓住生活的细节。别雷根据“神智学”学说向人们显示，人存在于十多重世界的交合点上，存在状态的多重层面在人身上同时得到反映：生理层面，心理层面，精神层面，性灵层面，星相层面（“人正是通过星辰实现于‘宇宙空间’的联系”）等。别雷的这种观念，自然在他的小说形象体系构成中有所显现。

《怪人笔记》是一部“心灵自传体”的实验小说，创作于 1922 年 10 月，当时别雷侨居在柏林。这部小说被视为“文学自恋的高级学校”。小说并不是注重叙述主人公的旅行经历，而是证明以柏林为代表的西方文明的落后、荒芜和野蛮。在自传的基础上别雷艺术地分析了双面性主人公“我”的精神生活，对肉身、心灵、灵魂和精神独特的自我认识，并通过“我”内心世界的痛苦、个体意识的觉醒，寻求完善人和理解人与宇宙联系的途径，探索新的精神生活方式，达到最高的精神境界。

小说由两卷构成，第一卷记述了 34 个事件、第二卷记述了 31 个事件：从“我”与妻子奈丽的相识、相爱到永久分别，从德国小城市回俄罗斯路途中所经历的种种事件，从西欧旅行、听鲁道夫·施泰纳的讲课、结识知名哲学家和研读其著作到被当作间谍审问等事件，“我”的身体、生命体、灵魂体和精神体在宇宙世界中扮演着不同角色，既经历了自我认识、忘却、肉体死亡，又经历了梦幻、超越物质和欲望及情感的洞察和判断，“我”最终成为太阳和未来宇宙的化身。

小说的信息量大，内容宽泛，从文学、艺术、哲学、心理到美学、宗教（神学）、天文、星相学，从普通人、作家、艺术家、哲学家、建筑师到心理学家、神学家、美学家等，从古希腊罗马、古埃及到现代的西方、非洲、中东到俄罗斯，从神话传说、历史人物到现代人，囊括了各种典籍、历史故事、传说、人物传记等，既有现实生活、具体的人和事，又有作者心灵飞翔的“诗和远方”，上知天文地理，下知风土人情，似乎小说无所不包，可以说是一部“百科全书式”的小说。

小说的书写形式也非常独特，从标点符号独特的断句（每句话之后使用分号、右起行的段落、使用破折号和省略号等）、话语不规则排序（随着思想的流动、情绪的变化而呈现不同形式的排序）到心灵自传的叙述方式（元小说的自序、脚注解释、后记），彰显出小说改革的创新之处，也证明作者别雷在那个年代就已经具有了现代甚至是后现代的创作理念。

温玉霞

2018 年 8 月

代替序

长篇小说是我杜撰的多部头书中的一部。大概，我将用几年的时间写出这些大部头的书；《怪人笔记》——代替序——是大部头书的序幕：在这部史诗中早就出现这个题目，这个题目具体地仅以系列长篇小说印刷。因此“序幕”抽象和难读；但在总体观点上，我认为它是必要的。在这里应预先说明。序幕的主人公是大写的“我”；这个大写的“我”，或者这就是大写的“我”，与作者的大写的“我”没有任何关联；“序幕”的作者是安德烈·别雷；序幕的主人公——列昂尼德·列加诺伊[1]；以上所说：列昂尼德·列加诺伊——不是安德烈·别雷。

安德烈·别雷

1922年1月2日，柏林

1　按照“神灵科学”（人智说），人的最高的“我”有自己的假面具，是和自己一模一样的双生子。正是这个最高我的双生子的假面具被别雷称为列昂尼德·列加诺伊。在鲁道夫·施泰纳的第十次讲座中“神灵科学作为社会教育主要脉搏的认知”（1920）提示别雷“说出”自己主人公的姓名：“我们生活在生与死的世界，常有可能四处飞散。这个世界只存在冲突的力量。而隐藏在知觉深处的那个世界，阻挡我们的世界飞散……如果从神灵世界视点研究这个向心的世界，它是寒冷、冰冷的。从某种意义上它整个由充分智慧的思想编织，但是它寒冷、冷酷，引起寒战。这个寒冷的、结冰的世界阻挡另一个世界飞散。谁跨越这个领域的门槛，他就感受到这个寒战，这个寒冷的收缩。没有这个冻僵、没有你冰冻的这个感觉，一开始就不能让自己感觉与自己的‘我’和星体向着门槛的方向走去……但是人为什么要进入这个领域呢？他把自己内心世界活着的东西，即内心的温暖带到这个向心的宇宙力量世界。人把它带到了这个寒冷的领域。他——就是这个领域的加热器，而这首先与他的宇宙使命相关。”（施泰纳，第199卷）

目 录
Contents

第一卷

第二卷

第一卷

在山丘

我站在巨大的山丘上；脚下是泛着红色的废墟；小房屋顶在绿丛中泛着红光；那里——就是多纳什城。在那里，粗实的墙体将砖瓦投射到朝霞中；在那里比尔斯河在拱桥下泛着白沫，咕嘟咕嘟地流淌着；平原沿着河水两岸延伸着；空气清新；阿尔萨斯青色山脊清晰可见；从那里传来炮声隆隆。

我们听到世界战争的炮声已经两年了；炮击的火光照亮天空；天空泛着红色：青色的天空显得透明；浅红色的飞絮在空中飞扬；四周染蓝；星星突然冒出。我停下来——长久地看着眼前的一幕，知道从此隐没；我被征入伍①：我就像一粒种子，应该被撒到战争贪婪的脱粒机里。

我抓着奈丽的手，整个身体靠近奈丽②。

奈丽身披飘动的雪白色皱褶的雨衣，头戴白色巴拿马草帽，身

① 1916年8月中旬，由于别雷被征入伍，他从多纳什城返回家乡。

② 奈丽的形象推导出是别雷的第一个妻子安娜·阿列克谢耶夫娜·屠格涅娃（1890—1966）。

穿轻便黄色长衬衣[1]，腰上裹着银链条，她一边玩弄一缕鬈发，一边把自己的脸靠近我的肩膀；从她的脸上飘过一股玫瑰花香味；她的双眼闪着明亮的磷光，温柔地打量我的脸庞，好像打量一幅薄临摹画[2]；虽然我们心连心，但是强烈的悲哀使我难受：我的奈丽将要留下来，我却要奔向那硝烟弥漫、充满血腥味的地方；我与奈丽从未分开；我们同甘苦共欢乐；五彩缤纷的国家扑向我们——从撒哈拉沿岸地区到挪威陡峭的山崖；南十字星座从地平线升起；背靠背大熊星座落下；这就是——我与奈丽分别；没有她我就像个盲人。

天色暗下来；空气稀薄；星空似乎就在我们头上；晶莹的光泽暗淡下来；阿尔萨斯山脊如披着雨披在空中飘动起来；嘶哑的炮声轰鸣。

那时奈丽使我转过身；在黑黝黝星光闪烁的天穹中渐渐显现——两个圆屋顶；两个巨人，从黑黝黝的高空旋转，如青金石一样膨胀开来：将沉重的橡树巨块琢磨成正方形。

弧线和平线交会，形成强大的多面体——形成由树木晶体唱歌的众赞歌合唱，由大量尖锐凿子加工出的树木形成色调差……这就是：约翰大厦[3]。这些涂裹蜡的多棱角建筑在朝阳下闪闪发光，还

---

① 古希腊罗马时期一种穿在外衣里面的长衬衣。

② 此处为意大利的临摹画。

③ 鲁道夫·施泰纳是多纳什人智学歌德纪念馆大厦内部装饰的设计者。歌德纪念馆大厦的构图计划如单独建立在混凝土基地上的两个圆屋顶的建筑。在1921年的《歌德纪念馆》杂志上刊登了一篇施泰纳献给这个大厦建筑的文章，他写到，自己引领风格，这种风格从对称、复拍以及类似的传统建筑方法过渡到生物的形式。大厦的形式应该体现歌德的有机界的理念，以此称大厦为歌德纪念馆。在玛格丽特·沃洛什娜（玛·弗·萨巴什尼科娃）的回忆录《绿色的蛇》（M. 1993）、别雷的《回忆施泰纳》里读者会找到类似关于建设歌德纪念馆大厦和建设者的讲述。关于大厦的神秘性参阅谢尔盖·奥·普洛克菲耶夫的《十二个神圣之夜和宗教等级制》（埃里温，1993）。

有高高耸立在大厦上的圆屋顶，从淡蓝色的流光中反射出温柔的光泽；混凝土基座上的大门、窗户发乌——这些与一排排的柱子和没有柱子的空地形成一片迷宫。

约翰大厦坐落在森林里；一把盾牌被插到光秃秃的门楣上，森林显现出巨大而可怕的形状，就像洪荒时代死亡的动物腐尸。

春天、冬天和夏天——在潮湿、炎热、寒冷时，在阳光刺眼的强烈照射下，在潮湿的雨露中，在晶莹剔透的薄冰上，在雪花中，在风卷扬尘中，在广场，在圆棱形大厅内，在五棱角柱子之上——高高地——一堆箱子如金字塔稳坐在森林中，要攀登其上，得冒着倒塌、折断自己脖颈的风险，但是顺从变化莫测，削掉其厚厚的木片，潜入堆积的树木下端五十公分多的深处，仰面跌倒在地，脑袋耷拉下来，时而伸直身子，爬行到工作的地点，时而坐着，时而躺着，——波兰人、法国人、瑞士人、挪威人、荷兰人、英国人、德国人和俄罗斯人，他们的妻子、姊妹（穿着脏兮兮的天鹅绒夹克衫，穿着打补丁的裤子，马马虎虎地把布满灰尘的裙子底边掖到腰里，用围巾包裹着嘴以躲避木屑灰尘）——我们的工作，用五英尺长的锤子敲打巨大的木凿子，为了安全将木凿子牢牢地捆绑在手腕上。

战前就零散地听到欧洲许多国家之间的各种不和：在圆顶下传来挑衅和争吵的回声，这些回声被锤子敲打的声音和树木被砍伐的刺耳的吱吱声覆盖；但是从这些忘我的争吵中，琢磨的结晶面、弯曲的蛇形，以及从断墙上掉落的多角花朵的形状凸显出来；其威力清晰可见，似悠扬的歌声回荡；多少次的冲动被嵌入这些以各种形状晃动的墙体中！

确实，观看它们，可以说：

“这就是——爱。”

……………………………………………………………………

……………………………………………………………………

轰鸣声持续。在空地中，在圆顶下——不，在森林里，在大地之上，我俯身看着柱头，通常：——

——在凿子哐哐的敲击声中木屑飞扬：向

右，向左；还——向下；凿子砍向大块头被琢磨出光面的树木；

而我，胆大妄为地挥动凿子，长时间地开凿，我——想；我们不胜任工作：砍倒、凿穿、砍下这一切；还有周围的人说着——各种方言——英语、俄语、瑞典语、波兰语，如刺耳的鞭打声；背着原木的驼背工人勉强地拖着步子；从腾起的一缕灰尘中显出多角的晶面；凿子频繁的哐当声，因急速地敲打钉子，折成两段；我下到旋磨车间；人智学的太太和小姐们，用一双双涂满煤油的手，给我把豁口磨锋利；我又挥动起凿子，以便瞄准建筑；又重新：

——“凿掉这个平面，但要小心点——不要砍劈……”

——“就在这里切入约六公分。”

——“那里已经没有可切入的地方了……”

——“一个半公分——就在那里……”——

——我觉得，过去的一切

飞逝得无踪无影；从克里斯蒂安尼亚出发的旅程中，在某个地方作者[1]死亡；“列昂尼德·列加诺伊”已故的尸体；我的尸体埋在俄罗斯：伊万诺夫[2]、布尔加科夫[3]、别尔嘉耶夫[4]、巴尔蒙特[5]、梅列日可夫斯基[6]；从来没有——彼得堡、莫斯科；一会儿——是梦，我从梦中醒来，进入快乐的锤子不停息的敲打声中（来自创世界的锤子的不断敲打声）；我们创建世界，雕刻出宇宙的多角柱头：土星、火星、木星、水星、金星。

---

① “……在克里斯蒂安尼亚——别雷回忆1913年秋天自己在挪威转车，——我彻底一个人继续生活：耶稣第二次即将降临；让自己为这次降临准备；我们进入非常危险的地带；欧洲陷入深渊；没有基督默许的一切将被毁灭；人们也不再怀疑，什么样的野蛮行为、什么样的丧失理智在等待着我们。”（履历资料。请比较下一章“里昂”）。

② 伊万诺夫·维切斯拉夫·伊万诺维奇（1866—1949）——象征派诗人、理论家和文化历史家、翻译者和戏剧家。1904年4月别雷认识了伊万诺夫，不久建立亲密的友谊，又转为令人不愉快的关系，正如这一切总在别雷那里变成激烈的争吵和辩论。关于定性他们的关系，请参阅《俄罗斯及苏维埃世界笔记》，1984，H. 25。

③ 布尔加科夫·谢尔盖·尼古拉耶维奇（1871—1944）——宗教哲学家、神学家、批评家、政论家。在《世纪开端》“宗教哲学家”一章中涉及他。

④ 别尔嘉耶夫·尼古拉·亚历山大洛维奇（1874—1948）——哲学家、政论家、批评家。写有关于别雷小说《彼得堡》的文章“星辰小说”（交易所报，1916年7月1日早报）。

⑤ 巴尔蒙特·康斯坦丁·德米特列耶维奇（1867—1942）——诗人、翻译家、批评家。1903年别雷认识了巴尔蒙特。还是大学生的别雷就对他的诗歌感兴趣。巴尔蒙特的诗集《我们就像太阳》激励别雷创作出第一部诗集《碧空中的金子》，为“巴尔蒙特”提供系列诗集。

⑥ 梅列日可夫斯基·德米特里·谢尔盖耶维奇（1866—1941）——小说家、哲学家、政论家，俄罗斯第一代象征派中心人物之一。年轻的别雷对待梅列日可夫斯基充满激情，却又不失稍加讽刺。1901年别雷与梅列日可夫斯基相识，后来他们的关系变得较为复杂，与梅列日可夫斯基的许多思想产生本质争论。但是“伟大召唤的灵敏的捕捉者”的形象永远地留在别雷的意识里。“梅列日可夫斯基之后转向遥远的过去，而目力所及的远方清晰起来，——别雷在批评特写《梅列日可夫斯基》（1908）中写道，——老的形象不知怎么以新的方式与我们交谈起来，而我们领了奥妙生活的圣餐……有人站着，召唤我们脱离过去，而未来的声音传到我们耳边。”（小品集，第417—418页）。收入别雷诗集《碧空中的金子》中的一组诗集“永久的召唤”献给梅列日可夫斯基。关于别雷与梅列日可夫斯基的关系请参阅《世纪开端》这本书中的许多章节（“梅列日可夫斯基和布留索夫”“与梅列日可夫斯基和季纳伊达·吉皮乌斯的会见”“教授们、颓废分子”“我被迷惑”“郁闷的人们”“从阴影到阴影”等）。

……………………………………………………

……………………………………………………

确实：各民族友谊般的团结是在鲜活的劳动轰鸣声中牢固起来的；在那些日子里我们站在淹没欧洲的巨大洪水之上，站在大阿勒山顶；——我知道，如果从巨浪翻卷的方舟中飞出一只发情的鸽子，它一定会带着油脂的嫩枝从多纳什城返回。

我记得：我与奈丽站在斜坡上，我紧紧地抓着奈丽的手，奈丽还低语地回答我：

——“你——爱吧。不要忘记。”

她的眼神指向大厦。大厦开始被阴影遮蔽。

奈丽穿着雪白色的风衣，如一缕青烟跑向枝叶繁茂的苹果树林，追随星火，星火向右、向左，离开我们；在那里施泰纳居住了一段时间。瞧，阳光照射在他的房间；向左——是我们的小房间，坐落在苹果树下。我们正好住在施泰纳的对面；通常，从我们的凉台可看到：瞧——施泰纳走来了。

在十字路口——同一个剪影；黑胡子的黑发男子戴着一顶圆顶礼帽，鹰钩鼻，厚颜无耻，抽着香烟，站着阴影里；那里总是有人；有人在施泰纳博士的窗户下徘徊；还——在我们的窗户下徘徊。

国际间谍，像臭虫一样，驱赶我们：战时的国际协会——就是犯罪。约翰大厦——就是间谍学校。

房　子

这就是——我的房子：许多的箱子、纸屑；平放着、没有写完的小说《科季克·列塔耶夫》；小说的语句结构和布局呈层级的循环运动；在这里艺术结构的设计如绘画一样，由一串串词句形成，在之字形中吐出的隐约可见的圆顶下画圈；但是大厦圆顶下的建筑适合我；建筑被切出的晶面体交错，表现为文学创作的声韵协调[①]；在约翰大厦圆顶下，美妙的微风吹拂着我；在这里文学的雨露滋润着我："科季克"。这就是——他：在俄罗斯我写的不是他；为此需要坎帕尼亚的蓝色天空[②]。

我在这里一直坐到日出；还有——电灯亮着；我知道：因此在多纳什城居民中间流传着荒诞的传说：人们怀疑我们小房子发出的灯光信号。我连续忍受失眠的痛苦，半夜两点打开电灯，动手写《科季克·列塔耶夫》；我写作用的摘要，——准是它们：摘要，如果要加工它们，一定会编成一本书；但是应该把它们扔掉：不能把

---

① 由施泰纳详细拟定的可塑性综合练习，其目标是表达个人对音和词的形式的认识。掌握语言的声韵协调既能促进个人肉体的完善，又能促进个人的精神完善。

② 意大利的南部行政区。中心——是那不勒斯。

它们随身带走。

我知道：我不在家时（我和奈丽到卢加诺）[1]，那些贪婪的手翻寻过我的文件和草稿；还有戴着圆顶礼帽的先生，可以想象，他的鼻子嗅到我的摘要，甚至嗅到我的诗歌（文件的混乱就反映出这些）；我想象，看不懂摘要的“间谍”是多么懊恼。“间谍”是德国人、法国人或者是……英国人。我把这些摘要藏在鲜艳的文件里；我和奈丽——忍不住地发火，十六个月强忍脏兮兮的棕红色泽褪色、剥落；我把它们包在天蓝色的大光纸里；在缝隙里插入一缕红紫色的光泽；这样我的脏兮兮的棕色的家园变成一个美丽的砌了瓷砖的房子；在桌子上散放着明暗色调搭配的各种各样的颜色，选择纸张，替换颜色，房子的支撑成为流动的，如词语，这些——在《科季克·列塔耶夫》里；房子里的一切变成绯红色的，之后——一切又变成红色；墙上一会儿深蓝色，一会儿黄色，一会儿单一色调的天蓝色跳跃：我用各种颜色发出信号——给我内心的神灵世界（这些资料不就是为了定我间谍活动罪吗?）。

我的小房子：一些箱子、纸屑；还有派我参战的奈丽？在那个最后的一晚，似乎：我在硝烟弥漫、炮声隆隆的地方与奈丽告别。

我记得，那个晚上 П. П. П 太太[2]造访我们，在大厦圆顶屋顶下她的大臂腕血流如注；一个年轻的瑞士女人也来到这里，她也是

---

① 1915 年秋，别雷与安·屠格涅娃从多纳什到瑞士旅游，游览了很多城市，其中包括卢加诺。

② 身份不确定。

个画家，穿着古怪的威廉·退尔[①]农民服装，穿着坎肩，戴着白色帽子，如青年人激情的化身，敌对国家的艺术家和诗人们带着这种激情来到这里，在大厦圆顶下友好地拥抱，内心饱尝与家乡脱离的难以忍受的痛苦；我们难以不醉心于大屠杀的号召；我们饱尝痛苦之后得到兄弟情谊；兄弟般的友好得到强化：碧绿大厦的圆屋顶用纽带将我们连接。

……………………………………………………………

我记得，晚上我们聚集在巨大的木工作坊里；我们坐在锯木机、截木、砍平的木头中间，蜷缩在体积巨大的截木上；周围冒出了被凿子砍伐的有半个豁口的建筑，如绝迹的动物的头；施泰纳博士来到这里：给我们授课。

我们了解在装饰创造线、思想线与我们身体内的血脉线之间惊人的相互关系；在血液循环圈（大圈子、小圈子）及黄道圈和行星圈与太阳系之间的相互关系；我们之前真正的层递消失，从来就不存在艺术；我们却分开，一边从早晨重新聚集，一次又一次：实现以前从来没有的艺术圈子。实现切割玻璃照相和声韵协调，实现用动作描绘词的声音艺术，实现这个在世界上从没用木头雕刻的建筑的奇怪艺术，也没有类似的建筑。

而奈丽常常把我领到一大堆有棱角的木头前，指给我看，就如了解几个世纪时间线上的神秘法则的修女；而她炫耀的目光在我内

---

① 14 世纪瑞士民间传说中的英雄——射得准的弓箭手，被哈布斯堡王朝的官员逼迫用箭从自己小儿子的头顶上射下苹果。退尔经受了这个考验，杀死了官员，以此作为号召人民起义反抗哈布斯堡王朝的信号。

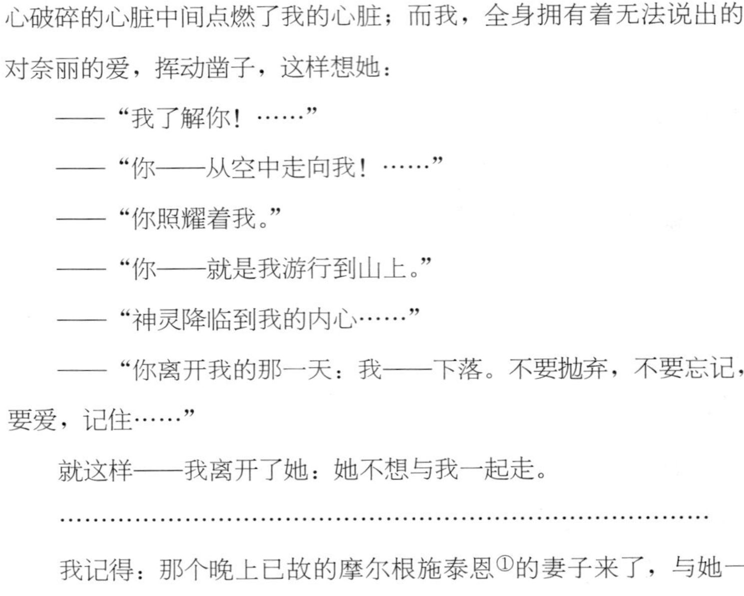

心破碎的心脏中间点燃了我的心脏；而我，全身拥有着无法说出的对奈丽的爱，挥动凿子，这样想她：

——“我了解你！……”

——“你——从空中走向我！……”

——“你照耀着我。”

——“你——就是我游行到山上。”

——“神灵降临到我的内心……”

——“你离开我的那一天：我——下落。不要抛弃，不要忘记，要爱，记住……”

就这样——我离开了她：她不想与我一起走。

…………………………………………………………………

我记得：那个晚上已故的摩尔根施泰恩①的妻子来了，与她一起的是 Б.②，А. О.③ 的成员，我给他们鞠躬；他的面容出现在我的面前；如果你们想看到导师爱克哈特④大师，——他穿着常礼服，

---

① 摩尔根施泰恩·克里斯汀安（1871—1914）——德国人智学诗人，是施泰纳最亲密的战友之一。1913 年 12 月他与别雷在施泰纳讲座上相识（参见：拉夫罗夫 А. В. 安德烈·别雷和克里斯汀安·摩尔根施泰恩《比较文学研究》，莫斯科，1976）。

② 很可能是说的米哈埃尔·鲍威尔（1871—1929）——施泰纳第一批学生之一，人智学最积极的活动者之一。他著有许多宗教哲学和教育文章。别雷将诗歌《你的话语——先知的爆发》（诗集《王后与勇士》，彼得堡，1916）献给他。请比较：“……从 1915 年我有幸更近地了解米哈埃尔·鲍威尔，到他那里讨教……与他交谈，他有时（给我）说的智慧而深邃的话，外表看似是较粗的、‘尖锐泼辣’的民间格言，但内心透着温暖和善良……他的话不可替代的；我从他那里学到的东西，博士本人都不可能给我：我懂得——‘色调’完全是独特的‘鲍威尔’的。”（《回忆录》，第 159 页）

③ 指的是人智学协会，1913 年由施泰纳创建。

④ 约翰尼斯·爱克哈特（约 1260—1327）——德国思想家，中世纪晚期接近泛神论的神秘主义哲学的代表。德国民间一异教派别、筹备基督教新教的神秘主义起源于爱克哈特。

戴着有檐的黑色礼帽，在旷野里阅读着摩尔根施泰恩的书，谈论陀思妥耶夫斯基和尼采，那么——就请你们到瑞士来，到多纳什城来；在那里你们将看到他：来自纽伦堡的教育家；拜倒在属于“德国佬”民族的智慧、生活功绩面前；在沮丧的时刻他在这里支持我；我曾与他处过一段时间；他低沉而有力的、稍粗暴的话语深入我的内心；似乎，他的话——就是天空；外表上是深蓝色的，穿透了我的内心深处；他那双大眼睛充满力量，他一边给我讲解尼采，一边翻阅《约翰福音》；我清楚地看见：我面前——不是约·爱克哈特。我却暗自喜欢他。但是“德国人”造访我，大概，引起密探的注意；就是我看到的“戴圆顶礼帽的黑发男子”；我再补充——控诉的一条：德国间谍，肮脏的“德国佬”，在我回国之前造访了我这个俄罗斯人。

伯尔尼[1]

在英国领事馆宽阔的大厅里，一个外表殷勤、好客的太太给我和朋友[2]各一大张纸，我们应该在纸上签字：纸上都是一些细小的表格，我们填满这些表格之后，向英国人汇报，我们是何人；还有——在这张纸上还要写上年龄、数字、地点、日期、姓名；为何要填与当今世界局势无关的表格，不知怎的：我的父亲、我的母亲是何人，我的父亲什么时候去世的，母亲结婚前的姓氏；总之，那就是个登记生活的履历表；那里有一个表格：关于我在敌对国家的住所；发现，我还在柏林的东西（不幸的人，我做了些什么？我用流放到柏林将自己写入间谍的名单）。

表格被拿走：有点蛮横无理的官员装作福尔摩斯的样子——突然走出去：——不友好地离开我们，飞速地从我们旁边过去——把门砰的一声关住，四面的墙壁震动，就像炮击声；英国代表更肆无

---

① 瑞士首都（从 1848 年起），阿勒河上伯尔尼州的行政中心，建于 1191 年。

② 指的是亚历山大·米哈伊洛维奇·波佐（1882—1941）——律师，象征派杂志《北极光》的主编。安·阿·屠格涅娃（阿霞·屠格涅娃的妹妹）的丈夫，别雷与他一起从多纳什返回俄罗斯。第一个歌德纪念馆大厦建设的设计者和参与者。

忌惮的手势显然是针对我们的：我们好像是恶棍似的（登记表就已表明）；第一点：在瑞士的生活可疑；第二点：在这里、在德国的瑞士居住可疑；第三点：更可疑的是，我们还在巴塞尔附近居住（巴塞尔——就是临界法国的阿尔萨斯）；第四点：西方战场离我们到瑞士十五公里等，依此类推。

首先我突然想到，在这里，在这个领事馆，说实在的，我们是罪犯（兄弟情谊、爱情、人性，所有内心最好的感觉——就是间谍活动和背叛）；作为俄罗斯英勇的代表，我应该杀死来找我们的人，我却友好地与他说话。

但是我的思想被打断；那个厚颜无耻的“福尔摩斯”打开门，命令式地传唤我的朋友；我明白了，“审问”开始了。我们出现在英国领事馆，为的是允许我们返回俄罗斯，最令人不快的事情降临到我们头上，服兵役；领事馆的官员敢于把我们、先生们与间谍混为一谈；令人厌恶的东西；持续了几分钟；已经过了一个半小时；朋友还没有返回。门外时而听到无耻的喊叫声，时而听到朋友愤怒回应的反抗声；我等着；门开了个缝隙，进来一个人，从穿着的衣服和戴着的帽子让人想到——典型的耶稣会会士。他在我的对面坐下之后，眼睛死死地盯着我；还——厚颜无耻地微笑着；他脸上那对眼睛无礼地盯着我，说：“你被逮住了。”……在我的耶稣会会士身上显现出许多我熟悉的噩梦的轮廓；我却觉得：我要疯了；所有的障碍被清除；我——就是浮士德；我的面前——就是狐猴①。于是

① 在歌德的《浮士德》第二部结尾被梅菲斯特称为魔鬼，为了杀死浮士德。

疾病暴发，我忍受它的折磨，被疾病困扰。

没有倒下——没有，没有——我的最可怕的噩梦脱离了我。

也许，我偶然在梦里与德国间谍相遇？在梦里签订了出卖祖国的合同？

梦？

梦中之梦不常有：却需要——调动一切有意识的力量；但是我将自己所有的梦沉睡了已经一年（有时我在梦里能够精力充沛）；显然：德国从事间谍活动的官员，就像任何一个有意识的“密探”，就是个神秘主义者①。他得知我的无意识性之后，与我会面，对我这个在总星司令总局②“睡觉者”感兴趣，从我的内心倒出他所需要的一切，悄悄地给我的内心塞进“星的”金子，没有重量却以和平

---

① 承认人和宇宙存在潜力学说的拥护者，这种潜力只有“亲信”可以接受，而这些亲信经过专门的训练。

② 这部小说讲述的总星司令总局关于神秘的间谍盯梢所有人的一切怪事，谁开启了最高的我，他们的政治同谋，在“死板的文化里”，在社会生活的所有领域里有根基，通常认为，不仅在病态的别雷身上，而且揭示了世界的现实状况（按照人智学学说）。在1917年施泰纳系列讲座“历史观察”和“个体的精神之人和他们的社会活动”断言此理由：一定的神秘主义的社会……想用某种方式将唯物论超物质化……

“想象一下，一个人不仅世界观，而且所有的感触和感觉完全是唯物论者；在西方这种人数量很多。那时人的追求影响物质世界，那时他不仅肉体暂时存在，而且还处在死亡的门槛外……我们这个时代有这样的人们，他们更倾向于物质，以至于他们所追求的制度，是经过死亡的门槛他们才能够监督物质世界。而人通过保障自己统治物质的那些手段，沿着死亡的那个方向，存在着，这正是一定仪式的魔法所在之处……处在一定仪式的魔法社会圈子里的人，保障自己在某种死亡的门槛外的阿里曼的永生。

“这样的人在社会上数量很多，一定阶层的人们在这样的社会里知道：经过这样的社会我将有力量，应该与死亡一起枯竭，一定程度上成为永生的人，而他们在自己死亡之后将要行动。也可以说，这样的社会存在，这些社会以‘保险社会’的方式唯灵论而神秘地思考自己确保阿里曼式的永生……因为这些宗教团体是由留在地球上死亡者的灵魂而准备的客户。……这些宗教团体的行动无论如何也不伤人的；按照他们的观点，人们应该朝着唯物论的方向继续行进，相信，尽管有精神力量存在，但他们不是别的，而是大自然的一定力量。”（第174卷，第21讲座。第178卷，第7讲座）

和各民族的兄弟情谊心境的清脆声音响彻我的全身：我是和平主义者，翻译成英语就是“和平”，我们得到：下流与和平主义者意味着：为非作歹的人。

我，醒来时，当然，记不得进行的收买；记得那个英国人，反侦探局主任——入定[①]；并告知应该到哪里去。从那个时候他们放我回去，对我进行监督；那个像耶稣会会士的人陪同我：在火车上、在浓雾弥漫的巴塞尔、伯尔尼、苏黎世的大街上；他们派我去取分给山民的定额的冰水；我在山下的小酒馆里遇到他，他从悬崖缝里走出来；他尽量让我明白，没有可能欺骗他；他给我使眼色：

“是，是，是……您从多纳什来……居住在德国边界附近……离前线十五公里……”

在许多城市里：戴圆顶礼帽的黑发男子总是死乞白赖地纠缠，住在我的隔壁；我想，我觉得这一切，一切在这里、在领事馆已经显而易见了。那个最后几年竭尽全力地收集关于我一大摞档案的人，在其中故意歪曲事实，顺便将这些材料带到这里；这就是他们为何在这里等我；陪同我到英国。

在领事馆舒适的房间里，我突然被于斯曼[②]和斯特林堡[③]小说里

---

① “激情、愿望、追求——这是灵魂世界的物质标志。这个物质的东西被称为‘星’的”——施泰纳在《神智学。超验认识世界和人的作用绪论》著作中写到（埃里温，1990，第 71 页）。

② 于斯曼·夏尔·马里·乔治（1848—1907）——法国作家，在世纪之交他促进了欧洲文学由自然主义向颓废派过渡。

③ 斯特林堡·奥古斯特·约翰（1849—1912）——瑞典小说家和戏剧家，他创作的自然起源和深奥的神秘主义对俄罗斯象征派有明显的影响。

的痛苦所缠绕；我还来不及投降：门就被噼里啪啦飞快地打开；怒气冲冲的、脸色苍白的朋友，颤抖着嘴唇，出现在门里面；他的背后冒出那个“福尔摩斯”；不给时间与朋友语言交流；我与他被关在一个房间里。

审问短暂：他只要求从瑞士警察局带来许多文件；带着冷淡的语气审问无希望的、被判处枪毙的罪犯们；对待我也是这样，好像我——不曾是我，而是某种炸弹，应该更加小心翼翼地拆卸掉；或者：好像引领“日耳曼人”到星的肉体——稀有物质种类，这种物质分担着盟友的所有战争计划；我变成了“日耳曼风格”的危险传播者；我的潜意识渗出“日耳曼精神”：“不曾是间谍”，更糟糕的是：我曾是“超间谍”。

对朋友来说，正如我后来了解到的，他们采取了另一种恐吓的手段；这就是简短的对话片段：

——“在阿尔萨斯边界旁、瑞士偏僻的村庄、在巴塞尔附近，您究竟做了些什么？”

说：我在约翰大厦工作——曾精神错乱（他们认为，约翰大厦的混凝土底座是由德国出资、由密探建立的碉堡）；朋友回答（也说得对）：

——“在‘图书馆’工作。”

——“研究哪种问题？”

——“研究文艺复兴……”

——“这与您的职业有何关系？”

——“我放弃了职业……”

——“那么，您以什么为生？……”

——“教书。”

——“教什么？”

——“俄语。”

——“请说出，教谁？”

——“俄罗斯臣民的孩子们。”

——“为什么要教他们、俄罗斯人，——俄语课？”

——“怎么是为什么？哎呀——就是俄罗斯文学！”

——“就算是这样。那您太太的姓名？”

朋友提到的那个姓名，对犹太人来说是很普通的姓：“贝尔格”。

——“她——是德国人，”——“福尔摩斯”兴高采烈地喊叫，——“您撒谎！”

——“您怎敢这样！……”

——“在这种情况下请向瑞士警察局出示证件，第一，是这样的——俄罗斯臣民的证件；第二，您授课的费用是多少；第三，出示您在巴塞尔图书馆管理部门的证件，证明您在研究文艺复兴——某个时期。”

对话就这样结束了；对话持续了四十分钟。

我们作为被横加侮辱的人，从领事馆走出来。

我们不是回俄罗斯，而是应该返回。似乎：反正落到他们手里；不是简单的，而是小心翼翼的样子；只是以特别拷问的形式给我们“自由”；不值得将我投到监狱（用毒药）；也不值得绞死——俄罗斯报刊会起来造反；而且——失败者将兴高采烈；不：“戴圆顶礼帽的黑发男子”轻而易举地会将我从轮船上抛下；例如：在到卑尔根的行程中；如果就在这里不成功，还剩下：挪威；时间很多；可能，——放行到俄罗斯；要知道他们知道（从自己的办公室用星管透视我的花白头发的先生开始，到包括密探在内的），——他们知道：我不会将铁道桥梁炸毁。

那个等待我们的耶稣教会教徒坐在火车站；他就像坐在领事馆的房间里一样，坐在我的对面，——开始向我使眼色：

——“哎呀，你——被捉住了。”

——“现在你被派到我们这里来了。”

——“我们关心你。”

——“你，恐怕是，在俄罗斯你读了太多的关于大不列颠制度的公开讲稿；为非作歹之人、肮脏的间谍、‘德国佬’的仆人：你，你——毁坏了所有的教堂，诋毁了基奇纳①。”

还在很久，在莫斯科的街道中，被一种倾注某人的理念所笼罩。

① 基奇纳·霍雷肖·赫伯特，1850—1916年为英国陆军元帅，1914—1916年任战争国务卿。

“他们”

在几个月内，当我在莫斯科舒适的床上醒来时（在讲课、诗歌、“读者”和诗情音乐会之间，传言说，非常需要教堂、尼基塔长老、神甫弗洛连斯基[①]，以及在美妙剧院扮演小丑的演员切博达耶夫——都是启示录的重要现象），——我想到了英国：想到纽卡斯尔、伦敦，法国的勒阿弗尔和瑞士的伯尔尼的领事馆，在那里汇报自己时填写的表格，遭受了最高贵先生、密探……以及令人厌恶的坏蛋们的审讯；所有国家和各民族的“福尔摩斯”关注我的自我签字证明，证实我……可以……还不坏……我正常存在，甚至……相反——在俄罗斯我有权对特异的关注提出申诉——对这些证实——夏洛克、密探、军官们、英国最文明的三个部级官员、警察、宪兵、行人和车厢偶遇的谈话者，他们用毁灭性的眼光打量我，并提出这样的问题，以至于变得明显：为了得到去克里斯蒂安尼亚[②]的票：

---

① 弗洛连斯基·帕维尔·亚历山大洛维奇（1882—1937）——神学家、哲学家、术士、数学家、工程师、诗人。参阅《世纪之初》中“埃阿克斯两英雄”一章。别雷与弗洛连斯基的关系反映在出版的《背景》集子他们的通信中（莫斯科，1991）。

② 1924 年前挪威首都的名称。

在英国监狱里我给自己拿到自由的黄票。

当我在莫斯科舒适的床铺上醒来，我一下子跳起来，面向莫斯科的四壁提问，因恐惧而颤抖：

——“你真的不是间谍?”

——“在德国的瑞士那里居住时……”

——“听到了阿尔萨斯的炮声……”

——“你——就是间谍……”

——“在浓雾弥漫的勒阿弗尔他们就向你暗示了这；在浓雾弥漫的伦敦……”

——“飞旋的探照灯光照亮了整个天空，——在天上、在‘伦敦塔’、在伦敦上空旋转着，寻找你；在水下寻找你，用水雷准确地瞄准在波浪中行驶的‘加康’号[①]轮船，在那里，和你长得一模一样的人，依靠在船舷，想起了自己的奈丽；当从你潜意识流里挖掘出自己的第二号履历时，你亲自瞄准自己。”

履历?

我填写了十次行程的表格，上面有查明我出世的年月数字；这一切——都是昙花一现的日期；在这些日期里没有真正的第二号履历；而第一号履历以隐藏人的灵魂的细小事件指明我的人的生活实质（这是间谍所知道的）。

扩展个人履历——就是谎言：它描述皮肤的凋谢；我们可以说任何一个人：瞧他那么年轻，就长出了大胡子，胡子花白了。

---

① 以当时最有声望的挪威国王哈康七世（1873—1957）命名（在别雷笔下称为：加康）。

他——死了；确定履历没有触及人的生活实质（反正：他们知道这个事实）；道德影响的圈子、日常生活——都在说：瞧他这么年轻，就已经长出大胡子，瞧胡子已经花白，瞧他死了；“皮肤”影响的鉴定怎么也不能将我暴露给向我自身投掷水雷的人；但还是暴露了：在到卑尔根的行程中，像所有的人一样，我想可能会陷入冰冷的湖底；你们不知道这个：“间谍”——却知道。

他们是所有国家和民族的国家制度的代表吗？但是“国家”——是屏幕，其背后他们也隐藏了自己可怕的秘密，“国家的间谍”——是最无力的傀儡，当然，他不怀疑为他服务的人，如……那时引起轰动的阿泽夫[①]；他——是一个充满空气的玩偶，被他们——吹胀；“他们”吹胀那些无意识出卖他们的人们，经过他们把龙卷风吹到国家的关系史里：世界灾难——就是战争、“疾病”；隐身密探的“暗探局”——背地里就是欧洲的暗探局；而身份一出现，——他们努力给这个人盖上恶的印记：国家的罪犯。我内心有个怀疑：在我和奈丽身上曾经发生的事件不可胜数；难以置信的故事就是我们的旅行生活；是的，在我们的上空神灵的电光一闪；他

---

① 阿泽夫·叶夫诺·菲舍列维奇（1869—1918）——奸细，从1892年任警察厅管理机密事务的职员。社会党组织者之一，许多恐怖活动的领导者。他的名字字面具有叛卖之意。别雷的长篇小说《彼得堡》（列宁格勒，1981，第657页）的注解者们理由充分地推论，在自己鉴定这部小说的主人公利潘琴科的内心世界中，别雷依靠施泰纳在回忆玛格丽特·沃洛申娜《绿色的蛇》中对阿泽夫的见解：“瞧瞧这张脸、这个额头……他没有思考的能力。瞧他脸的下半部：具有倔强的不可抗拒的行动——没有个人意志的参与。他应该倒行逆施，做其他人想做的事。因此他给人们就是这副不可怕的样子。但是他仅仅完成了警察想干的事情，或者完成了革命者想做的事情；当他哭泣他们死亡之时，他也真挚。”（沃洛申娜·玛格丽特［玛·沃·萨巴什尼科娃］《绿色的蛇。一个生活史》，莫斯科，1993，第183页）

们也看到了这个：还——努力地诽谤我；我只是挺直腰杆，逃避自己被他们利用的缺点，我可能危及他们的事情：他们需要保障自己免受我复活的危险；还——永远消灭；他们需要诽谤我：用国家的罪犯的名义。

如果在梦的无意识状态里我与带着梦的无意识状态的德国特务的代表相遇，那么这个相遇是暗中安排好的：是由某个英雄或先生安排的——说不定，也许，他就居住在苏格兰自己的城堡里，看不到我，却毫无疑问地观察我复活的瞬间；根据他们定位的地震仪颤抖的指针；在那里（在星里）放置仪器，类似水雷；这样放置，人只要从日常生活的梦里浮出和露出身体，就像一朵小花，面向光：这样……——就发射水雷；先生还宣布，应该往“婴儿”出生的地方发射。

那时：就出现了国际间谍的代表们（大概，所有国家的情报机关和反侦探机关的代表都进入到国际间谍局，在那里相遇，心平气和地一起工作）；国际间谍们，大概，装扮成主管企业：赫拉、家庭教师或者先生；既有一帮特务，又有一帮走狗，顺着新的踪迹迅速地出动；只有一个从肉体飞出，像巫婆一样，在心灵世界的空间跑来跑去地寻找，发射有毒的淫欲（可怕的、淫欲之梦拜访你们……）；而另一个——在肉体的层面①寻找必定死亡的人；于是——设置圈套（在火车上你们遇到的女人，她还尽量勾引你们）；你

① 根据建立在人一微观宇宙和宏观宇宙一致的理念基础上的神智学概念，在生命体存在几个层面：肉体的、心灵的、精神的层面，与此相应的肉体、星体（欲望领域）和心智体（意识领域），这些构成了人自己的综合体。

们——易受影响的（你们的无意识就被一堆飞射的毒药浸染）；在你们的周围——是暗探：戴圆顶礼帽的黑发男子。他告发你们：警察开始监督你们：罪状——早被挑选好。

无论何人强奸幼女（危害你们的撒旦[①]施行的强奸）：您此时感到需要：行走，散会步（入定的间谍需要您）；走出去；还——您在无意识的木板上、在雾都的大街上徘徊；您发现，戴圆顶礼帽的黑发男子跟随着您开始徘徊；您努力摆脱他（这个姿势——手势，从西服上衣抖掉蜘蛛的手势，——完全自然）；您单独走开，来到老公园（此前十分钟里在这里，在灌木丛中，撒旦强奸了幼女）；您能够听到孩子般的叫喊声：您——冲着喊声奔跑过去；从灌木丛里警察扑向了您：您——被逮捕；怀疑强奸的下流行为——是您做的。

从瑞士到彼得堡三周的行程期间，我重新回到了这些病态的思想上；在莫斯科，当我在舒适的床上醒来时，我还是想着这些；我大声喊叫；还面向莫斯科房屋四壁提问，浑身颤抖：

——“你是不是罪犯?”

——“你是不是强奸犯?”

——“你是否飞翔在伦敦的‘伦敦塔’上空?”

然而，温厚的墙壁——沉默不言；阳光从窗户里快活地照射在我身上；我打开报纸：报上——人们在称赞我；我去做客：在做客

① 崇拜撒旦的信徒，这些人在十九世纪下半叶欧美颓废圈里扩大。撒旦信徒们敬拜基督教神话中的恶魔，把他作为光的产物，并认为自己是圣殿骑士的追随者，实施妖法。他们的宗教仪式在夏·于斯曼的长篇小说《在那里，在下边》（1891），具有情感不羁的性格。

中人们很自然地认真听我讲；我去听音乐会——在“方块J”[①] 的陪同下：弗洛连斯基神甫在忏悔，而在狂热剧院扮演丑角的演员乔巴塔耶夫，——没有任何成见地说话，他提到了大家熟悉的比利时人——德斯特莱[②]和德一格鲁[③]；仅瞧这一个：没有到教堂；还……没被选为部长（熟人们——成为部长）。

长久地站在街中间，在嘈杂喧闹的人声中，完全背叛的说法让我压抑、痛苦；努力回忆某些东西；分析自己的各种会见——在瑞士、比利时、瑞典、英国；清晰地看见：我的心灵纯洁；我的寒热病已经过去；街道上的先生们——也不见了；这样一次——遇见：在雅拉斯拉夫火车站；他坐在上边挂着鸡肉饼的小桌子旁；他看到我之后，试图递眼色；心中默默地嘲笑这个：跑近的搬运工递给英国人一张黄票：他离开，到阿尔汉格里斯克去了。

---

① 莫斯科艺术家联合会的参加者们（1910—1916），追随保罗·塞尚、野兽派和立体派的创作，关注探索绘画一造型，以及关注俄罗斯木版画和民间玩具的艺术手法。“方块J”的参加者们（帕·岗卡洛夫斯基、安·库普林、安·连图洛夫、伊·马什科夫、拉·法力克）解决建筑的色彩搭配、自然界的物质性的表现。

② 德斯特莱，家庭女教师——版画家丹斯的女儿，安·屠格涅娃的教师。

③ 德一格鲁——身份不确定。

奈　丽

在雾色密布的夜晚，我紧抱着车厢里的枕头，想着奈丽（我高兴，我还能见到她）：她也总是像往常一样出现在我的面前——一头浅色头发；还有——一缕修剪短的鬈发耷拉在宽大、皱纹纵横的男人式的额头上；两只透射着善良和炯炯有神的眼睛，将她额头的坚定不移的思想变得柔软；如胡蜂一样，穿着白色小连衣裙，就像短袖长衬衣或者……紧袖长袍；她——像修女一样；步履轻盈，身着柠檬黄色衣服，腰戴银链子，在阳光下常常轻盈地飘动，特别是，——当我戴着草帽、嘴里叼着烟卷时——她步履轻盈地跑在小道上；朝圆顶教堂的方向跑去；在前方，在阳光下，在翠绿低声耳语的绿丛中，身着黑色常礼服、步伐矫健的施泰纳博士匆忙地行走着：他朝约翰大厦走去；我们——所有人跟着他，为了准时出现在圆顶下：在刨花和木屑中间，堆积起金字塔式的木箱子，正好出现在拱形的额枋下；我们的脚下——横木纵横交错，形成一个巨大的坑；由十二根献给行星的巨大的柱子构成的圆圈，撑起了升空的圆顶；我们研究"木星"柱子、额枋，因其短小称为"木星"；我们赶着制作"木星"，我们还需要清理一些东西；还有——把平面线拉直；我们知道：在摇晃的小桥上很快出现了一个人，在我们前面急忙走向山丘；停在我们面前，很快摘下夹鼻眼镜，施泰纳博士锐利而飞速的目光打量着雕刻工作；我的奈丽，也从箱子堆积的金字塔上跳下来，要问博士什么——关于额枋方面的问题；那时，他拿起一块磨尖的木炭，画了两条线，很快抓住雕刻晶面的主旨：

——“就在这里约两公分……这里切掉……这里——稍微添加……”于是，施泰纳博士欢迎式地挥动着如女人一样的小手——走过去；为了在那里，在圆顶下遇见他，还问一些关于工作的指示，——我们匆忙赶过去：直奔圆顶；在那里，在前面，矫健的步伐逃离开我们，如小男孩一样飞奔向约翰大厦：施泰纳。而奈丽——激动不已。

对我来说，她——就是年轻的天使：透亮、晴朗、阳光；还有——我从远处欣赏她；我觉得：她——就是某个被人淡忘的神秘宗教仪式的神圣信使；就是她，这样近距离地，淡黄色头发的小脑袋倚在我的肩上，脸颊贴近我的脸，——观察着，我的手如何快速地按照绘画示图刻出弯曲的花纹；还有——突然：她用自己准确的手势指给我：

——“就不是这样。”

——“在那里不恰当地描绘亚里士多德[①]的三个灵魂……”

---

① 根据亚里士多德在其论著《论灵魂》陈述的学说，灵魂的主力可以定为与理性相符或不与理性相符的。理性的灵魂主要表现为——理性活动，非理性的灵魂——欲望、愿望。在两个极端的灵魂——理性和非理性之间——还存在平衡它们的第三个，——感性的能力。

奈丽——就是思想家；她的额头闪耀着智慧的光芒，洞察知识理论的各种问题；她干涉我的整个思想；纠正——我；哲学史她了解不多；但是她阅读过：普鲁塔克、圣·奥古斯丁的作品，钻研列奥纳多·达·芬奇以及施泰纳的作品，具有极其敏锐的洞察思想；我们的建筑艺术结构思索线非常对立；我接近——弗里克里特①、拉斯克②和康德；而且——不明白拉伊蒙塔的“Ars Magna”（其思路紊乱：乔尔丹诺·布鲁诺的阐释不能帮助）③：奈丽——像鱼一样，在经院哲学思想——某个阿伯拉尔④的极为精美的线条画里游着；我尝试着给她解释李凯尔特⑤学派的规范论：

——“你知道，这一切简单而轻松地叙说，”——她回答道。“瞧……”她拿起铅笔画出李凯尔特的结构：在她厚厚的画册里增添

---

① 弗里克赫尔特·约翰尼斯（1840—1930）——德国新康德主义者，心理学家、美学家。

② 拉斯克·埃米尔（1875—1915）——德国新康德主义巴登学派、所谓的目的论批判哲学的代表。关于客观理想的存在的学说与价值理论联系。

③ 说的是加泰罗尼亚经院哲学家、神学家、作家赖蒙特·鲁里易（约 1235—1315）的书《伟大的艺术》（1275）。参阅别雷 1916 年 1 月的笔记：“一周三次我到巴塞尔大学图书馆，在那里努力地研究关于赖蒙特·鲁里易的书籍；阅读了关于他的法国专著（忘记了作者），从阅读赖蒙特的《简短的艺术》到《伟大的艺术》，但是难以理解，就阅读了乔尔丹诺·布鲁诺对赖蒙特的阐释。”（《聚焦日记》，第 77 页，修改版）

④ 阿伯拉尔·皮埃尔（1079—1142）——法国哲学家、神学家和诗人。他的唯理性的观念（《我理解是为了相信》）引起了教堂正统派的抗议。阿伯拉尔对爱洛依丝的悲剧爱情故事，以将他们送到修道院结束，这段故事被写到自传体《我的灾难故事》（1132—1136）中。

⑤ 李凯尔特·亨里希（1863—1936）——德国哲学家，新康德主义巴登学派的奠基人之一。按照李凯尔特，哲学，——这是关于价值的科学，价值构成“在主体和客体之外的一个完全独立的王国”（李凯尔特·亨《论哲学的概念》//声音。1910 年第 1 期，第 33 页）。李凯尔特的著作特别影响别雷，——《认识的对象》，1892 年出版。别雷后来回忆起 1904 年十月：“……月末我偶然见到李凯尔特的《论认识的对象》这部书。从此我细心地、一页页地研读这部著作（十一月、十二月）；这样渐渐地新康德主义的问题开始渗入到我的思想中。”（《聚焦日记》，第 24 页，修改版）

非常精美的略图：同一的线条画出十五个绕射图。

她有本画册：里面画着各种三角、星星和多面体，它们交织成螺线；有的时候：奈丽钻到椅子里，画出这样的一些人物，大口地吞咽很坚硬的、散发芳香的焙烧的茶；咀嚼着松软的牛奶蛋黄饼干；在愤怒中我冲向她，——把她拽到一边，把外套披在她的身上（她自己缝制的——她是缝制女大师）；精美的图示使她大吃一惊：我记得她站在夏天的草地上；我追赶她到山上去；她却似乎不情愿地走了；很快，当看到悬崖上的一朵小花后，她说：我们的房间里没有这样的小花。然后——她满脸通红，用肌肉发达的手抓住坚韧的树根，向上攀爬，忘记了五角星形①；我——恐惧地把奈丽拉下来；她没有反抗。

是的。奈丽——有一只有力的手；她用线条在闪闪发光的铜版上雕刻出精美的图画，这让我觉得像是伦勃朗②的铜版画；在她的雕刻行为中她的风格明确、鲜明；从我遇见她的那个时候开始，表面的生活清楚地显出：我作为作家的风格就已经确定了。

奈丽用清晰的线条略作修改。

她的身上——很少将刚毅的、英雄意志与女人应有的最温柔的柔弱结合；奈丽的外表也使我感到吃惊：过去的几年里她几个星期地坐在沙发上——一大绺鬈发耷拉着，略带狡猾傲慢的微笑，谛听

---

① 正五角星形，其每一个面构建为等腰三角形，一样的高度。在中世纪是流行的神秘符号。

② 伦勃朗·梵·莱茵（1606—1669）——17世纪荷兰著名画家、铜版画家。他擅长肖像画、风景画、风俗画、宗教画、历史画，包括素描、油画、版画等。主要的代表作：《杜尔博士的解剖学课》《夜巡》等。——译者注。

莫斯科朋友们的“干草打场”，这些朋友没有闲工夫仔细看她。

而我们把在莫斯科闲聊的胡说八道称为“干草打场”，为此我们逃离到比利时①。

① 别雷和安·屠格涅娃离开到比利时的日期确定为 1912 年 3 月中旬。

莫斯科

奈丽如太阳闪闪发光；我三十年贪婪的追寻在由阿尔巴特、普列奇思坚卡大街分给我的斗室里实现；在那里分散居住着怪人们；还有——他们闲聊：多年；小鬼们爬进他们张开的大嘴里；因此他们患上了古怪的神经疾病，闲谈功绩和经验的秘密；还——服用：时而一份溴剂，时而一份伏特加；像他们一样，我生活其中，那时候奈丽还没有出现。

还有——布满灰尘的房间消失；许多国家飞向我们；各民族的人们迎接我们；落日的光辉照耀着我们，大海翻卷着浪花欢迎我们，鲜花簇拥着我们；还有——奈丽散发出热气；博物馆从我们面前走过；在西西里岛①升起了由五彩缤纷、闪闪发光的马赛克小石块组成的宇宙世界；从蒙特利尔②来的闪着蓝光的耶稣把袈裟发出五彩

---

① 别雷和安·屠格涅娃到达西西里岛的确定日期为 1910 年 12 月下旬－1911 年 1 月初。西西里岛和后来的突尼斯留给别雷的印象被写进别雷的《旅行杂记》第一卷《西西里岛和突尼斯》（莫斯科；柏林，1922）这本书里。

② 这里说的是蒙特利尔教堂（1174－1189）——诺曼西西里岛风格的纪念碑，以自己的马赛克著名。蒙特利尔——距离西西里主城 5 公里的小镇——巴勒莫，别雷和安·屠格涅娃不晚于 1910 年 12 月 24 日迁居此地。

缤纷的光芒照射给我们；睁开眼睛，时常：半梦；太阳光折射在瓷砖的釉面上："突尼斯!"[1] 还有"吁吁吁"——从那里传来此声音：包着白头巾的阿拉伯人赶着驴；我们快步消失在阿拉伯商业街区：粉红色的阿拉伯女人穿梭在一群风帽斗篷中间，披风发蓝，人头攒动：伊斯兰教的缠头巾；而且——欧洲女人的羽帽；黑人穿着条纹的宽裤子；绿色的、红色的、黄色的鞋子在行走时发出嚓嚓的摩擦声。

奈丽，俯身于我，她的一缕头发挠痒了我，她告诉我伊斯兰教精巧的风格；我们多年习惯哥特式；还有——这就是：已经建起来了：镶嵌花边的斯特拉斯堡教堂、科恩教堂、圣一斯特凡[2]。与奈丽一起旅游——异常高兴。

啊——是埃及吗[3]?

我们坐上小毛驴；绿色的空间；还有——浓重的香味使我们昏迷；在田野上——直角的水牛；阿拉伯国家农民的斑记；还有农村居民家发黑的墙壁；在其后面遇到：第四和第五王朝[4]的陵墓；佩比[5]金字塔；耸立着，尘沙侵蚀风化；它的背后——是小的金字塔；

---

① 到达突尼斯：1911 年 1 月 5 日—3 月 8 日。

② 距离君士坦丁堡马尔马拉海沿岸 15 公里的拜占庭寺院。别雷和安·屠格涅娃从非洲返回祖国的途中，从 1911 年 5 月 1—3 日在君士坦丁堡歇脚。

③ 埃及：1911 年 3 月 8 日—4 月 8 日。关于游览埃及和巴勒斯坦参见：安·别雷的《非洲日记》//俄罗斯档案。第一卷。莫斯科，1991。

④ 古埃及旧王国最高度发展的朝代，日期确定为公元前 28—26 世纪。

⑤ 指的是第五王朝法老佩比一世的金字塔，坐落在孟菲斯附近的沙卡拉村。

某个时期安眠的提[①]、斜拉佩乌母[②]的陵；天气炎热得令人喘不过气，阳光强烈，太阳烘烤大地；天空一片火红：他——是宝蓝色的、鲜蓝色的；眼睛放射光芒；褐红色的光芒四射；沙尘变幻莫测；脚底下延长着一块块黑白影子。

在沙尘飞扬的开罗强迫自己坐下来看马斯伯乐[③]的书籍，在西西里岛和巴勒斯坦植物群之间寻找联系——这是我妻子所关心的；知识使我们欣喜万分；从不远处传来颤抖的话语，传给我们一句话：

——“您等着我。”

我窥视抛向我的眼光：“你瞧：真理，奔波在每个国家，在大自然的悬崖峭壁上清晰地刻上硅质石记号；大自然——沉默；也能够读完它；我们应该冒着生命危险爬上火山口的顶峰，为了能够跳进火里，就像与世界火灾相联系的恩培多克勒[④]跳入火山口；还有——像火山熔岩从火山口流出；石化，像悬崖……你想从这个功绩中得到真理吗?”就是这样的——奈丽的目光告诉我；我却——没有回应她的话。

我知道，我的奈丽不喜欢莫斯科；她整个做事的本事不适合沉重的日常生活；她不喜欢那些戴着白手套等待下人递给他们辣汁焖

---

① 达官贵人提的陵墓属于公元前3世纪中旬；其墙体雕刻着表现达官贵人、各种动物和鸟类不同生活场景的浮雕。

② 埋葬圣牛的地方（1850—1851年发现了24个花岗岩棺椁）。

③ 马斯伯乐·加斯顿·卡米尔·沙尔利（1846—1916）——法国古埃及学专家。在埃及领导考古挖掘，研究金字塔内部墙体上的文字。在开罗建立了东方考古研究所。

④ 来自西西里阿克拉庚斯的恩培多克勒（约公元前495—约公元前430）——古希腊哲学家，将物质的自然哲学与古希腊的俄耳甫斯教教徒和毕达哥拉斯学派的关于灵魂永恒和灵魂转世的学说结合起来。据传说，他跳入埃特纳火山口，自杀身亡。

肉丁的商人……来自莫斯科的作家：优秀的；不喜欢她身上混合了屠格涅夫笔下姑娘带有英国式的妇女味道；人们认为她，就是愉快看到的拉斐尔前画派①的一幅图画。我记得精神寻找的迸发，这些沿着各个国家、理念追赶；奈丽用异常紧张的微笑回应了我寻找的秘密；我带她离开；还随着我们生活时光的流逝，我面前展开了对整个道德追求的前景，在奈丽身上——激情迸发；我把在西方与奈丽奔波的头几年比作大量系统地阅读知识的年代；首先我看见了神的世界的富丽堂皇；我们住在莫斯科——在文化之外，一说到未来——结果就是酗酒；奈丽把我转向过去：我看到：他身上粗口的喷烟壶；于是——我抓住奈丽；她吻了我，说：

——“不要忘记。”

精神生活加深；瞬间，当我们站在狮身人面像②面前，那时从金字塔看到：黄昏降落在利比亚沙漠之上——就是铭记未来；在圣神的棺材③沉重的拱门下我们手握圣火；还有在圣神的悬崖旁，在

---

① 19 世纪英国艺术家和作家小组，用自己的理想表现中世纪和早期文艺复兴（在拉斐尔之前）的“幼稚”艺术，这种艺术富于理想地与资产阶级世界小说形成对照。“前拉斐尔派兄弟会”（1848—1853）成员——但丁·加百利·罗塞蒂威廉·霍尔曼·亨特、约翰·埃弗里特·米莱斯——他们将精密的本质传递与过分华丽的符号结合起来。后来试图复兴中世纪的手工活。

② 1911 年 3 月 15 日开始研究伟大的斯芬克斯。看母亲给他的来信，留下的印象：“我写给被斯芬克斯震惊的你。我从来没有看到过这样鲜活的、充满含义的眼神……在蔚蓝的天空上，怪人斯芬克斯的眼神从星空直射到沙漠；而他——既不是天使，也不是野兽，更不是美丽的女人。”（俄罗斯国家文学艺术档案馆，伏 53，目录 1，存储单元 359）

③ 关于圣神的棺材的描写请参阅 1911 年 4 月 1 日别雷写给阿·谢·彼特洛夫斯基的信（《东方——西方》，第 172—174 页）。

此山上拉伯拉罕将以撒[1]作为祭品（在欧麦尔清真寺）[2]，发出誓言：是牺牲之路。在圣神的棺材面前给我们加冠的人：不是神甫。

我们从远途旅行归来[3]。那个主编通知校稿（有人应该得到了它）；八个月之前，在十月那些日子里，当我被道德弄得疲倦郁闷之时，我从编辑部冲到户外，在编辑部谈论那篇文章；在那时一闪：意大利、非洲、巴勒斯坦；想了解我们生活过的世界；我——他们粗暴地打断话：

——“是，是……只是在这里……不要忘记对文章的注解……”

我回忆起奈丽的目光：

“留心，不要忘记……”

而我回应她的目光：

——“带上我吧，奈丽。”

我们脱口说出；照主编的说法，我突然变愚了（与奈丽约会毁了我）。

---

① 以色列人的先人拉伯拉罕把自己的儿子以撒献给神，但是在燔祭之时被天使制止了（存在，22，9—14）。

② 欧麦尔（约591—644）——阿拉伯哈里发政权的第二任哈里发，穆罕默德的追随者之一。在他执政期间阿拉伯军队战胜拜占庭和萨萨尼德人，并占领了中亚和非洲的许多领土。按照迁徙他实行穆斯林纪年法。他被波斯奴隶刺杀。以他的名字命名的清真寺——在麦地那。

③ 别雷与安·屠格涅娃返回莫斯科——1911年9月中旬。

里　昂[1]

这就是——巴塞尔；这就是——绿色的莱茵河；小屋、灌木丛、小山丘，稀稀落落的砖瓦屋顶，空中时隐时现出鲜亮的橙黄色；火车急驰，让我返回家里，回到可爱的多纳什；我与奈丽还有两昼夜待在一起的时间。

我记得：在火车站坐在令人压抑的候车室——等待到多纳什的火车；还——回忆起逝去的生活；还有——流逝的思想将我带到挪威；还有——在我的记忆中显现出：里昂、克里斯蒂安尼亚。

在那里，在挪威黄昏日落余晖下我们度过了重要的日子，——在峡湾之上，朝着小阳台的门，两扇窗户——辽阔的水面映入明亮的房间；留下的印象就是，她——只是一艘小船，没有离弃我；我觉得：在两个捆绑的小船上用木板搭建的地板；把小桌子、椅子——抛到地板上；坐在椅子上（带腿的）：从早到晚，时而陷入沉思，时而沉浸在杂乱无序的纸张草图中；推开两扇窗户和通往我们

---

① 1919年9月中旬—10月初，在里昂城（克里斯蒂安尼亚附近）安·别雷和安·屠格涅娃聆听了施泰纳的讲座“第五个福音书”。在这里他彻底决定将自己的命运与人智学联系起来。

房间的玻璃门，碧海一天；似乎：我们的房间被敞开的墙灌进了空气，整个往后仰（我们来不及喊叫）；还有——我们不知不觉地出现在明媚的空间里。

我惊讶挪威的落日，余晖照耀四周；宁静的安详装点着峡湾；还——轻飘飘地扩向远方；还有——一团花絮似的云朵悬挂在天空；浅黄色的带子雾气腾腾，降落在湿地上；还——逐渐消失。

通常，我的妻子，奈丽披起斗篷，黑色风帽的整个轮廓，一蹦一跳，奔向明亮的水面——倾听受惊的小溪拍击石头发出的流水声；还因阳光眯起眼睛，——观察水母；不可思议的晚霞泛着红晕；还——不想消失。

在里昂我们专心思考，继续研究几个月里描绘出的思路；这些城市急驰而过：慕尼黑、巴塞尔、费茨纳乌；还有——各种等级的画廊和博物馆涌现；严肃的格吕内瓦尔德①、卢卡·克拉纳赫②、具有表现力的丢勒③和小霍尔拜因④——他们用自己的色彩令人陶醉地扩展了无法表达出的思想；菲尔瓦尔德施太茨湖深蓝色的溪水汩汩流淌；施泰纳热血沸腾地给我们授课；从斯特拉斯堡来的我们被哥特式艺术风格围绕着；还有——在德格尔洛赫斯图加特上空寂静的

---

① 格吕内瓦尔德·玛吉斯（正确的名字为尼特哈尔德·玛吉斯）（约 1470 或 1475—1528）——德国文艺复兴时期的画家和线条画家。

② 老卢卡斯·克拉纳赫（1472—1553）——德国画家和线条画家。

③ 阿尔布雷希特·丢勒（1471—1528）——德国画家和线条画家。德国文艺复兴艺术的奠基人。

④ 霍尔拜因·小汉斯（1497—1543）——德国文艺复兴时期的画家和线条画家。

松树沙沙作响；从赫尔辛基和科恩展现："崇高的吠陀"①；从德雷斯顿来的圣母看了一眼，就喷出了柏林；克里斯蒂安尼亚、里昂——还在等待。更换地方；剩下不多变的中心——就是研究思想；还有——想象思想；还有——奈丽在思绪中沸腾；还——彼此相识——相互了解；还——彼此彻底渗透；奈丽的思想形象给人的印象是：造访的灵魂本质；我在奈丽的相册里找到了被描绘出的我生活思想的形象；这就是——从光明里展翅飞翔的鸽子；还有——成六线形；还——是没有头的翅膀；还——是有翅膀的晶体；还有——螺旋形的装饰图案（非尘世肉体②的跳动）；还有——圣杯（或者瓶颈口——圣盘③）；河马（或者——肝脏）；还有——蛇亚目（肠子）；我知道，图画只是隔断我们思绪的鲜活脉动节奏的象征。

在摇晃的凉台上我坐在破裂的椅子上，凉台四周耸立着松树和许多石块，听到峡湾水的拍击声；全神贯注；思想将感觉和脉动吸收；我的肉体也被思想节奏覆盖——感觉不到器官迟滞：我内心的

---

① "娑摩吠陀"（崇高的吠陀）——古印度（公元前1世纪）宗教哲学思想文物，《摩诃婆罗多》书的第六部，印度教的哲学基础。

② 由施泰纳给出非尘世肉体的定义："在每个植物、每个动物身上，除了肉体的外貌之外，人还感受到他的精神的、充满生气的面貌。为了如何认识它，就把这个精神面貌称为非尘世的肉体或者生命肉体……

生命肉体就是本质，它在活着的每一瞬间保护非尘世肉体不衰变。为了看到生命肉体，为了从其他物体中接受它，必须有清醒的精神眼睛。"（施泰纳·鲁《神智学。超感觉认识世界和人的作用导论》埃里温，1990，第27、29页）

③ 在西方中世纪传说中——神秘的器皿，为了接近它和参与它的有益行为勇士们建立自己的功绩。一般认为，这就是盛着基督耶稣的血的圣杯。圣盘——基督复活的治疗和创造力的象征。最初研究圣盘的主题是在12世纪末沃尔弗拉姆·冯·埃森巴赫、克雷蒂安·德·特洛亚、罗别尔·德·伯龙的骑士小说中，后来鼓舞着里哈尔特·瓦戈涅尔等人的创作。

一切经过头顶飞离——到宇宙巨大的空间，鲜活的节奏，如张开自由的翅膀（天使张开的翅膀，他们的形式、数量，——声韵协调）；我是多翼的天使；双眼光芒四射；射向我的一束光芒形成了映像：从光明中飞来了受难的鸽子，没有头的翅膀，有翅膀的晶体，螺旋式开始旋转、盘旋（还有——我喜欢那里相册里的螺旋装饰图案）；有一次我看成一种符号：闪电中的三角形，摆在最明亮的晶体上，照耀整个宇宙："眼睛"也——在里面。

这个符号你们将在雅科夫·伯麦①的书里看到。

在我内心形成，如……螺线：我的思想；此刻我抛开我的脑袋，我看到的似乎不是蔚蓝色的天空，而是一个可怕的黑窟窿，寒冷撕扯着肉体；窟窿——将我吮吸（我在日常折磨中死去）；它是——向我微微打开通往事物真实的窟窿：它成为蓝色的天空（结果看见了蓝色领域：就在那本相册里——奈丽那里的）；将我拉长——穿透我；我的生命热血沸腾；还有——装扮成未来多视角面向中心的球体，在其中寻找我颤抖的皮肤；就像多汁的桃核，包裹着我的肉体；没有皮肤，全身被浇注，——黄道带②。

奈丽相册里的黄道带略图使我相信，我们的研究用统一的方法引领我们。

凉台从松树的树梢冒出来；奈丽转过头；我也看见她：她就像

---

① 雅科夫·伯麦（1575—1624）——德国自然哲学家和神秘主义者，他的作品是用诗歌语言写成的。别雷描述的符号，可在伯麦的《曙光，或者升起的朝霞》一书中见到，此书 1914 年被别雷的挚友安·彼特洛夫斯基翻译成俄语：《曙光，或者朝霞》，——最高的我诞生的象征、飞翔在"低下存在"之上灵性的象征。

② 沿着黄道分布着星体——天球，太阳按照天球一年内完成自己运动的轨迹。

一把琴弦，穿着白色连衣裙，一双炯炯有神的眼睛，整个面孔舒展，神采奕奕，——她冲我高兴地笑着；我们手牵手，一起去散步；欣赏峡湾溪水的拍击声；观察水母。

伴随着稀疏的流星我们结为一个宇宙系统；还告别，向后飞：飞向……庞大的教堂圆顶；我们预见：我们被邀请来研究肉体的教堂；我们被邀请来：在感情冲动之树上雕刻出有意识生活的恢宏的教规柱头；我知道，奈丽，常在我的教堂，用沉重的小锤子和小凿子研究我；在我这个生物体上雕刻出——关于出生之前的国家的回忆录，由回忆录最后形成了《科季克·列塔耶夫》。

当我们（在多纳什城）开始研究约翰大厦正门木质建筑时，——用被武装的凿子切下芳香的木屑，时而吹来扁桃味，时而吹来苹果味（由于树木上有芳香的醚），根据晶面色调我突然认出——是宇宙思想节奏的色调；我认出了鲜活思想的国家：约翰大厦对我来说成为旅途外形成的形象；几代思想的沉淀，形成了精神文化的肉体。约翰大厦就是由大块的木头雕刻而成，为的是登上有意识生活的规范的额枋的最高端；我们真理的道路是以建筑雕刻出来；我们喜欢用挪威石瓦建造圆顶；覆盖着积雪的圆顶分散在离卑尔根不远的地方；我们看到它是覆盖着绛紫色苔藓的完整的大木块。

我们的火车奔向冰川；连绵起伏的座座山峰飞驰而过；寒风吹拂着我们的脸庞；蔚蓝色的宝石弹跳到冰面上——在耀眼的天空上；

门也打开了：她走进去——站在精神世界晶面上的那个人，背后[1]称呼：正是她，也许，在未来，我能谈到的那个人；而且，她炯炯有神的眼睛，对我和奈丽说：

——而且，易卜生[2]将自己的主人公抛到深渊里；他——不知道太阳。

我俩看着石头上的绛紫色的苔藓；后来得知，导师决定：用蓝绿色的石头建造约翰大厦的圆顶；雕刻、表现出精神世界的感受；还有——感动心脏的是：带着赞赏去观察大厦圆顶的挪威石头，它就似大海一样、色泽多变。

奇异地表现出这些飞逝的时光；关于它们我什么也不能说；时光继续……在多纳什；感受到高山峻峭、披荆斩棘；一切开始于克里斯蒂安尼亚，经过卑尔根（越过山峰）来到受难的地方：到多纳什城！

但是我们经历这些艰难险阻；童话般的漂泊还没有结束；我们的道路——就在前方。

还在战前我就感受到，我和奈丽被盯梢：发生在我们身上的重大的精神事件之后；很难说到它们；我只能理解他们；他们准备了

---

① 指的是施泰纳一西韦尔斯·玛丽亚·雅科夫列夫娜（1867—1948）——施泰纳的妻子，人智学协会的奠基者和活跃的成员之一。

② 易卜生·亨利克（1828—1906）——挪威诗人和戏剧家。玛丽亚·西韦尔斯与安·别雷在“易卜生”地方进行谈话，提到他。

整个一生：他们还在图拉省[①]就开始了；那时我还是青年；急剧地重复：在布鲁塞尔、卑尔根、莱比锡、多纳什。

在图拉省的“瞬间”与他们重复在卑尔根之间——十年已经流逝。

① 1901 年 6—7 月在父亲谢列布里亚内・克洛杰兹的庄园（图拉省叶夫列莫夫县斯托洛加斯基乡）别雷观察和“研究”了日落。结果他发现，这一年对他来说就是“最不可理解的紧张的一年”。

帕米尔：世界的屋顶

从 1899 至 1906 年我住在庄园：在图拉省；在远方，从山丘看到杨树树冠下褐色的房屋，九个陈旧的玻璃天窗；小山丘还濒临半覆盖赤杨树的银色、清澈的小溪；我觉得老房子的凉台高高耸立；而在它的一边则是林荫路；高高的椴树树梢呼啸；——枝叶扶疏的树枝延伸在细小的黄沙上；到山丘的小路直通拱形的林荫路；当折断的苹果树枝散落下来时，苹果从树枝上落到巨大的正方形里，正方形三面被银色杨树环绕着；它们中间有青涩的苹果；正方形顺着缓慢的山坡往上延伸，刚刚被种植上：小白杨；小白杨树梢发出沙沙声，升向天空；那时还发出簌簌声，颤动和叹息声；我们花园的尽头是一个狭窄的、开挖出的雨水沟；在水沟的那边，黑麦的麦穗在抽穗时，直往上窜，麦穗奔到凸起的斜坡、接近整个地平线（似乎，地平线离水沟约四十步）的地方；整个山丘喧闹起来，到处是麦穗颤动的声音，似乎热血沸腾地涌向水沟；而在黑麦上空（在最旁边，离水沟四十步）观看到日落；在迷惑人的阴霾中冈峦起伏，朝霞临近；在水沟那边我们看到广袤无垠。

那时我内心腾起一种感受；似乎游戏在我内心开始；我想，在水沟那里，故事已经结束；只要翻过陡峭的水沟，隐没在黑麦中，穿过依稀可见的小路，——整个消失——在金色、灿烂的麦浪滚滚之海；我将——在故事之外；我将——没有安身之处，没有每天的功课，没有肉体，是被永恒的喧闹控制的人——还是一个被抬高到亲人不知道的、疯狂的公开意识的难以置信的事里的人。

我知道：我往上走，就会到达缓坡的制高点，在那里从四面八方展现旷野、辽阔、空间、轻盈、云朵；大地延伸到脚下；还有——天空在这里降落；我将是控制天空的人，永恒和自由的人，——站着；朵朵云围着我尽情地戏耍；假如我往后转过身，就会看到我走出来的地方（庄园）；天空——就在脚下；从中我也看清：仅看到椴树的树梢（而庄园高高地坐落在小溪之上）。

我从高原走下来，走到对岸，走进人烟稀少的老细谷的悬崖峭壁前，这个细谷吞噬着丰硕的大地，威胁性地朝着我们爬行；随着我跳下细沟，走向沟底的深处，视野越发狭窄；天空也从这里在峭壁之间变成款款的一条窄缝，大翅蓟、飞廉、艾蒿——与风戏耍着，飞扬在峭壁间；在这里从不重复阅读叔本华①；我走到那里，穿过一片森林、一层泥土——来到许多褐红色含铁的大石块前（大小如西瓜），石块底下小溪流淌；潮湿而寒冷。我站在高原中间，看不到沟壑；我的思想如视线，在历史的长河中在宽阔的水面上流动；它

---

① 还在青年时期，别雷就对亚瑟·叔本华的哲学感兴趣，叔本华的名作《作为意志和表象的世界》(1844)，——“叔本华……我感觉他像一把刀子，把世纪末的幸福从海市蜃楼割下”（《在边界》，第 188 页），别雷逐渐地克服它，将颓废派文艺与叔本华的悲观主义联系起来，把象征主义作为悲剧—乐观的人生观与其对照。

们紧紧地控制着我。整个“交响乐”[①] 出现——从此，从这个地方产生：在蓝色的天穹，在金色麦浪滚滚的田野中（后来就写成了《灰烬》[②] ——从这里）。

“银色科洛杰兹”[③] 被出售：但是我写书的风格由此改变；作品的布局，沉重的“鸽子”[④] 的语句代替了流动的乐曲“交响乐”。

我有意地站在描写的这个地方；从这里我永远与我的第二个履历有联系；所有的知识源泉正是在这里出现；略微打开：康德、李凯尔特[⑤]；在这里我思考了“象征主义”[⑥]；“查拉图士特拉”来找我：告知自己的秘密[⑦]。似乎：我不是在俄罗斯平原上呼吸空气；“帕米尔”——世界屋顶——山脚为我服务；那里溪水流动：雅利安人文化发祥之地；我也与他们交流；似乎：威胁我们的沟壑就是悬崖、衰落、雅利安人文化的死亡；还有——我使劲地往最深的沟壑里扔石头，倾听，石头撞击在多石的溪水底部；我一边扔石头，一边与东方搏斗（你们嘲笑?）……有时我感觉，抛弃一切的——时刻

---

① 指的是别雷的四部作品《交响乐》。

② 指的是第二本诗集《灰烬》（1909）。

③ 由作家的父亲尼·瓦·布加耶夫于 1898 年购买的“银色科洛杰兹”庄园，1908 年在其父亲去世后被出售。

④ 所谈的是长篇小说《银鸽》，1910 年出版的单行本。

⑤ 海因里希·约翰·李凯尔特（1863—1936）——德国哲学家和历史家，新康德主义弗赖堡学派的主要代表。——译者注。

⑥ 别雷的第一部文集《象征主义》（1910）。

⑦ 提到查拉图士特拉的名字——传说中古代东方波斯宗教——拜火教（公元前 7 世纪）的奠基者，成为尼采《查拉图士特拉这样说》书中的主人公，别雷回想自己对尼采的兴趣：“从 1899 年秋天起，我活在尼采中；他是我的休息，我的隐私片刻，当我放下课本和哲学之时，完全沉醉于他的隐私问题、他的语句、风格和文体中。”（《在边界》第 434 页）

来临；我还没戴帽子悄悄地跑在小路上，跑向果实累累的花园，穿过正方形的苹果林，跳过陡峭的水沟；还有——我钻到黑麦里，到达高原：瞭望四周；观察天穹的颜色，观看乌云悄声散去的色调；我认出：敌人——即将到来；他从沟壑里企图微抬身窥视我们；那时我从高原走下沟壑；还有——我不断地扔石头：往溪水的底部扔；我的副博士论文《论沟壑》（你们又嘲笑！）以我多年的游戏为前提：与隐藏在沟壑里的敌人做斗争；索洛维耶夫的文章（我觉得，"来自东方的敌人"）① 在这个选择中起了不小的作用；在奇怪的文章里描述：在萨马拉省沟壑不断加深，沙石从东方移向西方（由于沟壑的侵蚀）；文章：以指向佛教和东方猝然停止。

我觉得我的游戏是永恒的；在这里我找到了我认为必要的手势的象征意义；在这些游戏里出现了最主要的文学主题；当然，他们也是极为严格的秘密；在庄园后面高原以秘密的家乡为我服务；还有——一排白杨树：在陡峭的水沟上；树叶婆娑声清晰地叙述着：与我有限的生命无关的时代事件；在这里我感觉到：时代被事件的大风吹到我们庄园；还——被天空吹拂；在那个我曾感觉自己的"我"的地方，天空消失了；在它的位置上不存在的蓝色天空飞翔在心灵的云彩中间；从那里在我内心升起的东西，与"我"、与心灵无关；杨树簌簌作响；假如这些簌簌声密集，还可以听清楚：

---

① 在弗·索洛维耶夫的"从东方来的敌人"文章里预见特殊人种的危险："中亚以自己荒漠的自发力量靠近我们，干热的东方大风向我们吹来，在砍伐的森林里从没有遇到障碍，这些大风席卷着沙石吹到基辅"（弗·索洛维约夫，两卷文集，莫斯科，1988，第二卷，第 48 页）。

——“你——是一切：你与风，还有草，还有月。”

——“还思考世界，还有世界……”

——“你——是：世界的。”

——“你——是恋人……”

——“什么也没有，也不是你。”

——“没有你：融化和溶蚀在永恒的怀抱里。”

我像一个不走运、顺从的神秘之人从黑麦地里出来：我个人的先知思想；因温柔我哭泣，因神秘的恐惧而抽搐，我就是唯一的①；在白杨树的簌簌声中我将双手伸向天空；还有明显的条纹上月牙镰刀下垂：弯下；还——驱赶着日落，像一件沉重的豹皮落在（离我约四十步）滚滚麦浪之上，在水沟旁，在那里一切猝然停止（历史——不存在）；由此——出现了我的诗行：

天穹瀑布在我的上面，
忧愁的波浪永久地落下，
冲回不到往昔的返还，
永远穿越远古。②

远古——打开：我感觉到，我首次出生，我的出生地——世界

① 引用德国哲学家的著作——左翼黑格尔哲学派、无政府主义理论家麦克斯·施蒂纳的《唯一者及其所有物》（1844），在这部著作里论证，个人是世界唯一的现实性，我，还有整个价值由他的兴趣相一致决定的。

② 从《永恒的呼唤》一首诗中不准确地引文。

屋顶：帕米尔!

又穿越恒定世纪的召唤
某种东西再次接触到我；
同样的忧愁沉思的召唤：
“请宣布——我开始吻你。”

我觉得：此刻取决于我的手势：我的命运，还有——世界史；所有的东西不在思想里流动：在前思想里；还——坠落到花海，在这些瞬间我找到了对待一切的爱；在他们包罗万象的、不显现的容貌里——我看到了人们的熟悉的心灵；还——知道了，在会面时我没有向他们出卖明显的秘密。

以这些感受来解决：感受迸发的爱——爱自身的“我”（“你——就是”绝对地只在精神里：在那里——是平等；博爱也——在这里，在大地上），我清楚地明白，“就是那个人”① 被尼采描述为存在的事实；事实的延续与尼采断开；它——只是兴奋和爱的泪珠（“我——就是一切”）；尼采不再是“那个人”②：也许成为他：他在自己的未来远行中。

和谐时刻被“眼泪”的感受变得柔软；在那里我跃过陡峭的水

① “Ecce homo”（拉丁语）。本丢·彼拉多关于耶稣的话：“那时耶稣戴着荆棘桂冠、穿着紫红袍走出来时，彼拉多对他们说：就是那个人!”（约翰。19，5）。

② “боддисатва”（梵语），“那个人的本质就是理智”，即那个人，还只需要一个化身（神的化身）的人，为了成为完美者并获得圆寂。

沟，强忍过去的事件；还——爬上高原顶部；从红色的空气中袭来一种很温柔的东西：

“等着我。”

“他”是谁？我分为两部分（后来，在卑尔根，明白——“他”是谁）；在田野里我的手势，他们的整个礼仪与宗教的礼仪不相似，我不止一次想：“他”——就是反基督者。我还是对他说：“无论是谁——我跟着你走。”还有——我返回；背后的太阳渐渐消失；麦穗簌簌；还有——椴树枝杈的顶端往下长；跨越水沟（返回）：却将无时间性缩短为时间性，把（杨树的）簌簌声变为自己的思想；巨大的世界，日常生活的操心掩盖了我的思想，第二个现实生活彻底让我喘不过气来；除了秘密的欢快外，我什么也感觉不到；但我尽量显得忧愁。

忧愁的人们隐藏着许多的欢快。

在我内心夏天落日的感受召唤：祈祷的礼仪；在田野里主持礼拜仪式；从中还有了稍晚于“交响乐”的题目；对我来说它们来自于“他”（我却歪曲它们）。“他”是谁，他是栖息在我内心的萌芽？

——“他”——是“我”（带大写字母的），富有生命力的“我”。

这些年我仔细地研究了日落的所有色调；在艺术家的油画里，如果看到被他们描绘的日落，我正确无误地指出他们书法的年代，因为我知道，多年里日落变化了：在 1900 年前日落只是照耀；后来——新的日落闪耀。施泰纳发现了这个现象；还有——海因里希·科尼利厄斯·阿格里帕[①]早在 16 世纪就指出，从 1900 年我们将进入：另一个时代。

在年轻时代从田野观察她：用曙光观察；对我来说后来曙光熄灭；它们从卑尔根——开始照耀；从火车奔向山的那“一瞬间”起；座座山峦也闪闪发光；将空气吹向脸庞；后来被施泰纳拿来修建约翰大厦圆顶的蓝色石头，覆盖着一层绛紫色的苔藓，延伸到光滑的冰川；而我与奈丽看着一个妇女；妇女一双深蓝色的眼睛微笑着；她整理着亮色的头发，说，我们不知道太阳；我回忆起——某个时候忍受的久远的“瞬间”。

---

① 海因里希·科尼利厄斯·阿格里帕（1486—1535）——德国文艺复兴时期的活动家，“神秘知识”的热心者，神秘学者，据说他预测从 1900 年人类进入新纪元。主要的作品有《神秘哲学》（1510）。

未升起的太阳的朝霞出现

如果感受到“瞬间”，这是多年彼此分隔的瞬间，是过了一年解释自己的瞬间，那么我们就明白了许多；当灵魂悄悄地潜入我们的心灵，我们的未来还远在期限之前就实现：远在卑尔根形象之前这些形象就活在我内心：在黑麦里感受到的青春“瞬间”——日落降临。还有声音：“你等着我”——是不容置疑的；等到他的到来；这就是他给我讲述的：转向自己本身。

这个声音在田野里飘扬。“他”，后来，将奈丽派遣给我。他领着我们到埃及：到狮身人面像前；从那里——到上帝的棺材前；这个声音也是从施泰纳的声音发出的（在科隆，在讲课中，在海报里这些课程冠名为“耶稣和我们的世纪”）①。我内心的这个声音在车厢响起，那时，我饱含着幸福和快乐的眼泪，快速地跑到站台，凝视着克里斯蒂安尼亚和耀眼的卑尔根之间、覆盖着苔藓的蓝绿色的石头。突然抽搐了一下：还——抬起了双眼；我看清了站在站台的人，与我们相邻的导师，——瞬间，那时我内心我易逝的声音清楚

① 指的是施泰纳于 1912 年 1 月 25 日做的讲座“耶稣和 20 世纪”。

地从我内心发出：

——“时代——正在完成。”

施泰纳用严肃的、明确的、无法忘记的目光——凝视着我；轰隆飞驰的车厢越过冰川，阳光和石头的光泽——这一切汇聚成一个声音，是用严肃的、忧愁的、温柔的、永恒的目光铸成的声音：

——“时代已经——正在完成。”

我如何描述我亲爱的导师的面孔呢？

面孔难以捕捉，如苍穹一样；时而它——苍老，皱纹纵横；皱纹深处一双细心的眼睛，目光炯炯地看着，双眼时而凝视，时而舒展，抛出一团灼烧心灵的火焰；我把它们与钻石比较（似乎，两颗星飞向我们，向恒星扩展）；但是恒星即将消失：剩下两个细心的黑眼珠；而面孔呢？没有胡子的、清晰的、坚毅的面孔，这个面孔远处看，无疑像是19岁的男孩，而不像男人；还从他的身上飞散出一股股隐形的旋风和暴风雨；无法表达无限性；面孔还不安分——只在你们身上，如果你们看到这副面孔，感受心灵的不和谐：这副面孔平静、安详；就让这副面孔凝视你们之后，克服你们心灵的行动因循守旧，就像炸弹爆炸；在你们内心深处爆炸，刺痛你们内心的假象；看到迎接你们，在人类假象之外燃烧；他恐惧永生，在你们的内心摘掉“底部”，在你们的内心打开“深渊”。

与此同时面孔表现出一股股痛苦的欣喜；钻石——眼睛——两滴泪珠，不是面向你们，而是脱离你们——转向自己的内心深处；施泰纳以照亮世界的痛苦看着你们；你们不会忘记那个目光；从中发出声音：

——“谁也不能剥夺你们的快乐。”①

秘密被写入这副面孔上：最后的命运和最后的文明的秘密；我却看到了这张脸是笑着的——是孩子般的温柔、简单、和蔼可亲的面孔；还有——浓密的胡须上的微笑，像玫瑰一样盛开。

……………………………………………………………………

在卑尔根我们忍受了难以描述的重要时光；过了约十年才提及它们：还有——我现在沉默；我被从一般的肉体中抽出来；也许，我感受自己就是和平行动的实施者（在遥远的我的化身里，当人们不再像人一样，还有——亲人的关系就像对待崇高的佛：转向崇高的佛）。

似乎：历史取决于每天的行为；生活的琐事像仪式一样，在我内心接连不断地出现；每天的约会五花八门；巨大号码在一切上燃烧：还以卑尔根窗户的玻璃光泽，以及一轮日落；陈旧的东西在所有人身上微微打开；已经战胜了——也不是石头，而是帕米尔连绵的山地；我就是我看到的一切：风、树、月；我也开始流泪，努力给我的小奈丽说些什么，但奈丽惊恐地对我低语说：

——“不要表露自己的思想……也闭嘴……”

我们，躲藏起来，沉默了。

然后，在哥本哈根（我们转到哥本哈根），有一次我在大街上遇到一个乞丐；站在他的面前，在这个赤贫的生活面前我充满了爱。

① 基督耶稣在最后的晚餐告别时对自己的门徒说的话：“你们现在真的拥有悲伤；但是我又看见你们，并且你们的心高兴，谁也不能剥夺你们的快乐”（约翰。16，22）。

还——哭泣（我不知道为何）；从美丽的空中传来话语：

——“我——这是你。”

这几日我捕获到导师的目光：目光对我说：

——“停下：后退……为时过早。”

严肃宣读：两颗星星从目光中飞到我身上；在那一瞬间施泰纳博士经过我们时，挥动着小手，迎接我与奈丽。

…………………………………………………………………………

在巴塞尔、莱比锡、多纳什——一切重复了。

巴塞尔就像熟人站在我面前；在这里在骨灰盒里埋葬了我亲人装的遗骨：基督徒莫尔根施泰恩在这里被火化；我握着他的手；还——在握手时他用目光回答了我，到现在为止我无法忘记这个目光；我们在莱比锡、在课堂上见面，揭穿圣杯[①]的秘密；还——在城市里，在这里我得知了理查德·瓦格纳和歌德（在得病期间）的生活；对我来说摩尔根施泰恩——就是兄长，我们共同爱导师。

在莱比锡附近我参观了那个带给我关于太阳消息的快乐的人：弗里德里希·尼采。

——“不是‘我’，而是在我内心的耶稣的‘我’……”

这个知识就是新的灵魂的数学：尼采纠缠其中。

当我给墓地带来鲜花并俯下身，吻着冰冷的石碑时，清晰地感觉到：历史的圆锥体离开了我；我成为——那个人；而且立刻感觉

① 说的是施泰纳1913年12月在莱比锡讲的由6个讲座组成的系列“耶稣和精神世界（从寻找圣杯）”课程。

到：不可思议的太阳降落到我身上；在这个瞬间我可以说，我——就是整个世界的光明；我知道，不是我自身的“我”——光明，而是我内心的耶稣——整个世界的光明。

那个时刻首次在我内心，人完全站在历史之上；在这些日子里我与摩尔根施泰恩无语的见面；确实：新的早晨的星星发光——在基督第二次降临的朝霞之上。

在尼采的墓旁，我内心感受到不可思议的疾病发作：在巴塞尔附近、在多纳什，我无怨言地忍受住它们。

克里斯蒂安尼亚经过卑尔根引向给我的贫瘠而疼痛的脑袋加冕：用荆棘冠。

多纳什对我来说就成为“荆棘”①。

① Dorn（德语），刺、荆棘。

作家和人

我感觉到读者的疑惑；还有——投向自己的怀疑的目光；还有，重要的是，我什么也不能回答。

我知道，知道，当阅读无序堆砌的语句时，读者将对我说：

——“这就是您给我们提议的？这——既不是小说，甚至也不是日记，而是一些毫无关联的回忆片段和——跳跃……”

一切——都是这样……

企图讲述我曾发生的事件，——带有“卑劣的手段”的企图；但是“卑劣的手段”总是为出版选配的短篇小说做铺垫。

在这里国内发生的重要事件一般奠定了长篇小说的基础；国内重要的事件不属于情节范围之内；故事情节结构的布局、风格的设计一般成为情节的支柱，这个支柱就是心灵的神圣感；从心灵落下一块；“长篇小说”就创作出来；批评寻找“中心思想”，不是从它隐藏的地方把它挖掘出。

我提醒读者，索福克勒斯的悲剧作品出自神秘剧；他们的中心——就是“国内发生的重要事件”震撼了心灵；但是悲剧的历史展示，悲剧作品最初的动机是如何分解的，消除自己隐秘的含义，并诞生最低俗的讽刺喜剧；从悲剧到讽刺喜剧出现剧院的历史——在作者的内心出现了任何一个长篇小说的故事。

如果作者没有神秘的问题，神话的辐射就像蒸汽一样从那里腾空升起，那么他就不是作家，虽然在我们面前摆放着他的多部头巨著；如果他巩固的不是情节，而只是情节产生的问题，这个问题无意中奠定了情节的基础，——读者只浏览“卑劣的手段”：片段、暗示、收缩、寻找；在它们里面你们既找不到准确的语句，也找不到完整的形象；陈旧的语言在他的日记本里留下痕迹；使我们着迷的不是情节的对象，而是——作者人称的表现形式，主要叙述者的表现形式；还——未能找到任何话语的表现形式。

这样——任何一部长篇小说：它在与读者玩捉迷藏游戏；而结构设计、语句的作用——归于一个：把读者的目光从神圣的问题引开：从神话的产生引开。

这个日记的用途

这个日记的用途——将面具从自己身上如从作家身上摘下；还——讲述自己，讲述人，一个永远被震惊的人；准备一生震惊。还有——一次极其恐惧的火山爆发。

我没有听到预先的震动；确切些——我不完全听到震动，不明白对我生命事件神圣影响的现实性；我说出对它们的观点——它们还以童话的方式展示。我把它们作为自己幻想小说的情节（当然，恰当地选取、使人物和风格复杂，——将以前我发生的事补写到事件里，这些事件却从来没有发生过）。

由此出现了轻率地对待自己个人生活的态度。

对我来说，我的生活渐渐成为作家的资源；我也像榨干柠檬一样，榨干自己，能一年里从我生活的源泉里汲取神话，获得稿费；还——以最平静的方式完善自己的韵律和节奏；后来我的作品长期写文学风格的历史学家。

还就是——我不想。

我让自己如作家一样停止写作：

——“你停一下吧：你闹够了，说出乖张的空泛的话语。”

——“你的神圣问题在哪里?”

——“没有问题：你的空泛话语遮盖了照耀你心灵的光线……”

——“这样中断自己的空泛话语吧：写吧，如……鞋匠。”

写吧，如鞋匠。

写什么？我还不明白。

我写关于神圣的瞬间，它将以前对生活的一切概念永远地改变；似乎炸弹落在我身上；我以前的个性——被炸毁；而它的碎块又将土地与人的关系撕碎；整个生活的风习——是另一个样的。

我还不明白从那里产生的后果（至今我住在他们那里）；生活流逝的无联系性，一对毫无意义的废话——没有建筑样式本身的建筑“木材”——从那个时候我的生活不得安宁；是，我知道：习惯、习气、教养，以及某个时候曾阅读完的杜撰的书籍迫使我把身边发生的事件称为熟记的、不真实的名字。

借助铅字我阅读了生活的书籍，大写特写；我现在将它无联系的字母胡编乱造；铸成新字码的新铅字；它的单独字母也突然陷入原有的混乱中，创造了阅读铅字时最粗糙的错误。

我知道铅字从尼采①的智慧里撒落下；要疯了；又没疯，因为在我的内心进取精神扩展，急于阅读源于混合铅字的胡说八道，还——对自己说：

——“是，——我知道，对我来说，新的真理从未出现；应该

① “从1888年开始，尼采出现神志不清，罪恶之神阿里曼（撒旦）越发控制小的“我”，在此影响下他就写出了自己的最后一本书。”（《从神秘主义视角考察羯磨关系》第三卷，Dornch出版社，1975，第175页）

耐心地观察它从衰亡的世界打开的缺口中出来……”

这样，在看到墙上黑色影子时，我们想象，这个影子只属于我们：我们的手指形成了它；我知道这样：研究铅字矫正视野；我——正确地阅读：精神事件对生命留下印记。

我——将会发疯。

准　则

震惊彻底改变了我内心对生活真理的认识。

对我来说一般现实生活的准则——就是胡说八道；而未来的准则——看不清：他们布满了以前爆炸的一团团灰尘；我的面前还是飞扬的尘土；隐约出现的精神轮廓、布满碎片的生活，如许多离奇的现象、荒唐事、不可思议的巧合以及——令人惊讶的事件出现，命运遇到了这些；这个命运现在——就是我；而且，还将驱动现实生活马车的缰绳递到我的手里；没有马车夫：我在被爆炸毁坏的地方建立现实生活。

因而，我将自己陷入原初的混乱里并描述物质意识；在我的精神生活中老物品已经用坏；而由观点、理解、情节，明显构成感觉的新物品还没有。

在那里，我如作家一样真诚，读者现在只看见接连不断的“卑劣手段”；认为，也许，只有用“卑劣的手段”才表现出俄罗斯的现实，被读者废除的现实（在他们那里废除……俄罗斯!）；在自己的日记里我还建议关注“建筑木材”；“建筑”（长篇小说或中篇小说）在他那里没有。

我不隐瞒：至今我可以欺骗读者；还——在原风格上给他呈献由形象和美好句子装点的对位旋律的花招；但是从这些工艺品中读者什么也不知道我真正发生的事情；我不久前出版的中篇小说就是手工生产博物馆，这个博物馆按照秩序和美妙的语句安排，想象为：公鸡、婴儿、小姐和绵羊；就是“铁匠和熊”，就是皮埃洛……

我也不隐瞒：也许，明天我又重操掩盖真理的旧业，欧洲自古以来非常讲究的修辞家这样研究这些真理；可我多希望向读者大喊一次：我们工作的武器——就是我们的铅字——就是谎言和欺骗：它——对我来说是软弱无力的。

我的真理——就在作家范围之外；我用一个方法——可以触及它：以中篇小说的形式从自身删除这个奇怪的日记，记录我的意识状态，处在疑惑和不能疑惑的状态，这种状态用作家创作的一般手段表达出来。

一大堆“卑劣的手段”和“木材”代替了中篇小说的结构——是我的中篇小说的创新；我——就是作家一修辞家——我作为风格的修鞋匠出现在你们面前；我也，“只能”用词的节奏遮盖心灵的痛苦，在你们面前展示这些无韵律的敲打：那个——就是我个人生活的敲打，它被突然停止。

在你们面前废除作家面孔的事件，不是所有人常遇到：我就是一个最平常的人；是，但我——是人；职业的文学家——我们常常不是人。

根据以前的经验我知道这个。

列昂尼德·列加诺伊

我意识状态的反常性给我描绘我是反常地处在现实生活中；我也想：

——“如果我将自己的碎片展示给他们，围在我周围的人们就会惊讶……”

熟人一般非常热心地寻找出与我交往的对象；“对象”——就是某种文化题目：历史问题、风格或神秘的哲学；这——就是“可敬的题目”；我也能“令人尊敬地”涉及“令人尊敬”的对象；“令人敬重的关系”悄然在我们之间形成；构建“最令人尊敬的生活”的假象，我作为一定时代的活动者陷入这种假象中；我还像活动者，想让自己为时代永垂不朽，我值得平静地去深入研究在当今被认为是“令人尊敬的题目”。

它们是这样的：哲学和创作心理学、诗学节奏、语文总谱、历史和象征主义理论；我知道：完全深入研究其中任何一个题目中，——过几年我就会发表分量很重的专门研究的作品；几部写完的著作，——就这样我，院士，长眠：我——是光荣的。

我还有另一个值得尊重的，“使命”①：我——是诗人、小说家；为了喜爱的读物我的小说至少是复杂而富有悬念的，但是——按内容的厚重和题目它们是令人尊敬的；为什么我不再写作，还在选择令人尊敬的题目（“俄罗斯”，“东方或者西方”）。

总之，兴许我能成为一个剧作家，能写出几本富有诗意的书，也许，这些书能得到评论；甚至还——被翻译出来，可能，从这整个中我还写出某些东西。

我也可能成为教授（生物学或者……化学家）；至今我着迷于微生物技术领域。但是我知道，我知道的东西：在那些领域里人们是按照他们的职业进行评价的，——我逃避私人的、真正的职业：给我唱的奏鸣曲风格，可能，是由我创作的长篇小说的原型；不是我创造的风格是饱满的，——我知道；我是美国硬橡树的雕刻家；从事这个工作也——已经一年；甚至一次我偶然成为音乐家：我演奏第二个鼓手（一般让我在乐队里扮演土耳其鼓手的角色：在这里可以表达出来；而且——比中篇小说更好地表达自己的内心）。

我真正的活动只是在旅途中偶然发生的事件，我成为其牺牲品；我的生活道路发生了戏剧性的变化：派人到彼得堡，并提供地址和最庄重的推荐信，但是因令人遗憾的疏忽我没有坐上那辆火车；而是——坐上通往下诺夫哥罗德的火车；半途中又被偷光；他偶然卖火柴发财，成为重大事业的业主，有能力领导它。

我就是这样：我——是一个偶然性的作家。

---

① 原词为法语。

在我“可敬”的文学职业的土壤上“令人尊重”的态度让我觉得可笑；他们——是虚构物；我容许把它随意展开；我出书并参加委员会的会议，似乎我——就是文学家，似乎我的文学——就是我的“立场”（为什么就不是音乐、不是生物、不是生意、不是雕刻、不是第二个鼓、不是定音鼓?）。

也许，是因为在我的文学家的行为里就有某种东西，不时地迫使喜爱事业的“职业者”盯着我；许多人害怕信任我；我似乎是变化多端的、不可靠的变色龙；还因为作家兄弟们经常用怀疑的目光衡量我的活动：

——“不，他身上没有友好的东西。”

是的，我是“职业兄弟会”的敌人；但我可能成为“同志”；“同志会”和“兄弟会”的概念——完全是不同的概念。

是的，我也是——专家：但我的专业没有在我的专业上反映出来。

我的专业——研究专业的产生；“我”潜在地——总是很积极地——什么也不是。

我生活的潜在的“一切”我长久地觉得没有被揭开；我不止一次吃惊地站在心灵的某个地方之前，观察如何从没有解开心灵的地方，似闪电，给我闪耀着适合的各种机遇；生活的多种多样的可能性嵌入我的内心。

我的被实现了的生活——就是作家的生活——只是多种可能中的一个；这样的可能就如其他可能性一样；也因为我为自己看到了其他的可能，我心不在焉地、不情愿地、幽默地对待自己，对待作家；有时——带着明显的愤恨；我个人生活中最琐碎的事件长久地让我脱离了职责：焚烧书（我把它们彻底烧了，但是，我承认，我可以以双倍的速度焚烧它们，却毫不损失其内容）；我度过了约一年，没有出版一本书，只解决个人的任务。

我觉得：人中也没有人；我们称之为“人”的一切，也只包括部分、特征、人的生活的专业；我内心感受“人”就是那个点，从我的人的生活多样性中闪耀的那个点（只是我偶然选择了一个）；我内心感受到许多人的冲突；多声音的人群——与我相同的孪生子、三生子！——在我的内心诗人、作家和理论家的专业反复喊叫；我寻找不能实现的可能的和声；就来找“人”的概念，人的身上没有概念；我们所有的“人”（只是小写字母）——是大写的他、一个人的套子。

本能的愿望就是扔炸弹，往人的套子里、往作家的“盒装”书、往自己的“盒装”书里扔炸弹，一定，在我内心产生了印象，似乎我——是变化多端的、变化的；“作家们”怀疑我。

我开始给他们所有的人解释；将不再处在揭开自己真实观点的状态，我开始对自己本人解释。

在那里在我的内心生活里也遇到严肃的困难。

我如列入著名时尚的作家，违背自己的生活，站到自身的对立面。

“列昂尼德·列加诺伊”（我的笔名）从影子变成了我本人；再

现了安徒生的影子[1]童话；对我私人生活的影子的法庭调查、残暴，首先以坐牢威胁：关在牢笼里，然后失去自由。

我咬牙切齿地看着，尊敬的社会如何热情地接受“列昂尼德·列加诺伊”自己，诽谤我，还——躲避生活；他拽着我，在隆重的文学会议上他发言和致贺词，让我这个饥饿、穷酸的人拜倒在他的脚下。他夺去我的食物；伸手去够食物，而——“列昂尼德·列加诺伊”未解饿的、饥饿的样子、令人惊讶地、猛地扑倒在我的脚下。

我的声音——是人的声音——成为影子的声音：我在影子的脚下无声地张大嘴，影子掩盖了我的声音；“令人尊敬的人”，给杀死我的“残暴人”过分地说恭维话，没有注意到我；我——成为被文学影子诽谤的虚像，他们利用我的手、脚和声音让自己出现在公众舞台上。

我打算报复影子。

相对于可敬的赞扬“影子”的人铭记在我内心的只是魔鬼的计划：推翻影子，在他们面前出现自己的个人、人的样子，他们的会议以“无尊敬性”令人惊讶，这就是自己的意图、方法、趣味、风格，唉，毁坏“列加诺伊”的传统服装——剪裁很好的、长下摆的常礼服。

相对于“列加诺伊”那时我提前采取了严厉的措施：我努力用疼痛和愤怒剥夺作家的文学荣誉，有时对他采用损坏了的文学语言（这就是我，偷偷地潜入到他的精心推敲过的语句的杰出的领域，重

---

① 暗讽汉斯·克里斯汀·安徒生的童话《影子》（1847）。

新组合这些语句，在其中拼进简单的庸俗的词汇）。

根据批评家的观点，“列昂尼德·列加诺伊”沉湎于低级趣味的、卑鄙的讨论；还在“列加诺伊”的行为里时常显现破坏他的庄严风格和题目的特征：看到他是醉鬼。

那个我，在其中耍滑头，毁坏了富有诗意姿势的优点。

最后，我决定采取极端措施：把他彻底收拾了；在我的内心这个极端的措施首先接受了弯曲的形式：我清楚地知道，他——是个寄生虫，没有我的生命他不能存在，我决定丧失生命；还——以此行为结束“丑角”和“小丑”的最龌龊的存在，这是我作为人的追求。

也许，如果在我的地平线上不出现迫使我放弃我周围一切的“老的星星”的话，我就以此结束生命；还——追星而去。

是否可怕：“列昂尼德·列加诺伊”，发现与我的意志斗争的力量，一下变软了，就像被空气吹鼓的木偶，皱眉，压平，从三米的距离跨过到两米的距离，保持适当的距离，没让自己忘记扁平的影子，变黑；还——顺从地躺在我的脚下，当我确实成为一个追逐自己的星星的“漂泊者”时：星星带我去追鬼星团；在那里，在“鬼星团”里躺着婴儿。

没有被描述的事件的重要性在于，我凭什么坚信，这个“婴儿”就是“我”，我的，——我的“观点”，我不可能涉及；在我的内心，在人的身上，人现在诞生了。他，真的，还是个婴儿，但是我照看他，我爱他。

我不把他交给任何人。

我——成为“我”（带大写字母的）。

而“列昂尼德·列加诺伊”长久居住在莫斯科的豪华客厅里，来祝贺我的幸福，他被宣布出卖胡言乱语和消耗尽自己的天赋（后来我又嘲笑文学修辞学的先见之明者，不是以“列加诺伊”的名义写作，而是用自己的巴洛克风格写作：他们接纳了它）。

现在我删掉修辞学并且——向你们所有人宣布：从今我开始写作……像……鞋匠一样，采用“卑鄙的手段”不是因为，我在胡言乱语中消耗掉我的天赋，而是因为，“天赋”，你们崇拜的——是假象，一般的假象；我们用这个假象欺骗自己，并掩盖住自身成为人的可能：杀死了自身的婴儿，就像希律的军人。这个扼杀婴儿的军人就是我。在路上与星星一起耀眼的幻觉使我转向：我却没有离开你们——丰满的、有力的、富裕的半死半活的人注定走向现实生活的死亡，奔向未来春天的新生；不是伪君子，而是收税人看到光明；不是宏伟文化的贵族，——而是庶民用自己的血“铸成”了基督教。

你们爱我们如庶民：不是那个时候，在未来我们把宏伟的文化教堂建立在地面上时：你们爱我们——是陵墓里、在无定形里，接受的不是文化和风格……但……没有统一的话语洞察活上帝走向我们的预见。

两个“我”

新的星星升起与幻想的“婴儿”将我和奈丽从以前的浓浓的大气层中拽出；似乎：我们内部生命的重生；这个重生的事件，如果在过去以分散最小的原子衡量它们，清晰地重新组合这些原子：更加不可思议的神话。

无法描述它；只是许多许多的投射，多种多样的方法——不完全、不明显地描绘出事件的背景，在此上我建议站起来，就像站在土壤上；但是从这个土壤发现：关于未来的真理。

……………………………………………………………………

基督第二次降临开始。

这个真理由我完成，明显地不认识它；真理在我的内心构成了一个观点，就是抛弃所有支持顺利构建生命、令人可敬的各种作业，这个生命一去不复返；在爆炸中、在灾难中、在火灾中老的生命毁灭；这些“爆炸”已经在开始将自己准备投入新纪元事件中完成，这个新纪元就像太阳一样，照亮我们的心灵。

除我们之外——还有灰色的、旋风卷扬的灰尘（在大雨之前——从乌云里突然腾起一股风：还有——龙卷风旋转着；我们——就在它们的地带）。

从它的里面、这个灰尘里腾起片刻——奈丽和我随后又跌下去：我们知道事件的范围：现在的我们期望逃避使命，散发自己的幻觉：被先生派遣来的戴圆顶礼帽的绅士，企图诽谤我的行动。

我自身的存在就是在注定死亡的生命面前最不礼貌的叫喊；因为我恐惧，我不是被恐惧和权力控制，而是——被完全的无助掌控；出版可靠的知识，就如回忆过去我发生的可怕的事件，——想必，对他们而言，无论我是否跌落，都会隐约出现。

因为他们憎恨我：为无助性；也为必须杀死我（我不再反抗）；他们的剑——就是诽谤，是用毒药侵染我的意识状态，侵蚀我的灵魂；我的剑——就是无助性；还有——我的灵魂即将死亡；但是我一边死去，一边爱。

……………………………………………………………………

我从描述造访领事馆开始，我坐在那里，恐惧如疾病笼照着我；而且——还在持续；但是，为了了解疾病，应该深入到旺盛的体魄，整个身体充满着这种旺盛：战前；整个疾病——只是生活力的结果，是渗透我的力量（而力量降落到整个生物体里）。

我的无法比拟的奈丽出现在我的面前，她如早晨预告太阳出现的小星星；但是奈丽的出现——以我的生命准备；可怕地说：当我还是个孩子时（我们之间有十年的时间），就感觉到了奈丽；我还是四岁的小男孩时，有时就感觉到：温柔和呼唤；好像温暖的阳光在照耀；这个奈丽，还没有出生，就降临在大地上；还——思考着我生命的计划，从那里看到我，给我洒射自己的阳光，用光线照耀我。

后来，经过约十二年，我们相遇了，我们彼此认出：寻找到了；也因为奈丽能够将我从关押“列加诺伊”的地下室里救出，列加诺伊住在我的上面，在宏大的心灵的房间，在那里，他擦亮地板，在我的头上鞋跟咚咚地响。为了描述形成不可思议存在的事实的症结，还有——在我们之间炫耀的中心（我内心的“婴儿”），我看到——我不得不后退，度过几年，形成台座：为了我的另一种生活。

我内心的“我”在现在以上我的回忆中是否玩得起兴，或者“我”，现在就是明显的我，——只是未来化身的“我”，其中它说，——我不知道这个；但是知道一个：我——对“我”来说就是死去的外壳；我——是人的外套；我将为这个人服务；我的外壳将发生什么？确切点说，外壳将要死去；目前他们不容许我喂养“婴儿”（对此历史生活的条件还没有成熟）；因为：我感觉到自己就是遭受命运打击的那把盾牌——为了保护圣物。

我感觉到自己就是一个弯曲、长满老茧的地下财宝守护者，是一个不干净和有缺陷的人，在这个人面前摆着盛着贵重红酒的圣杯：我的整个使命，也许，就是小心翼翼地把这杯贵重的圣杯高举起来；还要把它送到圣地，递给它的骑士们；一时我相信，我——获得荣幸：圣餐仪式；因为此圣餐仪式让我热血沸腾；也许，整个疾病——转向意识，因下意识的思想折磨，还在这里，在大地上，完成了主易圣容，还有我，帕尔西法尔[1]弥补自己可怕的阿姆佛尔塔斯的伤口。我所发生的事情让我想起了传说中的片段：我在无意中被视为蒙萨尔瓦特的常客；还完成了亵渎神明的行为（杀死天鹅）；蒙萨尔瓦特的骑士们强制性地将我从圣地赶出去。在未来我的贡献还在于：成为骑士！

……………………………………………………………………

回忆我最神圣的瞬间（克里斯蒂安尼亚、卑尔根和多纳什）——给我的圣杯：我带着它；在圣杯里——是“婴儿”；而原来的生活——就是凋谢的花朵；如今它里面果实累累；如今我的生活——就是多结的痕迹：鲜活种子的外壳：只是在我死亡之后长长的细枝从风干的布满裂痕的躯壳上（从肉体）奔跑到“人世间”；他的枝叶也将成为我滞留在领域[2]的尺度：太阳、月亮和水星：细茎抛出小圣杯；我觉得是未来我的化身外罩的圣杯；而从圣杯里飞旋出花冠（或者未来我的生命）；我不是在这里盛开（我——凋谢了）；但是我已经知道自己身上的花冠是天蓝色的[3]；他——就是圣杯，我高举起它，带来。

---

① 亚瑟国王“圆桌”的骑士，他的故事在12—15世纪的一系列的神秘传说中讲述（法国的克雷蒂安·德·特洛亚的《帕尔谢法尔》，德国的沃尔夫拉姆·冯·埃申巴赫的《帕尔齐法尔》等）。帕尔西法尔在格拉阿里·蒙萨尔瓦特城堡里看到盛着阿姆佛尔塔斯王的鲜血的圣杯。但是帕尔西法尔显出对阿姆佛尔塔斯保护者圣杯的漠不关心，被驱赶出城堡，只是在多年的寻找、承受了许多艰难的考验之后才重新找到圣杯。帕尔西法尔的命运——象征了中世纪圣殿骑士们的生活道路，寻找服务于理想的骑士精神。

② 根据人智学的学说，人的灵魂从死亡到新生的路上走过整个恒星世界——从月亮到土星，纳入了它们每个的特征。这样构建了我们的“星星”和星体。

③ 浪漫主义理想的象征，被德国浪漫主义作家诺瓦利期在其长篇小说《海因里希·冯·奥弗特丁根》（小说于1801年由于作者去世而中断）中作为文学的表达。

我处处发生意识转移的事故在我的内心引起回声，就像奇异的生命的透亮的光线；那就是我未来的生命；我立刻把它送到在我的生命事件里；我有时给自己描述完美，这些完美属人；也就是亵渎圣杯。

每次意识转移、每次能力犯错误之后将小写的“我”与大写的“我”分隔开——许多的绅士或先生、那个时代我真正不知道的面孔出现（也许，——他是荷兰独家住宅的业主，也许，——是耶稣教会最令人尊敬的修道院院长①）：但是我很熟悉他——在那里：在心灵和精神空间；在我过去的几年我试图在《彼得堡》清晰地描写他；他就是——阿波罗·阿波罗维奇·阿布列乌霍夫，最著名的官僚；“官僚”开始为把他的面孔公布于世的企图而报复；他处处跟踪我，有时在我的房间散发污浊的空气；奈丽发现了这个；有一次她开玩笑地说（这是很早的事，在巴黎郊区）：

——“你是否知道，我们该离开了；我发现在我们的房子里有看到你的那个‘官僚’。”

我清楚地看到他（真正的样子）——在临走前做梦；我梦到一个形象：血淋淋的红色房间；在房子中间，单独摆放着一个黑色的读经台；而在读经台上平摊着一本奇怪的书；穿着红色长袍和戴着圆形软帽的人俯身书本上，站着——就是大写的他，我的敌人：我认出他干瘪的耳朵、发黄的大额头和塌陷下去的冷冰冰的眼睛；好奇的是，此时我和奈丽听到窗户外风声（雷雨开始）；还更好奇的

① 在宗教修会里的官员，级别低于大团长。

是：奈丽大声喊了一声；蛮横无理的老鼠，尖叫着，扑向她的床铺。

老鼠使我们几天不得安宁；小老鼠如发光的小太阳爬满房间。

但是我不可宽恕地转移开视线：我应该返回；我已经坐上到多纳什的火车；瞬间我应该跳下；还有——无意出现在连绵的山丘前，从上到下长满了浓密的绿色樱桃；从樱桃中大约又看到：大厦的两个圆顶。

又在多纳什城

奈丽不在家。我知道，她在那里。我就跑去找她——到那里，往上：到山丘；半路上，从山丘下来，迎面我遇到了朋友们，年轻人戴着宽边、向后弯的帽子，穿着柔软的短工服和短裤子：这就是三个＊的Б；他——是荷兰人；他还创作美妙的音乐；这就是三个＊的Д，他——是挪威人，艺术家；两人都让我停下来，大声喊叫：

——“怎样，三个＊的Б，您不走了？或者他们不放？”

两个人不得不讲述在领事馆发生的事情：

——“可恶，恶心，卑鄙……要知道你们——是俄罗斯的子民：贵国的领事馆为何沉默？为什么领事馆允许？……”

我只是耸肩；还——往上跑，逃离开他们。

我迎面遇到太太和小姐们；她们穿着夏天簌簌响的舞裙；五颜六色的裙摆迎风飘散；这个人——穿着浅紫色，那个人——穿着白玫瑰色；我停留片刻，不得不转达在领事馆遭遇的失败。

三个＊的M小姐，红着脸（年轻健壮的小姐穿着粉红色的裙摆），说：

——“如果你们，三个＊Б先生需要什么，我为你们尽力而为……”

但是我往上跑，因为我知道，三个 * 的 П 和 Д，如三个 * 的 K 一样，大概已经完成了日常工作；确切些的是，我遇到了我心爱的奈丽，她正往家走；同时我还想一定要出其不意地遇到她：在正门入口里面；拿出她的斧头和小手把的凿子，开始工作；在可恶的一天之后我想：不假思索地在木屑中敲打，把巨大的弯曲的建筑木块凿平，这个是我最近这段时间为奈丽准备的。

这就已经——在山丘上；沐浴着日落余晖的巨大正门入口，在圆顶下凸现出来，黄色—珍珠母色的圆顶建筑泛着粉红色，从这里在几公里之内就看得到；这个奇异的正门入口带着一个宽大的水泥灰色平台；约翰大厦的窗户、大门就像可怕的黑洞，对我张开大嘴；这些最后的东西是由许多混凝土柱子构成，这些柱子让人觉得像是被掰开的黑洞洞大嘴巴里的巨齿；第一层是混凝土；它形成了平台；从其中升起了木质巨物，被磨成多面体，组成两个圈，彼此套在一起；连接圆顶的线形成轻飘飘的之字形；那个风格，圆顶的手法落在大厦上，成为建筑成就的一大奇迹：瑞典杂志写到这一点。

我就在角落、边框、走廊和混凝土空间的房间所构成的迷宫中间，每次这些引起对忘却的宗教神秘仪式的回忆，从来没有举行过的仪式；在这里，在这些房间里找到自己，你不相信，从这里走出来，你无意中走到：20 世纪瑞士的风景画中；似乎：你怎么到了这里？清晰地浮现出来：寂静的走廊、角落、边框、拱门（所有都用混凝土做的）用自己组合颜色（黑灰）形成了地面上的神秘的教堂；你就会看到：迎面火炬闪现；还有手拿权杖的鸟头的男人们——引领你：走向告知。

但是，走到楼梯上，这个楼梯用洪荒时代生活方式的巨石支撑着，我从这里跑到圆形大厅（在树木地带），——一切变化了：还有，你在人类不远的过去和未来：迅速地被笼罩的印象。

我已经跑遍了这一切：这就是我——在巨大的正门入口，被森林包围；从树梢上撒下木片；一个木片击中了我的额头，我抬头往上看：

——“奈丽，奈丽。”

从上面木板和原木之间匆忙探出一个小脑袋；于是——我高兴地笑起来：我的奈丽。

我顺着摇摇晃晃的梯子开始往上爬；我们站在建筑物下；还有——我们彼此微笑；从巨大的镂空窗户看周围；还有——空气清新；从这里也观看阿尔萨斯山的青色山脊；在那里——炮声轰鸣。

约翰大厦

我站在圆形大厅中间；在穿过浓密的森林时，想象这个大厅，他建成之后会是什么样子。

想象十四个有棱角的巨大柱子（每个柱子的直径——不少于一米半）；柱子明显地围成一个圆圈的空间；无棱角的柱子不对称地立着，坐落在六棱角的底座上；十四个底座，就像用木头做成的柱子；无棱角与六棱角的比例每次发生变化；按照与底座的比例柱子是不对称的，就像形成最奇异的移位；移位的数量形成了和谐；似乎，——柱子的圆圈旋转起来；我想用手抓住什么；因为柱子的跳动，在飞翔的墙壁里我头晕目眩；柱子的底座被任性地切除；建筑物的图案装饰的主题发生变化；这样：所有的柱头——图案装饰变化；图案装饰——没有情节；这里面无法阐释它们的美；它们构成了奇异的晶体层级、晶体状的植物和圣杯；它们的平面在角下交叉。

显然，十四个建筑巨物分散在两个半圆形（每一个半圆形七个柱子）；而每一组变化图案装饰：图案装饰线每七次变化；树木本身也每七次变化：七种颜色——七个树种：白色山毛榉，稍微发黄的梣木，弯曲的樱桃树，古铜色的橡树，发黑的榆树、白色槭树、雪白珠母底色的白桦树。

还有，依靠这些，在跨度大的陡峭和斜面的半弧形上——建成：跳跃和棱角的额枋与圆顶组合成宏伟的幻景；多棱角在我的内心形成巴赫的赋格曲；白色山毛榉的柱子上简单的主题——晶莹、繁杂、蜿蜒；棱角额枋结构成对地升起：在一行行樱桃树和橡树之间；还有——更远、更远些：在白桦树和槭树之间——那个简单的主题不可思议地被复杂化：变奏主题就这样自行实现——以建筑结构的流动；就像墙壁，从原地掉下来，开始奔向四处；弹跳、它们的肌体在拱形木里来回走动；柱子的飞舞和墙体的飞翔——让我们头晕目眩；天才的罗丹怎能不胜任，在这里在建造额枋中达到；正是：流动中的建筑物出现。

也是因为，进入空旷的大厅时，它的地板——在各个角下，开始出现墙体倒塌；透过裂口从各处看到广袤无垠。

那个——就是观众大厅；圆圈与它的小圆周舞台交叉，舞台如观众大厅，由：活动的半弧形柱子（每个半弧形六个柱子）组成；树木层级在这里形成倒序；柱头的图案装饰另一个样子；还有——棱角的额枋建筑物四处散落：它们纷纷涌现，编织成向五角星形扩展的精致的结晶体，这个五角星形像仰面张开双手的大写的人；现在却在它的下面，没有我已经将木质的雕像雕刻成：耶稣本人就站在这里，用木头雕刻而成[①]。

站在圆圈大厅中间，你们会看到，玻璃阻挡：柱子后面到处是色彩鲜艳的、若隐若现的大蜡烛，透过一排排的窗户上的三折圣像——由厚的彩色玻璃制作而成：紫色的、鲜红的、玫瑰色的、绿色的、青色的；在玻璃上雕刻着题词线；这个玻璃彩绘（即在玻璃上的绘画）形成了艺术，是由施泰纳发明的；亮红色、青色和绿色的光斑，摆动不定，在棱角的半弧形的柱子上闪动；白天这里四射出半昏暗的色彩，之字形的光线闪烁；额枋建筑物、圆顶隐没在半昏暗的时隐时现的五颜六色中；晚上，在灯光照射下玻璃光熄灭；巨大的额枋建筑物突然闪烁一下；从圆顶弯曲的红色色彩还闪烁一下：在那里，在火红的天空，从铺天盖地的火光中——创造了埃洛基姆[②]：光和声音。我站在巨大的圆形大厅中间，观察所有的建筑物：那就是——“火星”，那就是——“木星”（柱子和额枋，在这里献给恒星；我们，雕刻匠，把它们随便称为——“火星”“土星”“太阳”；而且——它们彼此说：“您在研究什么?”——“在研究土星”）；还有“土星”和“火星”——就是额枋，在我的妻子奈丽的

---

① 歌德纪念馆整个大厦的中心大概就是一组群雕，由施泰纳用木头雕刻而成。群雕是三股宇宙力量，按照人智学的世界观，在宇宙和人的身上活动的力量：恶魔企图将人变成炽热的、任性的、感性生物，罪恶之神阿里曼试图将人变成心灵顽固不化的、冷漠的、理性的，耶稣平衡极端性，成为爱的表达的化身。这组群雕其用途是安装在舞台中心，以便扮演神秘的概念。在1922年的火灾中，第一个歌德纪念馆大厦被毁，群雕还是在施泰纳的工作室里被发现，才有幸得以保存下来。目前群雕又安装在第二个歌德纪念馆大厦里。

② 《旧约》神话中上帝标志之一，自身记忆着欧洲各族古代多神教。在人智学中——建筑形式的神灵，即倒数第四职位等级的神灵。参阅1909年施泰纳的系列讲座“神灵职位等级和他们在肉体世界上的反映”（第110卷）。

领导下我们认真负责地雕刻出；我们开始在木头上雕刻“火星”；我记得，当时掌状形的额枋建筑物，如洪荒时代的犀牛，还站在大地上——在板棚遮阳板下；我们的整个夏天，从早到晚，全力以赴地投入工作当中，从其中雕刻出精致的平面：在直接宣战之前我们就雕刻出了“火星”和“土星”；这些建筑物被一根长长的沉重的链条往上拽，被固定在柱子之上；战时的秋天我们开始研究建筑物外部的窗框；这年冬天，把它们堆放到圆顶下，粘贴我们的“火星”，切割它；1915 年整个春天和夏天——完成了“土星”；“土星”和“火星”——就是我们的建筑物；我喜欢它们，就像喜欢自己的孩子；这些建筑物，说不定，——我以后再也看不到：如果我再看到，——在另一个环境里看到；从下看它们：不再攀登到圆顶下。

告别“建筑物”，我将我生命的一部分投入其中：现在它——就在那里，很高一很高一很高；我的灵魂的一部分高于我本人！

我们怎么能创作这一切？我不知道。我肯定知道：如果提前告知我们，我们就去雕刻这些巨大的建筑物，我们就不会来到多纳什城；显然就是疯狂地从事沉重的事业；我们到了多纳什城，为了在那里成为有益的人，也没想象一下，究竟成为什么人；我觉得，如果给我的任务只是打扫木屑，那么我认为自己非常幸福。我们怎么才能将这一切雕刻出来？

1914 年 2 月 1 日我们来到了多纳什城；第一时间就是绘图，给平面图添彩；然后，已经在三月（我们还有约 25 人：以后有几百个工作人员汇聚），把我们集聚在半建成的混凝土房间里：在柱头建筑物前；施泰纳备好凿子，观察石膏做的小模型，开始迅速地雕刻出土星的柱头，并给我们解释：我们聚成一小群，仔细地观察他用锋利的凿子凿出的刻线；这样的演示不是一次重复；后来我们分为小组，我们形成十四个小组（按照柱头的数量）；每一组由雕刻艺术家（我们协会的成员）监督；我们很快就熟悉；过了一个月，在四月，我们又分为新的小组；又选领导者；每一组从事额枋；我们得到一大堆的橡树来雕刻“水星”；我们是四个人：我、奈丽、她的姐姐[①]、姐夫；指定奈丽为额枋的领导者；她——检查工作，她计算，需要留下多少公分的橡树；多少需要——切除；施泰纳博士，监视着活儿，几乎每天都围着我们转；他用棱角绘出了平面，并解释需要的一切。

还没有开始。约翰大厦以无序的原则建成：是乐器的乐队；还是——指挥；给予指示，如动机、告知工作计划，完成却是——自由的。

约翰大厦让我坚信的是，我怀疑整个生活：怀疑集体性的建设；集体完成约翰大厦的创建。

我们从 9 点到 12 点工作；大约在 12 点我们一群人快乐地来到小山丘附近，准备美味的午餐；之后我们快活地交谈，有时大笑或者钻进浓密的草丛里，休息到 2 点；2 点走向山丘；再后来，工作近 2 小时，去喝咖啡；从 5 点到 7 点半我们又开始工作；之后——去吃晚餐；每个星期六和星期日在草棚里施泰纳给我们授课：但是

---

① 这里指的是娜塔莉亚·阿列克谢耶夫娜·波佐（娘家姓屠格涅娃，1886—1942）——别雷妻子的姐姐。她嫁给在书本里经常提到的亚历山大·米哈伊洛维奇·波佐。

有时候他每天晚上给我授课。

每天晚上开始了新的生活：排练“音韵协调”和音韵协调的演出；白天的工作者，穿着轻便的短袖长衬衣，在运动中——描绘声音的生活；排练“音韵协调”从乐队到合唱轮流交替；浓艳的、美妙的、奇异的、外表古怪的生活。

在黎明时碧绿色、鲜亮的圆顶在整个生命之上大放异彩；看到它们，我感觉到爱的温柔：不论对何物、对何人……

夜晚我们在守护约翰大厦；我多么热爱自己的岗位。

夜：从你脚下的绿草中亮光点燃；四周——没有一个人；在后面——耸立着陡峭的盖母蓬山脊。月亮发出的磷光洒满四周；两个圆顶闪闪发光：你打着灯笼走，走在走廊里，走在混凝土一层的没有窗户的偏僻的角落里；那就是用巨石支撑的楼梯，小柱子中间是黑洞洞的空间：走廊、角落、边框、拱门用自己的色彩组合（黑灰色）看似像某个时隐时现的教堂；也似乎是，迎着灯笼闪烁，出现了带权杖的人们。

你——就在大厅；你转动了灯；还——在你面前出现了由森林、横木、长方木组成的世界，这些刚刚隐约显出建筑物的轮廓；这些墙体的弧度是无与伦比的，这些柱子的入口额枋：就像磨光的龇牙的嘴，也是独一无二的；模糊地觉得，你是很小的——是脑袋的内部；在那里深处——似乎有某个人，你一生模糊地等待的人：每个夜晚他都会光临这个鸦雀无声的大厅。

瞧你从里面往外走；于是——你就在凉台上；从凉台往外看辽阔的地方；四周安宁、寂静；走下去，绕草棚走；你面前的两个圆顶……发出磷光；从那里一阵微风吹向你——就是那个风；而是什么样的风——你不知道；它就在心灵里引起共鸣：从不忘记。

带着灯笼绕着大厦的半圆走，我回忆起，在很早的时候，还是青年时，我就看到了这两个圆顶。

光荣的殿堂

在这里，我想讲述的苦难经历就发生在这个偏僻的教堂里；那时我还是一名中学生。

按例我参观教堂；我喜欢那里的歌唱、嵌金丝的织锦缎、一阵一阵的香味；我也喜欢观察，助祭一瘸一拐地走路，噘起歪斜的大嘴唇，嘴唇上耷拉着几根稀疏的胡须，声音洪亮地说“再来，重来”；看起来像：他——是祭司，他与我的关于祭神用的肉体的回忆有关联；我喜欢观察助祭，他身穿小花条纹的、蓝色的裤子，他总是用自己嘶哑的声音高呼：“最令人愉快的耶稣。”

我进入教堂，就如进到剧院：教堂出现在我的面前，就如回忆某些被遗忘的仪式，实质上这些仪式很恐怖；如果我把由助祭激发的感受压缩成形象，——就会出现沙漠多石的国家形象，它大张着幽深的黑洞穴，祭司们从中跑出，留下了干瘪的、极其虚弱的、满身血痂的人群，并把他们交给恶魔控制，这些恶魔就居住在洞穴中；在多石的阶梯中间放着供桌，祭神用的圣杯倒扣在桌上；这个国家的居民在恐怖的、巨大的建筑里不堪忍受心灵的疾病，疾病源于恶魔紧紧咬住灵魂，他们用以前的催眠术将不幸的灵魂连接，奔跑的祭司们认为，他们用这些催眠术将神明导入死亡者的灵魂里；但是在他们与上帝之间的引线几百年来已经被扯断；为灵魂每一次的祷告时，丑陋可怕的恶魔潜入那个灵魂里；还——折磨它；满地都是鬼附体：祭司糟蹋了这个国家的所有居民：而且——溜走；从此在多石的国家没有祭司。

这样将圣像壁上闪光的圣像压缩到我内心，圣像壁有两扇侧门，被鲜红色的织锦缎遮住，当一瘸一拐的助祭说着“再来，重来”从门里走到读经台，噘起歪斜的大嘴唇，嘴唇上耷拉着稀疏的胡须；我们的助祭与执事一起装扮成祭司，将死亡者的灵魂与恶魔连接；停留在教堂很快让我感到压抑；大斋给我的印象就是危险的事；我不是为了否定执掌圣事；而是在我内心产生了怀疑，这一切是这样，又不是这样；这——在某个时候曾有过；然后——它变化了；但是神职人员不了解它；从此他们变成了祭司阶层；我总觉得：也许，在哪里有另一个神职事务，如果它有，我与他有联系。

这些感觉有一次在我内心爆发：我节制饮食；满腔热情地持续了一周；我觉得，在周三时，那个发生了；我面壁而站；还有——圣像使我震撼：似乎我生活命运的墙体与百年倒塌的墙体（教堂的墙体）一起散开；似乎教堂的一堵墙化为乌有；我看到了尽头（我知道那是什么——是我的生命还是世界?），但好像：历史的道路靠在两个圆顶上：圣殿；还有——人群往那里聚集；仿佛从整个人类中精选出来的人，穿着华丽的维松布，穿过声音和色彩化为乌有，突然中断了一切。

我后来明白：化为乌有就是我个人生活的断处——约三十年；还有——所有道路的断处，在心灵秘密中发生的破口；在断裂处之后铺设了新的道路，它引导我走向约翰大厦的两个圆顶；只是我看到的两个圆顶是金色的、完全不是天蓝色的；巨大的太阳悬挂在圆顶的上空。

奇异的、清晰的观点笼罩了我；我明白，历史已经结束：我命运的悲剧——就是整个世界很快遭受的悲剧；我把看到的教堂自誉为“光荣的殿堂”；我也觉得，反基督已经在威胁这个殿堂；我就像一个无家汉，从教堂逃出来：行走——我不知道到哪里；我在悬崖峭壁上醒悟……在小桥旁；耀眼光鲜的圣像穿透到我的内心，一层接着一层从心灵抓挠：那是启示录的幽灵，当代生活的化身；我明白，巨大的遭遇来临了。

晚上我在自己的小房间里草拟神秘戏剧的草图并给它命名：《降临者》[①]；后来很快我就放弃了第一个片段（彻底没完成）；1903 年列昂尼德·列加诺伊彻底将这个片段毁坏，准备出版它；我没有写完这些悲剧；神秘戏剧在我内心被认为是非常复杂的形式。

现在我只明白：我从来没有写我的神秘戏剧，因为我本人就参与其中；我本人就是事件的参与者，导致惨剧；至于什么是“光荣的殿堂”？我想——是“太阳城”，被降临到心脏里，对它暗示——就是那座大厦，我和奈丽一起雕刻出的：约翰大厦。

---

① 1898 年春天，别雷还是七年级的中学生，就构思草图，并创作第一部神秘戏剧《反基督》的草稿。剧本没有完成，但在 1900 年他加工《反基督》的一个片段，并冠名为《降临者》，于 1903 年在《北方的花朵》第三集丛刊上发表。

弗拉基米尔·索洛维约夫

在教堂发生的事件之前我就见过弗拉基米尔·索洛维约夫；从黑暗的楼梯，在通道里迎面遇到摇摇晃晃、有点驼背的他的影子；毛茸茸的帽子的皮毛竖立起来；我来到了米·谢·索洛维约夫[①]的房间，我与他的家庭有联系，而他至死一直住在我们的老通道里；所以：我经常去找索洛维约夫，有时，我遇到弗拉基米尔·索洛维约夫，并向他索要跳棋：这时我没有注意他：我是一名坚定的佛教徒；我觉得他就是一个神学家；我不尊重神学；我把神学看作是有毛病的、无聊的经院哲学；我经常到索洛维约夫家做客；给他读几段诗；顺便给他读完《降临者》；我喜欢这个草稿。

而过了两年半，有一次，我的父亲兴奋地说：

——“弗拉基米尔·索洛维约夫，你是否知道，读完了自己的

① 索洛维约夫·米哈伊尔·谢尔盖耶维奇（1862—1903）——教育家、翻译家，哲学家的弟弟弗拉基米尔·索洛维约夫作品的出版者，别雷·谢尔盖·索洛维约夫青年挚友的父亲。1895 年年末别雷与他相识，成为他们家的常客，这个家的思想和文化影响了别雷。关于与索洛维约夫的相互关系在《世纪之交》这部书里讲述到。

中篇小说；设想一下，小说被称为《反基督的小故事》[①]；奇怪的题目……”

我的心脏感受到刺痛，猛烈地跳动，就像在恋人旁边；我感觉，我现在应该隐瞒父亲些什么：悲剧神秘剧的形象在意识里闪过；还有——从那里，远处光荣的殿堂的圆顶闪耀。

那时正是春天：落日残喘；已经奄奄一息；岁月的命运在遥远的空中闪现；我记得：奥·米·索洛维约娃[②]不止一次派人去请我；她谈到《降临者》的草稿，谈到弗·谢·索洛维约夫的“中篇小说”，还谈到我应该与他见面。

五月炎热的日子临近；道路上车马轰鸣：赶着马车到郊外的别墅；还——发出叮当的响声；我突然得到一个便条；上写要我尽快到索洛维约夫那里去：到弗·谢·索洛维约夫那里喝晚茶，并且朗读他的中篇小说；我的心脏开始刺疼，猛烈地跳动；岁月的命运在遥远的空中闪现。我——来了；弗拉基米尔·索洛维约夫友好而快速地把手伸出来，我激动地不自然地握住他长而无力的手。我清晰地感觉到：弗拉基米尔·索洛维约夫的意识已经接受了我；他洞察的观点反复改变：他信任地瞧着我：因为奥·米·索洛维约娃现在告诉他我的感觉；这一切都在他的目光中闪现出来；还——表现在握手中；还表现在难堪的沉默中；沉默开始：弗·谢·索洛维约夫

---

① 《反基督的小故事》是被列入弗拉基米尔·索洛维约夫《关于战争、世界历史进步和终结的三个谈话》里的最后一部作品（1900）。

② 索洛维约娃（娘家姓，柯瓦列夫斯卡娅）·奥尔加·米哈伊洛夫娜（1855—1903）——艺术家、翻译家。米·谢·索洛维约夫的妻子，谢尔盖·索洛维约夫的母亲。

疑惑地看着我；我们谈起了尼采；铃声响了；索洛维约夫觉得不好意思：有人来得不是时候；我也看到，他温厚地、无助地擦了擦额头，立刻想出办法：

——“未尝不可说，现在将是枯燥、无趣的阅读？”

我记得：为何他把发黄的手稿纸摊开放着；他一页一页地翻阅，不可思议地将纸张弄得簌簌响，用近视的眼睛看着它们；我坐在他的面前，他在一页一页地翻弄纸张——他被思想折磨得疲惫不堪、燃烧不已；天窗染红，布满了朝霞：窗户因轰鸣声破碎；马车的铃铛声响亮地叮当响；又刺痛了心脏。

随着他给我们读小说，神秘戏剧隐藏的形象又跑到我的内心；从远处某个地方光荣的殿堂的圆顶闪烁。

啊，若是记得被时间隔断的所有瞬间，过了一年返回的瞬间，许多就会变得清晰明显：我就会听到声音：

——“等着我。”

他后来从芳香的田野里走出来；后来我还迎面遇到告知神秘仪式降临的信使：奈丽和我，之后我们倾听并接受走来的信使：在轰鸣的布鲁塞尔；他指引到科恩；在施泰纳的课堂上我们听到了他的名字；就是在我内心瞬间发出“时代积累起来”的声音，当我走到与我们相邻的车厢平台时，赞赏地凝视着覆盖着苔藓的蓝色一绿色的石头（在卑尔根附近）；那时我抽搐了一下并抬起眼睛，还看到：就在与我们相邻的车厢站台上，一张无法描述的面孔，就像沙漠一样，满脸清晰的皱纹，神情黯淡无光；两只眼睛，瞬间睁大，发出一团火光：晶莹剔透的目光看着我，内心激发活力和忍受世界被照耀的痛苦；这双眼睛就是那个个子不高、戴着宽边、清晰可见的圆顶礼帽的黑发男子；那个人就是施泰纳；我不能忍受他的目光；转身对着窗户——往灿烂的太阳，紫色的青苔看；"时代积累起来：等着我"……我又转过身；个子不高的黑发男子已经不在那里了。

在那些遥远的时代，在阅读索洛维约夫的时刻，那一切首次在我面前浮现，弗拉基米尔站着，凝视着我，在交谈时，他请我快点将我的神秘戏剧——《降临者》的片段拿给他：我想听取他的意见（已经是夜晚了）；我们还是将阅读推延到秋天；在告别时，他温柔地握着我的手：

——"秋天见。"

夏天他就去世了；但是谈话——没有结束——继续：在我的生命里；谈话在挪威、在建筑约翰大厦里延长；在给它补充时，正值我们的莫斯科协会①紧张开幕之际，在协会的房间里我写了这些文字；索洛维约夫的相片凝视着我，还有赞扬索洛维约夫的我，尊敬老师的面孔。

谈话持续，——与索洛维约夫没有结束的谈话：谈话持续了整个一生；道路引导了我：从索洛维约夫到约翰大厦。

在这里，在约翰大厦的圆顶里，我也认识圆顶……光荣的殿堂的幻象；它们用碧绿色的爱照耀着我与奈丽；在荒芜多石的地方洒

① 指的是莫斯科人智学协会，由格里戈罗夫夫妇于 1917 年建立，1923 年关闭。参阅：热姆丘日尼科娃·米·瓦回忆莫斯科人智学协会（《往昔》，第 6 卷）。

下了甘露；这些地方也长出了幼苗；来自教堂的印象持续在形象里：祭司抛弃一切，快速地从多石的高原、干枯的洞穴逃跑；被恶魔折磨的人们，聚集在空的祭坛前，等待祭司：祭司，害怕地推翻祭坛，突然迅速地逃跑：但是从遥远的地方来了个新人，代替了祭司；他用闪着爱的光泽的目光看着这些孱弱多病的人们；他被当作上帝；还被带到祭坛前；但是他拒绝了：

——“祭坛现在是空的；‘神’也不是上帝，而是恶魔，现在离开他们。”——他的眼光说道；无法描述的面孔说道；双眼瞬间睁大，放射出一束光芒，熄灭；有个东西闪烁了一下之后，迅速落到阳光侧翼上；轰动一时的消息传开；大写的人成为上帝。

我就这样将约翰大厦的印象压缩：印象在工作岗位上呈现出来：有棱角的、弯曲的蛇和凋谢的花朵在我内心浮现出温暖的印象：似乎有人用自己闪烁的目光凝视到我的心灵；半夜，我经常拿着灯，站在圆柱子大厅中间；还——用飞旋的到这里和那里的灯光的光线洞察横梁和木材世界；看着在六棱底座上不对称的柱头；树木的晶体齐唱着众赞歌，通常讲述自己：还有洪荒时代动物的铠甲——就这样，耷拉下来；通常，黑暗中移动板子发出咯吱声，之后，我登到圆顶下，在那里佩拉尔特夫人①挥洒大笔绘出血迹斑斑的喷泉大海：在那里埃拉吉姆创造了光和声音；站在与额枋齐高将自己的灯对着它们，我，通常，观察，有棱角的墙体脱落下来，如巨大的蛇一样飞翔，棱角的额枋建筑物跳跃到陡峭的半拱形上，落在一排柱

---

① 佩拉尔特·罗古斯——法国女艺术家，参与绘制了第一个歌德纪念馆圆顶的壁画。

头上。

灯光四射，停止；在我的脚下穿过缝隙——汇集：黑暗的深渊；我看着自己的脚下；就这样——摔跤、咕咚一声倒下，然后——死在水泥地板上。

夜漫长：我静静地站在沉默的额枋中间（还有——与它们在一个水平线上），熄灭灯；听到——风，从窗户缝隙里吹过来（向下吹，吹到我的脚下），呼号着：向右、向左、向前、向后吹；落到原木上空旋转腾飞。

往下某个地方——脚步声；有人笨重地、沉重地往下走；我知道；这就是——柳金，夜巡人；而突然——不是柳金？短腿的老柳金把长方木弄得吱吱响，面前拿着圆灯笼；长方木的绘图、柱子、抬起的柱头边缘在我面前闪出一束光；又是黑暗；而在水泥地板上灯笼的灯光在脚步上滑动。

我咯吱地响——脚步声停下：老柳金，——警惕着：

——“谁在那里?”——灯对着我嘶哑地说。

——“我——巴塞尔……”——从下面回应我。

——“巴塞尔……”

——“巴塞尔?”——口令：今天的；在灯笼上空——叹息：

——“是的!”

——“赫尔·三个Б。”

——“夜里？……”

——“是的……”

——“一切安静……”①

柳金，在岗位上遇到，轻轻地哼哼几声；然后——突然又说出整个句子：

——“夜里……是的……一切安静！”②

一闪而过的灯光消失，长方木、柱子和柱头边缘以一条暗淡的光线在我面前一闪；咚咚的脚步声——停止；一个人也没有；听见风从窗户缝隙吹进，呼号着：旋转，将纸屑吹得簌簌响，长方木咯吱吱地响：漆黑一片；我打开灯：木制的五角星形在我面前展开木制的翅膀拥抱。

也开始感觉到：砌进约翰大厦的墙里，我用凿子凿的不是木质的建筑物，而是——我的生命：把我的生命砌进圆顶，掉下来的——只是木屑。

我，在这里，站在你们面前，——只有许多的木屑，是我用凿子削下来的建筑物的碎片；在会议上、在公开的集会、在朋友圈子里——没有，不是大写的“我”：是我掉下来的木屑。大写的“我”不在这里，而是——在那里：高高的一高高的——我以镂空五角星形悬挂在教堂圆顶屋下。

……………………………………………………………………

教堂重现；一瘸一拐的助祭（就像老的沉重的柳金）“一次又一次地”走到读经台。我站着，靠着墙（在我的过去）；于是——突

① 以上的对话为德语。

② 此句话为德语。

然：就像我生命命运的墙体——倒塌；还——灰飞烟灭：一阵轰鸣声；我的道路被阻断：我落到教堂；神秘戏剧“降临者”给我——表演。

谁是“降临者”？

大写的“我”来到我跟前。

我内心的“我”不是大写的“我”，而是……——基督：那个——就是第二次基督降临！……生命飞旋；容纳着巨大真理的思想腾飞——飞翔到关于我的命运的遥远的开阔的地方；这里雕刻出的不再是墙体，而是我的未来乐观命运的殿堂：在巨大的柱子中间、在圆顶底下冒出了忠诚的司机，他戴着宽边的圆顶礼帽，戴着夹鼻眼镜，穿着常礼服；我手拿着凿子走在他的后面；他——教我在我雾蒙蒙的生命中雕刻有棱角的平面；我——自己雕刻自己；模糊不清的生命痛苦地裂开，神志恍惚；但是教师凝视我的目光微笑了。

——“不是我，而是——你自己愿意这样！……”

——“把自己雕刻到这个高度……”

——“还有——从自身掉下木屑吧！”

……………………………………………………………………

听天由命。我的游戏给我说：是陈旧的游戏；还有“帕米尔”——世界屋顶！——到来：丘陵、日落、四处延伸的苹果树枝、麦浪滚滚的田野、杨树，它们簌簌响，向我讲述着1900年发生的时代事件；我的以前的大写的“我”消失在不存在的天空中，从那里传来声音：

——“你——就是一切：你还有风、草，还有月……”

——“还有关于世界的思考……”

——“还有世界!”

——“你——就是世界的。”

在这里，在约翰大厦的圆顶下，给我重复——古老的幼稚的诗行：

经过几个世纪连续不断地召唤

某种东西重新触动了我，

那就是忧伤沉思的召唤①。

就在那里，在图拉的田野中间，我的爱出现：熟悉的人以他们不清晰的面孔降临到我身上；弗拉基米尔·谢尔盖耶维奇·索洛维约夫也——复活了：在这里，在圆顶之下；我回忆起，如何激动地、不自然地握着他那双纤长的手，如何听他洪亮的声音，他告知，说——遭遇临近：

——“等着我!”

施泰纳、闪光的摩尔根施泰恩、艾克哈尔特·三个 * Б 将弗拉基米尔·索洛维约夫还给我；在大厦的圆顶下完成东西方的对接!

我充满神圣的激动，面前打着灯笼，小心地走在长方木之间；环视柱子的柱头，不同的额枋、木材发出晶莹响亮的合唱声；还——传入到地下一层：在那个地方前在一块大石头上悬挂着一大

① 不准确的诗文，别雷引自自己的诗《永恒的呼唤》(1903)。

块有棱角的山体。

——“基石。”①

我轻吻——他；还有人，站在我的被吹散的思想之上，就像圆顶，——凝视着我的心脏：我虔诚地用嘴唇轻吻奠基石；在我的内心我看到了他的映像；我还对自己鞠躬，提及他：——世界的思想落到肩膀前：只是到肩膀前；大写的“我”——是自己私人的；天蓝色的圆顶从肩膀升起——成为约翰大厦；我就是陈腐的头颅，从头上去掉，如灯笼——升起：还——走到凉台上去。

夜晚寒冷：在我的上空阿尔列斯盖伊姆和多纳什城时明时暗：变暗、逐渐熄灭，一切也——沉浸在黑暗中；只有我看不见的老柳金，从远处的一堆木屑中走过；从凉台看到小灯，从远处发出轻微的嘶哑声。

——“喏，吼，吼!”

——“喏，吼，吼!”——我回应道。

——“巴塞尔……”

——“是的，巴塞尔……”

灯光渐近：

——“夜晚……”

---

① 原词为德语——别雷指的是第一个歌德纪念馆奠基石，奠基石的宗教仪式完成于1913年9月20日。在奠基时施泰纳发表讲话：“……这块石头应具有一定的意义，爱和强烈的自由……这块石头对大多数敌人来说也是困难和愤恨的石头……类似蟾蜍的实物从四面八方来，为了它们这个大厦将成为困难和愤恨的石头。”（引自普罗科菲耶夫·谢·奥的书《鲁道夫·施泰纳和我们时代奠基石的宗教仪式》，埃里温，1992，第111页）

——“是吗?”

——“一切安静……”①

在那里怎样的“安静”——天空轰鸣作响；我绕路，慢慢地走到同志家（我的奈丽的姐夫那里），——来到窄小的房子，在那里炉子上他早已经给我煮上了一小杯咖啡。

我们也回忆起莫斯科的朋友们、青春年华、索洛维约夫、已故的特鲁别茨柯伊②，将爱的名字与摩尔根施泰恩和三个＊Б连接。

后来：同志，披上外套，点亮灯笼，去巡视；我就坐在小房子里，坐在一本打开的书跟前：听寒冷的山风呼啸，等到天明。

………………………………………………………………

天亮了：在潮湿的早晨，我们从山丘上走下来；还——冷得打颤；我们迎面遇到工人们；阿尔列斯盖伊姆醒来了；在多纳什城升起了一缕轻烟。

在约翰大厦我们与同志们度过了夜晚时光——两周一次！

---

① 此对话全为德语。——译者注。

② 特鲁别茨柯伊·谢尔盖·尼古拉耶维奇公爵（1862—1905）——宗教哲学家、政论家、自由主义活动家。莫斯科大学第一任校长；弗拉基米尔·索洛维约夫的追随者和挚友。1904年9—12月，别雷在历史语文系学习，在特鲁别茨柯伊的培训班学习。

最后的散步

回到多纳什，我忘记了，我的道路在前方等着我；我觉得：我已经完成了自己的职责——他们没有放我走，让我返回；这样更好！似乎：我永远地回到了奈丽那里——我们一起同甘共苦；似乎：又像以前，我们明天就跑到我们的山丘，在那里、在平坦地段，在里面，在高大的正门下——欢笑着，在森林里堆砌，把箱子堆砌到金字塔的木材上，冒着倒塌的危险爬到它们上面，摔断自己的脖子，但是——专心于随心所欲的快速工作中，从木头上凿掉木屑，钻到下垂的一大堆木头深处，——摔倒，头朝下，而那个——离工作的地方很近，触手可及，——似乎，又像以前一样，我们挥动着五俄磅重的小斧头；奈丽把工作交给我。

——“把这个平面凿掉；小心点——不要砍断……”

——“就在这里切掉一公分……”

——“就在这里钻进六公分……”

——“这里的直线切掉……”

——“明白了吗？”

……………………………………………………………………

——“明白了：一切都明白了！”

我们房子里的茶煮开了，——就像以前一样；箱子散乱地放着；堆放着不同色彩的纸张；在纸张中间——是正门的平面图。

我竖着铅笔，绘图，反复地绘出建筑物的平面，这个平面是奈丽用近八个月主导的。

——“奈丽，瞧：如果就在那里我切掉约八公分；这里就形成平面！”

奈丽，皱着眉，一绺金色头发弄得我的脸发痒，力图长久地搞明白我的思想，解决平面和谐主题的对位旋律，似乎在这个建筑物的平面交叉线里解决她整个一生的问题；她突然明白我害怕什么，开始笑起来，开着玩笑，感受着欢快——关于什么？——两只小手十指张开，如傍晚的彩霞显出活力：

——“哎呀，哎呀，哎呀！”

——“究竟是怎么回事？”

——“就是个不干正事的人！”

——“等等啊！”

——“停！”

于是，她将胸、一双小手、整个一绺金发——俯身在桌子上。皱着额头，——她开始重复绘制建筑物的平面；她的炯炯有神而善良的双眼使头脑里坚定不移的思想变得柔和；她就像胡蜂，穿着白色的连衣裙，腰上裹着叮当作响的链子，发出浅黄色的光芒，抽着香烟，——让我觉得她就像：年轻的修女或者——信使：

——“亲爱的，亲爱的，亲爱的！”

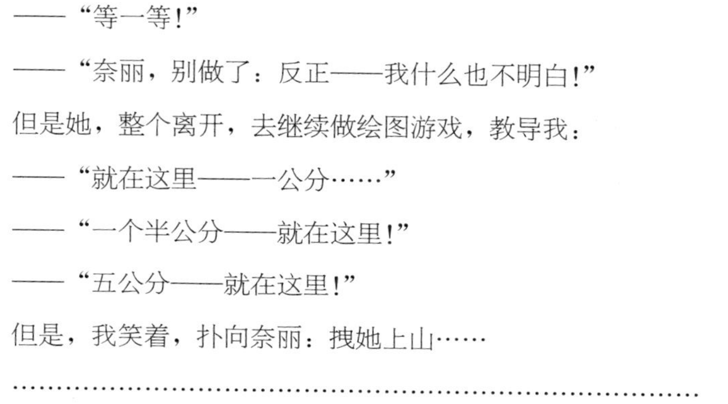

——“等一等！”

——“奈丽，别做了：反正——我什么也不明白！”

但是她，整个离开，去继续做绘图游戏，教导我：

——“就在这里——一公分……”

——“一个半公分——就在这里！”

——“五公分——就在这里！”

但是，我笑着，扑向奈丽：拽她上山……

………………………………………………………………

我记得那个晚上：我记得我们的最后散步；我们手拉着手，快乐地跳过沟壑、裂缝、洼地——向……安根施泰因的方向：从巨大的石头——跳跃到个头大的石头上；比尔斯河在我们脚下湍急地流淌；远处的山峰，还有远处明亮的浮云挺拔地铭刻在心里；奈丽因阳光眯起眼睛；还——用一只像花茎一样纤细的手遮住脸：五个张开的手指；开始耍调皮，似乎她忘记了沉思，在太阳照射下感受欢愉——思考什么？也许，什么也不思考：我的奈丽——聪明、复杂、严肃——在那个晚上我觉得她就像水上的小仙女。

弯曲的干树枝在脚下咯吱地响；云彩中显出一缕光线；光线在讲述什么，——就是那个所思！

远处炮火轰鸣：各种轰隆声传来：阿尔萨斯的炮声：奈丽也皱起眉来；我也回忆起什么……——这就是我的散步——（我也——已走了），我不在这里：我——被战争阻断；还在后来，明天，不、不……

忍受不住的疼痛开始；但是我将它压抑在心里——我不让惊扰

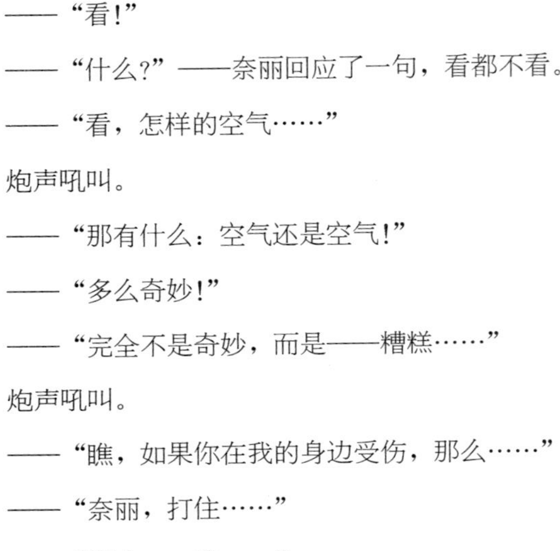

奈丽！

——“看！”

——“什么？”——奈丽回应了一句，看都不看。

——“看，怎样的空气……”

炮声吼叫。

——“那有什么：空气还是空气！”

——“多么奇妙！”

——“完全不是奇妙，而是——糟糕……”

炮声吼叫。

——“瞧，如果你在我的身边受伤，那么……”

——“奈丽，打住……”

——“那么……我……”

于是她转过身，背对着我，她的小脑袋奇怪地摇了摇；我的眼睛发黑；她是我的小太阳，照耀着我，六年多：——在阿尔巴特大街的房子里完成了我三十年渴望的寻找；奈丽将我——拯救出：我们飞向许多国家；各族人民欢呼迎接我们；日落、大海、鲜花如闪光点撒向我们；奈丽吹拂着阳光的空气；——现在一切中断！而且闪耀的、审视的目光突然中断了我的思想；她已经不哭了；这个炯炯的目光，犹如一把坚硬的石刀，插入我的内心深处：

——“回忆一下埃及：我们一起参观狮身人面雕像！”

——“我们一起登上沙漠：从奇欧普斯金字塔上观看辽阔的沙漠！”①

——“我们一起拜谒国王的陵墓！”

——“我们还手拿圣火！”

——“想一下——布鲁塞尔！”

——“费茨纳乌！”

——“柏林！”

——“克里斯蒂阿尼亚！”

——“卑尔根！”

——“沉默的德格尔洛赫！”

——“纽伦堡！”

——“哥本哈根！”

——“春天的维也纳！”

——“还有——多纳什！”

——“我们一起参观了这些！”

——“爱吧！”

——“不要忘记！”

——“等着我！”

闪光的目光这样对我说；但是——没有话语。奈丽没有哭。我没回应她一个字！

---

① 第四王朝（公元前2万7千年）法老奇欧普斯（胡夫）的陵墓——埃及最高的陵墓（高度146.6米）。别雷在埃及吉萨旅游时登上此塔，此日并参观了狮身人面像。

——“从来不、从不、永远不忘记!”

就这样，转过身，面向一片金色的云彩，四周还处于未熄灭的亮光里，——我们走下来：大厦的两个圆顶，从底下泛着碧绿色，在脚下，与我们齐平，腾飞；还——跑到上面：

——“永远!”

——“我不忘记!”

………………………………………………………………………………

奈丽穿着白外套，头朝下，似乎领着我，——往下：在我的面前奈丽就像神圣的信使走过——进入枝繁叶茂的苹果园，到灯火前；这就是——那个熟悉的灯火：它——在施泰纳博士的房间里；奈丽激动地闪动了一下双眼——看着灯火、看着我：

——“不要忘记：永远!”

我——用眼睛回答：

——“不会，不会!”

——“我不会忘记!”

………………………………………………………………………………

在道路的十字路口——一个黑影：戴圆顶礼帽的留黑胡子的黑发男子。——在等着我；他——就在我们房间的窗户下。

这就是——我的房间（不是，已经不是我的!），房间里只剩下我的箱子：我已经不在了!

离开之前

整个一天我奔波在多纳什与阿尔列斯盖伊姆之间；埃尔特[①]领着我；我们站在“自治的地方[②]：一个老瑞士人、“自治地方的成员”[③]，敦实、干瘦，他嘶哑地吹着口哨，张开自己的大嘴，露出一口黄牙：

——“请确信，而且……”

——“你的妻子可能在这里安静地生活……”

——“我们——知道你们在这里做的一切……”

——“光荣属于上帝：你们是人智学者，——爱好和平的人们!”

——“英国怪人：没有这样的纸……”

——“他们在找碴……”

---

① 指的是伊·安格列尔特——歌德纪念馆的建筑工程队的领导。别雷回忆到：“米·瓦·沃洛申娜开始与安格列尔特工程师交往紧密，让我与他认识，从此我们开始经常见面，与安格列尔特谈话；他是一个非常睿智、学识渊博的人：漂亮的数学家、天才的工程师、农学家、占星术家，熟知历史神秘主义信仰，他很快地被列入建筑师的行列……事实上说，他还领导整个工程和建筑工作。”（《往昔》，第六卷，第 385 页）

② 原语为德语。

③ 原语为德语。

——“无论如何他们都需要这样的纸——那就是我写作的纸。”

——“那就是给你们的一张纸！”

温厚的“自治地方”谋士嘶哑着声音，给他们宣读了拟好的通告，他是“自治地方”的代表，给我——这个不幸的、名副其实的、善良的、遵守社会规则的人介绍被参观国家的所有官员：他不知道，英国人却对这张纸嗤之以鼻：

——“再见吧，三个 * 的 Б!”

——“祝一路平安……”

——“向后返回吧！”

——“不要担心妻子……”

我紧紧地握着“谋士”的一只粗糙的手；“谋士”也提提裤子，驼着背，步履蹒跚地走进草棚，翻弄自己的干草……

……………………………………………………………………

“大厦”留下的最后印象——光彩夺目、巨大的冲击：直扑前额！

我顺着凉台跑（那是我在多纳什最后的一个晚上）：最后一次告别、伤感地看——那个我们长久工作过的地方；还绊倒在原木上：

——“啪的一声！”

火星四射：“瞬间”飞散，转回到多纳什；似乎迅速地化为乌有；我看见了终点！道路的豁口或者……颅骨的裂口……——很快清醒过来：我仰面躺着；马马虎虎起身；似乎，我——是无头的，因冲击我的头滚动：

——“头在哪儿？”

——“捡起了它吗？”

颅骨下一阵疼痛：我开始感到——恶心。

我不记得，我如何从山丘上下来，踉踉跄跄，蹒跚地回到家：奈丽拿着湿布，俯身在我的面前，——静静地抚摸着我；我还是——无头的！

而且——也许，是脑震荡？……

忘记了……

…………………………………………………………………

终于到了早晨！

是的，——我是无头的、没有感觉的人：我的头——与奈丽在一起，而无头的躯干滚动——滚得远远的，很远——滚到哪里？

我的头膨胀——就像约翰大厦！……

姐姐和同志——来敲我与奈丽的门……该离开了！……

…………………………………………………………………

我记得：奈丽站着——就在那里，车窗下；挥动着手帕；还——哭着；我记得，我站在车窗里；向她挥动着手帕，也——哭着；那是我在做梦；我觉得，一切都被忘却……

我醒来：火车的车厢咣当、奔跑；窗户里的圆顶闪过；于是——消失，于是——它们不见了，如……什么也没有，没有！

…………………………………………………………………

乌云密布；雨点下落；正是寒冷的雨点坠落；我——无头的身体——坐着，晶莹的眸子凝视着我未来命运的黑洞。

坐在我对面的穿着旧西服上衣的人，沾满口水的嘴叼着难闻的烟卷，用嘶哑的声音对某个人说：

——“是的，是的！……”

——“我的先生们！”①

——“战争就是巨大的恶……”

——“是，是，是！”②

……………………………………………………………

——“奈丽！”

——“你在哪儿！”

——“救救吧！”

——“帮帮吧！”

——“我——跌伤了……”

……………………………………………………………

——“是，是！”③

——“没办法！”

——“产品涨价……”

——“战争！”

---

① 此两句为德语。

② 此句为德语。——译者注。

③ 此句为德语。——译者注。

到达边界

终于，所有的考验完成；我们在火车站。站台上人头攒动；许多大箱子、小箱子、包袱①——平稳地运行在一堆堆货物之上；越过人头，过顶的纸箱被粉红色的青铜卡爪扔向车厢；所有的东西都被从原地吊走；有一个太太反抗；瞧那个晒黑、胡子又多又长的人希望获得哪怕一点成效；你看五个小孩，紧紧地依偎在悲伤的太太跟前，恐惧——哭着；我们奔跑，冲上去：占位置；在火车站那个晦暗身影的人处处陪伴我们，穿过喧闹、轰鸣、胳膊肘推搡的人群。

车厢被挤得严实；我们也——与他人前拥后挤；一个上校全身发光，穿着鲜红的裤子、光亮的马刺叮当响，用眼睛扫射着，快速地跑过我的车窗。

于是——火车启动；朝着从俄罗斯②来的对面的方向行驶——奔向俄罗斯，经过大海、途经几个国家；轻飘飘的车体也轻轻地晃动——窗户玻璃开始闪耀；伯尔尼震动一下；一排排的房子，就像

① 原词为法语。

② 1916 年 8 月中旬安·别雷离开回俄罗斯。

洪荒时代的一群群驼背动物，飞过车窗；房子冒着炊烟，顺着山丘飘散；房子越来越小；房顶缩为一团灰暗的线；隐约出现的绿草净化了小山丘。伯尔尼，就像成群的犀牛从饮水场惊吓跑掉，走累、失踪、消失……

……………………………………………………………………

然后——再没有了土地：要知道多纳什对我来说就是一块土地，当一切都倒塌时，我能够稳稳地站在这块土地上：世界战争吼叫着空虚的和平，用钢牙吞吃——我们的身体、心灵：似乎，奈丽和我，——我们，依偎在这个最后的一小块土地上，害怕，倒塌在空虚之上：英国、法国、塞尔维亚、土耳其、匈牙利、普鲁士和俄罗斯；这样，——空代替了欧洲，侵犯我们；噩梦的印记常常笼罩着我；这就是我现在自己走向崩溃——走向无处可去！

从我的身体——到无处可去！——某种东西晃动；一切都从原地消失；一切也因我而落后；去参加世界战争的我，——已经不是我，我是一个渗透着世界不幸的、带着完全偶然的签字（某某名称）的空袋子——没有任何内容。

——“那里是谁——我？”

——“谁会是这样？”

——“难道是我，某某名称，来了，就为了在那里被杀死？”

——“这是怎么回事？”

——“我到哪里去？”

——“依据何法律？”

车轮回答：

——“钴镳—镳！没有任何法律！……钴镳—镳！一切废除……钴镳—镳—镳：血的法律。”

似乎：旅行延长；我向广袤无垠的土地进军；世界不均匀地坠落；不是法国、英国、瑞典横断了我的轨道，而是月亮、太阳、火星以注定不成功的实验迎接我，这是跨越虚空、远离土地前往犬星座①、返回到俄罗斯的实验……

而奈丽还留在那个世界，也许，那个世界永远地离开了我。

……………………………………………………………………

我回忆起我在多纳什的夜晚：春天里，轻盈的空气中弥漫着夜晚飘逸的梦想；我们蜷坐在我们房子的台阶上；我们沉默地观察，在那里，在远处伸展的圆顶上空，白云渐渐消失；奈丽对我轻声地叹息：

——“听着，谁知道，将会发生什么……”

——“不会的，奈丽，哎哟——不会的：没有你我不能度过两个星期；你记住，我是如何抛弃一切，从洛桑湖的山脚下奔向你！”

——“我知道：谁知道……我们的道路——经过天体、经过星球。我们的道路——在几千年……我们还要分别许多次……又重新聚到一起……我们将度过没有彼此的长久分离……”

——“不，不是：从来不，绝对不！”

一个梦在我心头浮现：我梦见，我即将离开；已近秋天；仅存的树叶在空中呼啸着；我伸出自己的手，奈丽从下抓住；但是在双

① 大犬星座——南半球的星座，其中有天狼星，天空中最明亮的星。

手接触的地方，形成了分离；土地下沉；我——与它们倒塌，离开奈丽，向后倒。我的手掌里不是奈丽的手指，而是火绒草，我把它们紧紧地依偎在心脏。此时我醒来。

初春，我们想起了朦朦胧胧的梦；看向远方：月亮如忧伤的圆圈——高悬在草地之上；深夜临近（夜——泡在底部）……而在奈丽粉红的嘴角显露出，似乎记忆着令人难过的痛苦，我们曾经一起在某个地方经历过的痛苦，或许，未来我们还要经历：她虚弱，脸色苍白地坐着；潮湿的尘雾——弥漫四周；还有——炮声啸叫；草地上的鲜花变成浅蓝色。

鲜花盛开的夏天来临。又重新坐在——那个台阶上；无声的闪电划出一道道亮光；我，俯身，对着她耳语道，可怕的力量缠住我，我感到憋闷和恐惧：当我一个人时，有个人悄悄地走近，用苍白的脸从门缝偷看，打算当场捉住我，请我完成不明白的事情：在此不放过。

——“奈丽！”

——“住嘴！”

——“我还与你一起！”

——“我保护你！”

——“那个时候将来临，当……”

她如穿着青蓝色服的修女俯身在我的面前；笑容就像太阳光点，划过内心；她冲我笑；我们还在——休息；我们也闻到干草的芬芳。奈丽与我在一起；还没有来临……但是——炮声呼啸。

十月！湿冷的大风将四周湿润。花凋谢；我在小溪旁坐一坐，在石头上休息，把身子探到悬崖；我为过去的事情难过：我们这样孤独！——如一个驼背的流浪者在多纳什附近徘徊；流水寒冷，流水沸腾着从脚下流走。我返回了；奈丽又遇见我：

——“怎么，你为何皱眉……”

——“要知道我还是与你一起……”

——“那个时候，当……”

（降临：我就是一个无定所的离群索居的野兽，驼着背在世界上游荡。）

而在冬天——在被完全淹没的房间里给她朗读中篇小说的片段：《科季克·列达耶夫》；她——修改；风向我们呼啸；旋风将雾凇吹落下来；从奈丽的小胸膛呼出热气，就像太阳照耀着我——它升起：我的幸福；在我的面前，微笑的阳光渗透着，明亮的奈丽笑容焕发；——迸发出光！……

这仅仅是些反光；在重病时（关于它——我将在下面讲）不再接受从心里升起的光；眼睛充满和散发光芒，不断游动，——因奈丽燃烧：她大笑着，把自己的光返照给我，这个病人。

在得病之前，智慧之光猛烈地[1]飞到我的内心（后来，失去了智慧之光之后，我贪婪地阅读起歌德之光[2]的理论；没有能力发光

---

① 关于圣灵降临到别雷的内心，参阅《生平的资料》（《往昔》，第六卷，第385页）。

② 指的是歌德在《关于光的学说》（1910）和1797—1810年光学方面其他作品中陈述的理论，这种理论与牛顿光的理论之前占主导的理论对立，在歌德关于大自然学说的框架里，在人的眼睛特殊结构基础上研究光和色彩的形成。这个理论象征性的重新思考，对别雷世界观的确立和发展起重大的作用（参阅他的文章《圣神的色彩》（1903），以及著作《当代世界观里的鲁道夫·施泰纳和歌德》）。

不可能理解这个理论）；眼睛里迸发出火星，闪耀；我明白这些话：

——“他

从眼睛里迸出火星”……这个“火星”真的存在；我站着，就像散落下的冰雹，有时被思绪的爆炸阻断，这种思想就像赫尔墨斯①，将我拽到东拽到西，折磨和渗透着整个身心，就像赫尔墨斯，从下飞到最高，就为了从身体里抢走人的灵魂：将灵魂交给神。

就在偷盗之时——灵魂颤抖；还从它——我的肉体；——还散发出几千度的热，就像从熔炼炉里流出；芳香还使我的嘴唇发甜；头脑出现一窝蚂蚁；沿着头顶，——就像一股开水！从眼睛里——就像间歇喷泉；我也没有看奈丽的眼睛：两个间歇喷泉！我领悟：

——“我就是你！”

我不能把从我内心喷出的火焰称为幻觉：——

——不给

他们意义，

意识到，是——

——火星的

明亮，也许——

是，——物理的

现象：二氧化碳

在我的血液里因呼吸

① 希腊神话中奥林匹克前的古代神；是有翅膀的半女半鸟的丑恶形象。在神话中他们是偷盗小孩和人的灵魂的邪恶之神。

节奏而增大：——

——在知觉的笼罩下

窥视神灵的触摸。

而且：——

——同时我就像垂落的燃烧的火；却——我感觉到自己在这些火光飞行之外：就像坠落的木墩子；两年内（还在战前）在我的内心开始闪现；起初稀疏；节奏加快，打断了我的话语，因为我失去了表达的一切天赋（俄罗斯人此时看不见我：大概，他们会说——“列昂尼德·列加诺伊变成了一块木头”）。

在闪耀的火星颜色和自己的精神上的幻想①之间我开始发现一致性；在心灵工作时清晰地给我刻下靛蓝色斑点；在下落时闪光的颜色由绿底色的靛蓝色转变为黄褐色；凭借闪光我了解自己的知觉状态：

——“哎呀!”

——“事情不好。”

——“你被铁锈遮住了……”

——“倒了……”

这些声音没有进入意识领域；我发现，我精神上阅读颜色②；

---

① 施泰纳最重要的自由哲学概念：“人具体的显现首先是通过幻觉从自己的许多思想里产生。可以说，需要自由的精神的那个东西为了实现自己的理想，为了自我表现，——这就是精神上的幻想。它——就是自由精神活动的源泉。”（施泰纳《自由的哲学》，埃里温，1993，第165页）

② 参阅别雷的《神圣的颜色》（小品集）。首先，“精神阅读”起源于歌德的《关于颜色的学问》，歌德为书《为现实的世界观而斗争。在研究大自然和认识理论领域中的寻找和成就》做注。彼得堡，1920，《颜色的感觉一精神上的作用》一章。

但更惊讶：我开始发现，当我变成黄褐色瞬间，安·奥一娃的一些兄妹们敌意地躲避开我，我没发现他们想与我说话，招呼我，把我当作自己的朋友；相反，当我发青时，他们信任、温柔地迎接我；我得出结论：而且，让我周围的某些人清楚地意识到，不是在语言，而是在行动中发现清晰的视觉。其中就是我的奈丽，温柔而默默责备的奈丽；当感觉到自己肮脏的铁锈色时，我感到害羞；我知道，我的颜色正在洞察和阅读我；奈丽，感受到这之后，有力地将我拖到人们面前：

——“是或者就是!”

——“要知道，你想想，这样自命不凡的人！……”

——“希望走路，展开自己孔雀的尾巴……”

——“你不要做：谁都不需要你的特异功能!”——奈丽笑着，开玩笑地用自己的小拳头打了我一下，把我的宽边帽子拉到头上，把大衣披到肩上，煞有介事地拉着我的空袖子穿过柏林的宽阔的大街，——参加会议去，在那里我等待羞辱：我就是——生锈的人。

啊呀，这是哪儿?

战争一开始，就形成了肮脏的褐色烟雾，将光源切断；疾病发作悄悄到来；靛青色被绿色、黄色的闪光替代；红褐色带齿的箭和牙齿飞离开了我；然后一切——都被遮住；生活的雾霭出现：笼罩；而在日光里我觉得日光成为雾霭里的雾霭。

我回忆起：夜里我的奈丽长久地用温暖给我加热，密实的、无生气的“它”，我连续几个小时地坐着，忧郁的眼睛没有离开她，如……患病的犬；突然，光线、明亮的雪、瓦蓝色和紫色快乐地四射，奈丽晶莹剔透，不是眼睛，而是沸腾的温暖的间歇喷泉扑面而来：吹拂——几千度的热气，——我站着，如散落下的冰雹，被思绪爆炸声打断，用无止境爱的力量折磨整个身心：我爱奈丽！

这一切离开到哪里？奈丽又在哪里？

——“我到哪里去？”

——“根据何法律？”

但是车轮回答：

——“轱—辘：没有任何法律……轱—辘……血的法律。”

我被控制，被拽出：患病的、无生气的、衰亡的、化为乌有的，炮弹声不断：我坐在一小块土地上，——他被隔离。我想起奈丽的话：

——“还与你在一起！……”

——“我保护你……”

——“当那个时候到来……”

而它已来临！

空虚而疲乏的肉体坐着：没有哭泣；乘客却看着：还——冷漠地点头、低声议论我……

乌云弥漫的纳沙泰尔湖微微发白；我们就在——它的上空；迷雾而潮湿的夜晚即将降临；迷雾的夜晚灯火照亮法国的边界。

这就是——瞧！……

我们——在站队；感觉到某些人的眼睛在盯着脏兮兮的房子，跟着眼睛走，跟着手走，跟着口袋走；跑来跑去：这——就是一群老鼠；那里运来一大堆大小箱子，就像奇怪的乌龟，——人声鼎沸，看到可怕的一群移民，也许，就是一群特务；还有——扑克牌从我们的头顶上飞过，在狭尾船上大嗓门的法国人抛动着卡爪。

我们——在法国！

越过鲁比肯河

一群老鼠留下的印象，老鼠从多个缝隙中无意钻到乘客群，或黑胡子的眼睛——法国就是以这样的面孔迎接！我就是——空的大衣，忙乱摆动的袖子，戴着一顶宽边的啪地一下合在领子上的圆顶帽子；我——就是真正的“我”——留在奈丽的身边；她——就是站队的空大衣；引起注意：会变化的人、乔装的人、间谍……

——“为何‘他’是这样?”

——“请注意……”

——“奇怪!”

——“是，是……”

外壳（或下面的“我”），在瑞士住了两年，两年领着奈丽，抓着她，两年，为了两年的忙碌，两年在约翰大厦圆顶下拼命地工作，使用外壳，——外壳没有怀疑，怎样完成奇怪的假面具，在站台上戴着怎样可怕的面具，在边界寻找；现在就遇到外壳的一双钉到心灵里的眼睛，外壳胆怯并悬挂在钉穿的棱上。

长着鹰钩鼻子的人已经挤进拥挤的乘客人群；右边——是警察；左边——还是警察；出现的塞尔维亚人用蹩脚的俄语方言打听，那里是否有俄罗斯人。

命令让一个粗壮的先生脱掉衣服、检查；他——不害怕；他是——反间谍机构；假装将他释放，是为了让他打入到我们这里；他竭力获得信任。

第一次监视！前面还要面临许多类似这样的人；我们变成什么？

让某个人站住：被盯紧的人，那个人对在他的口袋里摸索的间谍投来愤怒的目光。

——“怎么样？”

——“那又怎样？”

在那里又把某个人领到木桌子前；还有——提出一些与检查无关的问题：

——“你们谁在布列塔尼？”

——“请问，您妻子的爷爷的弟弟做什么工作？”

——“用什么肥皂？……”

——“您抽什么烟？”

想笑。

但是突然黑胡子的官员从木桌子后——对那个人一连串地说出：

——“而您——从德国来？”

乘客队尾在那里战栗（当我们还在学校时；在课桌下给自己的肚子画十字）。

——“您怎么说，——没有？”

——“您——是自由的！”

——“走吧！”

又——开始问下一个；而离开木桌子的人在障碍物旁（界限）越过小桌子，自我感觉作为胜利者出境：立刻他又感觉：有人悄悄溜进；感觉自己处在驯兽员的地位；你不看那个人；有秘密的检查规则规程；你不这样看一看——出现的警察间谍用盗窃的方法，在可耻的行为里悄悄地犯罪，这种行为在梦里完成，也许：在那里也没有完成过：

——“哎，哎！……”

——“怎么啦？……”

——“哎嗨嗨！”

梦的感觉笼罩了我：在某个地方梦见这个梦；还梦见了那个可恶的黑发男子，似乎梦见他带着卑鄙的微笑：

——“哎，哎！……”

——“有过，有过！……”

——“哎，哎！”

——“哎嗨嗨！”

这就是过去的梦的作用，——转移（经过几个世纪）到瑞士边界；感觉到：已无法补救——就在这里，就是现在；现象的世界四散；可怕的秘密来临：那就是——战争的秘密；发现：还没有斗争；这就是——由一帮坏蛋做的游戏，他们按名单杀人。

——“哎，哎！”

——“哎嗨嗨！”

我听到内心清晰的语声。

——“不要躲避对你来说是奇怪的冒险、火的考验[①]……”——

——在哪里梦到这一切？梦清晰地将我在世界的地位反映出来：我在一个世界——

——“我”，就是所向无敌的、不可改变的和看到光的我；在另一个世界里——“我”——就是空的大衣，被密探追查的人，为了抓住和绞死他……在自己的柜子里！不是密探（这——是面具），而经过生死和世界大战的敌人，为了给我定间谍罪；他设计阴谋；让时间炸毁我：“我”——将被炸毁；弹孔和窟窿出现；我的敌人从地下世界——以震惊的、真实的、前人类的面孔走过！

……当我走到精神世界的边缘，那个东西彻底改变了吸收和煎熬间的关系；煎熬从生物体内部飞出，在我的内心吸收为光；空气中的热浪就如多彩的火焰笼罩着我；我看到了另类色彩；我看到了另类花朵；我的光翼的节奏体现在层层旋卷的、枝叶茂盛、四散的花瓣上；我们的植物——冷却节奏：火的节奏。

类似的吸收从卑尔根开始增大，——在那个时候，当从未来的时代折磨自己时：在我的生物体里张开了百翼的威力；肉体疼痛地抽搐，精神痛苦，因刺痛的敲打——顺着方向：从头顶到心脏；还——心脏发紧——

---

① 根据人智学说，三次考验的第一次考验，神秘主义的信徒面临通过告知的路。它在于，在神秘主义信徒面前好像燃烧一切坚硬的、竖起来的、物质的、盲目信仰现实的一切东西，并习惯将自己的生命建立其上。情感思想的一切结构燃烧并变成灰烬。被考验的人也就成为纯净的火（参阅施泰纳《如何达到认知最高世界?》，埃里温，1992，第52—53）。

恐惧笼罩；即将

发生的，我还没有

准备好；——

不可避免地等待

我的举动以操作反映

在我的肉体上；任务

刚刚开始：——

——能够，控

制：

从内部——用清晰的思想；

从外部却——用光的迸发；

还产生预感：在净化的肉体

里即将习惯：拿出蜡烛，

把它们捆绑，就像翅膀，

捆绑到自身……

……在思想明显扩大的状况下我感觉：——

——一股流光露出，降落到头顶，在意识里唤起了用两翼飞翔的光盘的形象；似乎：古老的、可爱的某个人从时间的深渊转向我，散发着芳香的温暖，如穿着衣服，渗透：活在我内心；在我的内心张开、伸展翅翼——从我身体飞出；旋转它们；双手像星火一样有节奏地摆动：——

——奈丽教训了我一次：用

摆动手的姿势；迫使我待在

房子里；她没有笑起来：严

肃地说道：

——听一听，现在从事声韵协调不妨碍你，声韵使肉体协调……野人觉得：秃顶的先生，突然醉心于——舞蹈。

………………………………………………………………

精神的日子流逝；肉体的沉重又降临；多翼的东西秘密地栖居在我的内心，并爱上了我，——腾起、飞起、飞离，将我留在躯壳的峡谷里；从心脏盛开的花朵，被命运之手摘取；它的根从心脏挣脱出来，我感到心脏空了；在心脏下，我感到空了，在那里，在心窝下，怪物苏醒：开始一窝蛇的蠕动；每天夜里我在恐惧中醒来；似乎：它们爬向我——缠绕和窒息；一次我看见梦：——

——梦见我跑到正方形的

房子里，这个房子属于

我；在我的床上延伸着

一条粗壮的蟒蛇；它把

宽大的头垂到枕头上，

小眼睛仔细地看着；我

知道，我应该躺到床

上，把自己的头放在与

蟒蛇的宽大头一排，还

要忍受住，从这里出现

的东西。我明白，醒来

后：蟒蛇——就是我的

欲望……——

——这就是梦的煎熬，过了两年多它重复——已经不是梦中：这发生在瑞士；那个时候我感觉：心脏下，我感到那里空的，一窝蛇开始蠕动；一次，爬到正方形的房子里：宽脸的瑞士人伸开四肢懒洋洋地坐在我的面前，俯身在小桌子上，双手撑着宽大的脸，仔细地看着我；因为这个眼光死亡的恐惧笼罩着我；我感觉，应该坐到宽脸先生的身边，把帽子放在旁边，倾听黑发男子打算给我提出的建议；似乎，他打算扑向我，抓住我的喉咙：他让我想起蟒蛇；想起了梦；——

——于是我走到街上。

……………………………………………………………………

……………………………………………………………………

在这里，在瑞士边界，笼罩着恐惧；重新想起咖啡馆；宽脸的法国人让我想起瑞士人；蟒蛇的身子明显地穿过他的肉体；我像所有的人一样应该走上前，同意桌子后那些人提议的东西。

蟒蛇——就是我的欲望，而法国人、边界——这一切不可能成为我的欲望，突然钻出来的欲望：在心脏下，我突然感觉空的，怪物出现：感觉到一窝蛇蠕动……

……………………………………………………………………

人群末尾慢慢地排到命运的障碍前：接受检查！我们被他们挤着，也在慢慢挪动；背上、后脑勺、自己的脖子上我感觉到盯梢的目光；夜里混乱可怕的胡言乱语；心灵里某种古老的东西出现：稚气之夜寂静无眠，热气包围并使整个生物体肿胀，还窥视，被忘记的恐惧如何从背后突然落到背上。

我——转过身：我的眼睛与鹰钩鼻子的黑发男子相遇：——

——黑发

男子

戴着圆顶礼帽！

他就是那个黑发男子，在多纳什就站在十字路口，观察施泰纳的别墅和我们的窗户，——他抽着烟，坐在离斜坡不远的树木旁；往常，我走路，——他遮住自己的脸。在苏黎世见过他：他住在我的旅馆——住在我的隔壁；他自我表现平静；我一整天都坐在自己的房间，我没能发现墙后的痕迹。

在火车上抓住我；他不是并排地坐在车厢，——斜对面，

某个角落：整个人被遮起来：——

——心灵随着飞翔的山谷、覆盖

葡萄园的山林风景荡漾，——

——那双盯梢的眼睛灼烧着我的后脑勺；我

转过身，发现：——

——黑眼睛，尖胡子和歪

到一边戴着圆顶礼帽的脑袋。

——我尽量漠视

这个伴随的人，——掩盖内心的不安；值得付

出非常的努力，好让这个坐着的伴侣不做出一

点卑鄙行为：通过时，不触及报纸的边缘。

我的陌生人（特别熟悉的！）、伴侣的面孔，我不能发现：胡子、

鹰钩鼻子、纽扣代替眼睛——就这些。

黑发男子的出现伴随着某种特别的生理感觉，这种感觉让人想起神经官能症的发作：从胸口倾倒出来，心脏就像小鸟，在催眠的动脉上跳动，——给我吧！

在法国边界，我遇到这个陌生的面孔后，我感觉，神经官能症发作，我受其折磨，——他站起来：瞬间圆顶帽飞到抹油的鸡冠发型之上；鹰钩鼻子的黑发男子说：

——“有幸介绍一下。”

——“俄罗斯人？”

——“如您看到的……”

——“您到俄罗斯？”

——“到俄罗斯。”

——“您——负有使命？”

——“是，这样说，或者，确切些，——不是这样；嘿，但毕竟……我是大夫。”

——“您的出生地？”

——“敖德萨。”

在那里——队尾在移动：往栅栏方向。

我不知不觉地紧贴栅栏；还有——我已经越过栅栏：

——“这样一来，你们将揍这些可恶的德国佬。”① ——用斜眼向我使眼色的那个家伙低声对我说；他的一双老鼠的目光凝视着我；

① 此句为法语。

一双手伸出来，拿出很多：摸索寻找，反复地晃动小纸片；还——提出一些完全不重要的问题：

——“干什么工作?”

——“服军役!”

——“你们将揍这些可恶的德国佬?”①

我没有紧张：我看到，——当第一个人随便向我提出问题时，另外一个人在观察我；我明白，快速说出断断续续的句子，——考试：他们也知道，我从多纳什来，我的一些熟人——就是可恶的德国佬：

——“你们将揍这些可恶的德国佬?”②

被观察的脸上肌肉也没有抽搐一下；他们的心理侦查极其高明；要将精确的小说家的手法转变成反侦查，需要 20 个世纪的发展……

① 此三句原句都为法语。

② 此句为法语。

在法国

门一打开——我就被挤出，挤出来。我看到：空的站台；那就是法国；夜晚……远处蒸汽火车肆无忌惮的汽笛声；还有——黑暗中陈旧的车厢轮廓；灯光的照明。

我自由地叹口气。

研究疲惫神经的试图笼罩了我：路途上接受的各种印象病态地撕碎了我；就这样——以为——会走不到：被关起来。我试图在内心唤起导师的形象；还有——被光照耀的脸出现：细小的皱纹，熟悉的轮廓从黑暗中隐约显现，——双眼看着我……

那时候，我感觉自己——是从头到脚被温暖的不可阻挡之力割断的人；感觉，左腿一股暖泉在流淌，流向另一个温泉：我觉得，一只腿变短了——想一瘸一瘸。

我记得两个现象。内部的光，似乎冲出来，在我之外光彩夺目的现实开始闪耀；我不能将这个显现称为幻觉，因为没有看到光的事件；还有现象的力量集中在思想，现象将这些思想反映在我的内心并称为思想的表露。

我讲述这些现象；我在音乐会上；我听贝多芬；整个生活呈现

在巨大的画面里；我特别亲近的人，突然站起来，还——

——转过身子，凝视着；没有抽动一下，没有

喊出声；一切结束：——

——这是什么？

……………………………………………………………

光

耀眼的

光，——

——来自黑暗的光：

容貌却属于

五十五岁的

男人，他穿着——

黑色的，端庄的和

古板的常礼服；

脸上还有小

皱纹，熟悉的

线条画出来。——

——从光中显出透亮的脸，

就像闪闪发光的钻

石，还有极强烈

的光隙钻进

我的内

心，

“我”——

——代替眼睛！

我感觉——

在自己的眼

睛之上有开水

烫伤处。——

——但是

就在现在（从四分钟开始

现象延长）亮光的

脸进入皮肤里；还有——

隐约出现——惨淡无色的容貌，嘴唇和眼睛旁的小皱纹；所有的光熄灭；两只眼睛，看着空间、人群、我的上空，看无所去处，——透过夹鼻眼镜锐利地发现了某种东西；还——冲某个人笑起来；一只手晃动以示欢迎；有人，不知从什么地方向刮光胡须、留着黑发、五十岁的先生鞠躬，这个人满脸皱纹纵横，急速地转过来，背对着我们；这个先生还——坐到椅子里……

……………………………………………………………………

——从光中亮光的脸，似

乎由闪电编织而成，

还有从熟悉的纵横皱

纹的脸中显现的脸。——

——它能

成为什么？……——

——主观的幻

觉吗？

圣山[①]之光？

宝驯？

光？

我？——

——关于

这个那个时候没有想太多；我是否可以安静地想？我记得，什么东西开始奏起来（贝多芬、舒曼的作品）；在我面前出现五光十色太太们的（绿色、蓝色、白色）的后背和男人的黑色后背……——

——光就这样

照射到

“我”的内

心……

……………………………………………………………………

我记得：在剧院休息室我漫不经心地看着柠檬水，在显现之后直接，——震惊，我不惊讶：我觉得不平凡的东西变成平凡的，与我内心沸腾的思想的力量比较几乎是平淡无奇的；我又喝完一口柠檬水，听到，奈丽是如何牵着我的手，把我拖到前厅。后来我给她

---

① 与圣山的名字有联系的组合词，在旧约中经常提到。基督传说正是将著名的情节与这座山联系起来——基督登山变容节，马太福音书（17）和路加福音书（9）陈述过这个节日：耶稣召集自己最亲近的门徒登上圣山，在那里光从天上照射着他，于是他在未来的门徒面前变成了主神的容貌。

讲述了这一切：

——“你是否明白？我看到了——就是看到了：光。看到——清楚的、一瞬间。但——是用眼睛。”

——“我不惊讶……”

——“这是什么光？智慧之光？”

她没有惊讶：一切——她知道……

…………………………………………………………………………

另一次在施泰纳的课堂上出现了那种现象：——

——我听

一次关于解释阿波罗之光①，就像蝴蝶，张开

翅膀，

乘坐小船；——

——我的内心的话语沸腾起来；瞧，

---

① 在人智学中古老的阿波罗神秘主义的回声清晰，这种神秘主义建立在信仰阿波罗的精神道德影响力的基础上，阿波罗穿透整个大地。在别雷 1913 年 12 月的笔记《履历的资料（隐私的）》里用以下的形象定义阿波罗之光的作用：“12 月 30 日博士讲的那门课（指的是鲁·施泰纳的课程‘圣诞节的情绪。诺瓦利斯作为精神基督教的信使’，1912 年 12 月 29 日在科恩讲的课——Г. П.，В. П.），在课上讲述阿波罗之光；当博士说到光时出现了奇怪的现象；在大厅我的面前突然，确切些，是从我的眼睛里迸发出光，在光中整个大厅暗淡，从眼睛里消失；我觉得，不是我的脑颅，也不是大厅的天花板掉下来，精神王国直接打开：这就像曾经发生的圣灵降临；一切——都是光，只是光；而这个光——颤动；很快从光中隐约显现：我觉得暗淡的枝形吊灯光、坐着人的轮廓、博士、墙；博士讲完；当我从座位上移动时，我感觉似乎我的头延长到自己头上 1. 5 米；我还几乎癫痫、摔倒：我抓住阿霞的手；还一动不动呆住几秒钟；当我再次挪动时，那个现象消失；我甚至不惊讶这个现象；它只是我兴奋状态的反映；我行走在神灵里：在神灵里；我还觉得：协会的其他成员也在神灵里。精神世界似乎降临到我们身上；还从讲课的大厅伴随到我们的房间；精神光芒为我持续了整整一个白天和夜晚”（《往昔》，第 6 卷，第 364 页）。

有人——

——可爱的——

——在我内心把自己温暖的协调展示；我从遥远的地方看到大厅里发生的事；——

——一切——

——变暗，

——变暗，

——变暗！……

——似乎电减弱：

头，

背

还有椅子——

——已经处在

黑暗中；在那里，

从某个地方，从

流动的黑暗中

抬起一双

手；——

——从那里

鲁道夫·施泰纳试图说什么，

他说；但是——

——怎么办？——

——我感觉：——

——头

没有头皮：不是——颅骨；往圣杯里

流淌着热流，——头；灌

满；从半睁开的眼睛里放

射出活力四射的

金色的飞

旋的光

还——

——照亮了暗淡大厅

的空间……——

——我们——是光束奔腾的大海

将蝴蝶的明亮的翅膀

穿透到我们的肉体；光

的旋涡迸发；——

——撞击，似乎落在我的头顶，滋滋作

响，活力四射的光，金色的飞旋的光，光从

眼睛里——

——飞出，

——溶化，

——渐渐消失——

——还——

——穿过它又隐约显现

电灯、讲台、凳子和背；我——移动了：——

——因害怕一动不动：我感

觉：——

——流

动的

融

化了的

我的

头

晃

动

距

离

至少——

—— 一米半

距离……离……离什么？

距离——我的头？

我感觉，那个光如一股烟柱持续照射在我的头上；

我移动了——

——带着

一道

曲折的

闪电

光；——

——有人伸手，抓住我，抓住从我自身出来的

我（是否不是本人伸手抓自己?)。惊呆：——

——我感

觉，在移动中

我咕咚一声倒下：碰到

奈丽的小手，静静地

抚摸着我，那时

又安静下来；我尝

试移

动——移

动……人们站起来，混

杂在

桌子、钻石、

丝绸、男式上衣的

五光十色的聚集中，参与

高呼——

——“讲座！……”

——“多么棒的讲座!”

——“讲阿波罗之光

该多好啊!”

——“关于伊奥尼亚式哲学

之光……”①

——“您喜欢吗?”——

——照射几分钟之后，我握疼了

自己发烫的手；还有——我在奈丽的耳旁低声说：

——“明白了：我明白了……”

——“是的，阿波罗之光——智慧的……”

——“而智慧之光看得见……”

——“是，为我叙说……”

——“我……”

——“我，我，我……”

——“明白，看到了!”

——“我?”——“是什么?”

——“你明白什么?”

——“你看到了什么?”——

——“光！……”

……………………………………………………………………

奈丽的脸上闪现出冷漠的、甚至是严肃的表情，我不情愿地接受她的这种表情：

——“开始住嘴吧!”

---

① 指的是苏格拉底以前的哲学家“米利都学派”和他的继承者——公元前六世纪的早期希腊哲学家，他们在小亚细亚的伊奥尼亚城里工作，并确立经验主义、感觉主义，并对具体的丰富的情感世界感兴趣。(保存的文本收藏在德国哲学家狄尔泰的《苏格拉底以前哲学家们的片段》作品中，柏林，1903)

——“住嘴!”

…………………………………………………………………………

是的，光的出现（亲眼所见）——并不使我惊讶；这是几年前——九年前发生的事；十年我再也看不到这样的东西，以后也不会看到。

黑暗就这样吞噬了我。

站　台

当我越过边界时，这些回忆笼罩着我。

空荡荡的站台：那就是——法国；远处呼啸的火车汽笛声；还有——从黑暗中——隐约显现出的陈旧车厢；好像是——从门缝里冒出的一股黑烟，一团黑乎乎的影子——不是人的影子，——朝运送给我们的明亮的车厢方向涌来；我们与同志一起进入：好在——一个人也没有。

好在能安身睡觉。

……………………………………………………………………

轰隆。——门被撞开：那个像俄罗斯人的黑发男子携带箱子挤进门里；他粗鲁的声音灌满了包厢。

他解释说，是从敖德萨来的大夫；一双眼睛盯着我看，用一双令人不愉快的、有力的手指触摸我，匆匆忙忙地大声地向我们解释到，在瑞士，在心脏病医院工作了三年；现在被号召，如我一样，应召服军役；他拍我们的肩膀；把四肢摊开，翘起自己的腿——放肆无礼，却又装作温厚；他开始向我这个莫斯科人阐释莫斯科；还——说得让人头疼；我拿出花露水；开始湿敷我的头。

他猴子般的动作用有力的一只手从我的手里将花露水瓶子夺去；还把瓶子放近那双狡黠的眼睛前，仔细看：

——“哼。”

——“一小瓶？……”

——“从科恩来的……”

明显地忽然一闪：

——“密探。”

我夺过花露水瓶子，愤懑地给他指——瓶子上贴的明显标签：“巴塞尔。”

——“瞧。”

他——不感到难为情。

——“在阿尔萨斯边界附近？”

——“您那么多时间在那里干什么？”

我翻过身，闭上眼睛，装作打盹；温顺地继续观察密探（携带跳蚤：携带灭跳蚤的药粉就可以舒服地坐三等车厢）。车厢咣当当地响；行驶在法国；风吹进窗户；我的头晃动，撞在木板上；车厢互相推挤。

一道白色耀眼的电光射进——又射出。

白天的意识分为几个部分：意识的边界前行。已越过边界。

意识的边界

就像在童年，——某个时候，有种奇怪的东西钻出来。

对象改变；绘制出难以想象的花纹；黑发的头俯身到我跟前；肮脏的、笨重的、毛发蓬松的东西就在那里爬来爬去：——

——戴圆顶礼帽的黑发男子。

我试图看他的身影，因线条、细节、扭捏作态而吸引人，他像用扑粉粉饰自己；香粉飞落；在扑粉下明显发现：——

——就是他！

他属于什么机构？

属于国际间谍协会吗？或者——属于对意识一切稍稍变动有戒备心的兄弟会，为了停止它们？确切些，他就是国际间谍协会的密探，领导兄弟会，这个兄弟会在国际密探圈子里周旋，在各个国家的侦探机构生根发芽；德国、法国、英国和俄罗斯的宪兵们的手在所有的国家签署一切文件，签证；还有——如此等，在巴黎、柏林、斯德哥尔摩、莫斯科、彼得堡组织了社会的、小组的和个人的生活，用毒药侵染生活；我们——穿着被毒药侵染的生活的服装；试图站在被毒害的生活之上，体验到，贴身的生活衣服燃烧，就如被我们杀死的半人半马的衣服：赫拉克勒斯杀死涅索斯①，他又被涅索斯的衣服杀死。

无论是涅索斯，还是领导秘密兄弟会的克林戈佐尔，我们都会被当成国家的俘虏；也会给自己的仆人穿上国家领导者的礼服；他们就是傀儡：有人拽着他们；他们那时也开始在各种会议、议会上带着官腔发言，或者带着不能实现的方案和不可能实施的行动发言。

而且，正是我们生活的状态，包括在这里每天的展览招牌或柱子上的海报，由间谍在秘密地段组织，间谍不怀疑为他们服务的人。

我的内心怀疑：曾经在我和奈丽身上发生的事情，无法屈从一般的解释；我们的生活——就是故事；居心叵测的秘密紧跟光明的秘密之后向我们打开；通常，我在柏林的大街上明显地看出居心叵测的秘密。

……………………………………………………………………

首都的街道——就是被实现的、黑色的弥撒；行人——被吸引到黑色仪式里；卑鄙的人明显地形成阶梯；从城市的流行感冒到逐渐消除黑色的超常状态；我们、我们的心灵被禁锢，在魔力作用的明显帮助下，这些作用被实施到仪式里和被蒙蔽在习惯和鄙俗低劣的报纸图案中，——心灵在输入日常行动的作用帮助下，与恶魔联结在一起；巫师不知疲倦地跟踪事件整个过程；还有——他们甚至坐在宴会上；还——说出很长的话语；绿色的、蓝色的、黄色的

① 在希腊神话里——半人半马之一，以阴险狡猾而出名，因此他成功地设计杀害了即将射死他的赫拉克勒斯。

书——由他们口述；而且——

——摆放成入定形状的工具，用魔箭指示给他们，星星的婴儿诞生的地方，为了将电流抛送到那里，这个电流对“婴儿”来说是致命的。

迫害——开始；希律的战士——四处溜达：

——“此时婴儿在哪里？”

黑发男子——出现。

……………………………………………………………………

我们首都的街道——就是被实现的、黑色的弥撒；戴着圆顶礼帽的黑发男子在这里——就是圣像；自己的圣像——黑色兄弟会分别挂在戴圆顶礼帽的黑发男子住的房子的墙上，墙的侧面被放肆地涂满各种颜色，——

——从六层楼房高处，龇牙咧嘴，给行人指着橡胶套鞋；

在橡胶鞋套里还有——最神圣的三角形符号①。——

——这意味着什么？

最神圣的人物雕像——神秘主义的符号——不能不受制裁地观察（倒三角——不是那个直的三角；倒的——是自觉转向神灵的；直的——指向自己）；观察橡胶套鞋里的三角，我们踩踏的套鞋（神明的符号！），是对仪式的讽刺性模拟：橡胶套鞋不是无缘无故地早就盖印为这些神圣的符号；每天我们在泥泞里踩踏着庄严的神明

① 别雷对神秘的三角符号的讽刺，这个三角符号是中世纪神秘主义者圣盘的象征，被变成橡胶套鞋的商业牌子。参阅他的文章：《盖印的橡胶套鞋》（小品集）。

符号。

这——就是“他们”一双手的技能。

城市——就是亵渎神的行为：药店上方点燃的倒五角星形[①]（亵渎神明的法术）的电子符号；只是鬼知道的东西从药房扩散；在这里出售淫荡的商标。

小麦食品被贴上所罗门[②]之星。

谁在心灵里带着经验的印迹，为此很清楚：毒药被嫁接到健康、习惯和风俗的外表下。

……………………………………………………………………

潜意识充满了描绘精神世界生活的手势；如手势一样，即向我们描绘事件发生的地方；以黑色招牌的样子、时尚、探戈舞、咖啡店，——它们将我们引入实施行动的圈子。

手势——就是话语的树根；当手势成熟——就产生了话语：结果；也凋谢；而手势，向外显示时，不会很快沉积在语言中；语言更晚一些——更有影响力；哑语——是生活的作用。

“它们”的手势，被引入生活，充满了恐惧：当发现手势上的话语时，我们将怎么办？话语——将是恐惧。

……………………………………………………………………

是：我不住声地说；我的话语词汇多种多样；但是我的话

---

① 倒五角星形在一般对立的神秘主义认识里是人物“精神方式”的象征，它象征着恶，一般以山羊头的形式表现。

② 所罗门之星（六角星形）在神秘主义认识里是合力、共有的符号。以三角形式表现，顶朝下（象征神明的天赐，降临给人），它与顶朝上（象征追逐神的人）的三角形交叉。

语——在手势残迹之前什么也不是，这些残迹却在瑞士得以发展。

人在话语结束的地方开始；在话语集聚在一起的地方——在那里开始了神秘主义；我们所有人也——是神秘主义者；唉，大部分人内心对他们神秘地开始说公开的话语；在语言活跃的地方，神秘主义却在那里沉默不语。

神秘主义——这就是我们呼吸的空气；没有掌握手势去研究神秘主义、没有能力看见和阅读它们——就是不好的习惯。

把自己称为神秘主义者，我不认为，——就是准确意义的神秘主义者；那个意义将在十几年的功绩操练中得到理解：在具体中；在关于神秘主义的格言中也没有铺垫意义的道路；经过内部的、源于心灵的手势，这个心灵充满敞开符号的力量，——显然是神秘的；“符号”用事件的节奏建成；但是他——仅仅是一个字母；也许，紧跟着“字母”几年内成长为另一个字母；为了砌造字母和词语，应该阅读符号；л、ю、б、о、в、ь；每个符号就是一个事件；但是需要在生活的事件里看到“事件”；——重现在事件的所有节奏之上，——看到：事件本身的实质就是空；在组合中得到词语。可是符号的神秘主义导师无语地引导我们：能够与他谈话——只是用沉默的方式。

………………………………………………………………

我的路途发生的事件——就是一系列符号的符号；它们——就是我过去的生活；它们也是——未来等待我的那个。也许，许多符号对我来说暂时只是构成音节：“Лю－”；不知道，出现：“бовь”或

"тик"；如果第一个，——构成词语："Любовь"[①]；如果第二个，就是"Лютик"[②]；仔细阅读符号就是规则：在阅读中向前奔跑——意味着模糊幻想的预见性象征。在神秘主义里没有幻想；他就是真情。

……………………………………………………

旅游的事件——甚至不是符号，也许，就是符号的一部分：一小组字母"ю"。

应该正确地阅读完，而为此——正确地观察；但是不能逃避开符号：不能不看到它；如果看到，——就读，反复地读，再反复读，纠正最早阅读的缺陷。

宁愿读出胡说八道，好于对自己说：

——"不。"

在符号出现时我们处在被考验的处境；失败比狡猾地逃避考试更诚实；躲避教授，但不能躲避——符号；它——站着；它——就是命运。

当符号出现时，因此常是这样的可怕：你的考试——就是即兴词；再读读，晚准备；准备——就是符号之前你的感觉和行动的生活。

阅读中显现出程度；不正确的阅读是以虚假的途径为前提；还——以错误为发展条件。

半路中犯的错误，不是摆在你面前的那个理解为阅读的符号；

---

① 可译为"爱"。——译者注。
② 可译为"金凤花"。——译者注。

摆着：л、ю、б、о、в、ь；你却看见：л、о、в、л、ю；你也阅读完：不是“любовь”，而是“ловлю”；结果就是胡说八道；而你的一步就是以歪曲阅读的词语为前提条件，把自己从你过去全力站起来的台阶上推下去。你站在阶梯上是因为，你看得清这些符号；你——应该阅读完；与阅读的符号构建不可回避的事件进程：阅读时，你就构建它——呼唤命运；不这样阅读，你就会坠落；登得越高，坠落的危险越大……

……………………………………………………………………

旅途的事件——就是在最近几年里被构建的巨大符号的几个部分。在阅读时我看到：我理解胡说八道；当符号构成了，我不能不读；在阅读中我坠落；从卑尔根就开始阅读；因不正确地阅读密码而坠落，是在多纳什由致命错误发展所决定的坠落：坠落的象征——就是离开；因此我感觉，离开瑞士，我站的最后一块土地，脱落：我——栽倒……以离开的方式；倒下：奈丽却没有倒下。

不正确阅读的符号使我与我的奈丽脱离开，她留在我们一起到达的那个步距，我们攀登到错觉层上由那些地名所确定的步距：克里斯蒂阿尼亚、卑尔根和多纳什城。

但是——“多纳什”被中断了。

旅途的事件——就是坠落到梦的无意识的符号。

也许，那个——就是关于许多他者的讲述（符号在意义友好中被收集）；那个，许多个的模糊地重现在我的面前。描写旅途——不是描写发生的事情；它描写——我如何阅读；还如何混乱。

在这个意义上我的描写——就是失明的旅行者的描写。

光——使我失明。

我现在成为盲人：什么也看不见。

……………………………………………………………………

还在不久前，在那些我与奈丽发生的可怕的事件后，已过了约九年，我与奈丽坐在咖啡馆，就在这里，在这轰隆作响的城市里；俄罗斯就在我的肩膀后；我在俄罗斯五年的生活就是自我内心封闭的生活；在此之前发生的那些事件，——克里斯蒂阿尼亚、卑尔根和多纳什——甚至不是过去的反映，而是——上上年的反映（在这个生活里我经受住了第五次生命）①；在那里的一切——奇妙；无法用任何法律逻辑解释清楚的事件，接连不断地在我们身上发生；现在——没有一个"事件"（一切——是合理的，一切——是清醒的）。

我问奈丽：

——"过去——在哪儿?"

奈丽坐在我的面前，蜡黄、可爱的脸：衰老的脸仍然可爱；还仔细地听着狐步舞曲，吐着香烟；笑容倦怠，正如我感觉的，失望的表情在她可爱的脸上滑过（姑娘们、妇女们——脸上几乎一点不

---

① 指的是别雷与安·屠格涅娃于1921年11月底在柏林的见面。在1927年3月1日别雷给伊万诺夫一拉祖姆尼克写的信中写道："……我是我生命中'七年略图'的拥护者，即七年略图……在其他情况下我从数字'7'的运动过程给自己构建出略图；这个草图符合许多人。"

在这份信中别雷指出，"意识；独立性；有意识的生命游戏"从第二个七年的第一年开始，也就是说，从1888年开始。现在我们回想，别雷于1921年结束了《怪人笔记》。这样，就可以推测，"在这个生活里我经受住了第五次生命"属于1887年之后的第五个七年（从1888年开始——他的有意识的生命的第一年），也就是说在1916—1922年七年之前，那时别雷的这个见解具有更具体的意思。

留；她——就像修女）；她晃了一下鬈发：

——“你听清了，人们给我们讲述回忆的画面；应该摆脱这些回忆……回忆已经死了……”

——“怎么会忘记？发生的那个事件，——是唯一的……”

——“是，那些年我们两个人经历了萨尔瓦特的幻景……”

——“现在。”

——“现在我们从山上下来，穿过平原；我们，无意识地反复行走，——蒙一萨尔瓦特的幻景打开：瞬间。那些年我们应该徒步旅行，以便重新找到那个教堂……经过峡谷的那个人①；无意识地反复行走。是，我们——无意识地反复行走……”

——“这样，以前是，将来还是？”

——“是……如果……我们找……”

记得那次谈话；奈丽很快就走了。

——“朝约翰大厦走……不是：约翰大厦更名：它以前是歌德纪念馆……”

——“经过峡谷的那个人②……”

——“我不能，不能。我不想！”

回忆的形象将我包围；完全不需要真实的。没有力量走向未来：

——“经过峡谷的……”③

——“不：我不想！……”

---

① 原句为法语。——译者注。
② 原句为法语。——译者注。
③ 原句为法语。——译者注。

我是谁？

那个年代光接近我　　　　　　　　　　黑暗接近我

在我的内心引起了良心　　　　　　　　在我的内心引起——死亡。

的痛苦——

——我梦见的那个东西，——

预测

加入

光

里——我们——

——是光明的人，光的携带者；

光的携带现象

——生活；——

——我就这样认为：我的肉体，不放我到高处并

在肉欲的峡谷里引诱我，——吞吃

我的心灵；心灵——得病；心灵四分

五裂，

心灵折磨肉体——

——心灵在

肉体里煎熬！在精神无上

幸福中，那个东西——在极为煎熬的良

心里，——

——这样活下来！……

……………………………………………………………………

就是那个时期，肉体在我的内心溶化，就像盐溶化在开水里；肉体溶化在由神灵转变成的宇宙形象里；仿佛——

一排排火鸟

飞下，我的肉体

张开翅膀；肉体却——溶化；

成为：密集的多

翼的火，它带来

每刻，

每日，

每分，

每周

每月，——

——这就发生在

莱比锡的日子里——

——对我来说

生活，就像

升起的

透亮的天

体；经历无法表达的

无上幸福之感：与亲人共欢乐；一切

似乎：还有我，少数人，——

——内心、默默地

了解的人，——他们与我有关；命运将我们编织在奔向大目标的道路上；如电闪一样，一股温暖的幸福之光在我们之间显露出来；还——

——一闪一闪，

闪烁，

舞动

芬芳的火焰，把思想吸引到这里，

到那里，——集聚——

——（因呼吸的节

奏的变

换二氧化

碳增多）——

——我们大厦清晰的印迹，

没有置入概念，中断我的推理；靛蓝色的光脉，经过紫罗兰色的、甚至是红紫色一粉红色的基调，渗透：自身经历了从未来

时代——

——到

遥

远

的时

代，遥远的时代！——

——所

有

的

我

们

——脉冲发光体！

——经

历了从未

来瞬间，当

我内心许多我的

呈现的化身

冠冕上了鲜亮的爱的皇冠；——

——还——

——准备在大地上复现，具有脉冲发光体的

优点，——我作为星星下来，穿过炫耀

的精神世界的圈层，以便将印痕摘掉

从最后的

我的

化

身，——

——还——

——为了让他们宏大的意义呈现在最荣耀的荣誉里；看到形象：——光亮的鬼星团发出微光；婴儿诞生在大地上——

——由天

使

们

的传言，传递温暖

词语

就

好

像——

——球一

体，

散发

着光芒的太阳，在

这些画面里

在我

内心

升

起了：——

——我

觉

得——
——似乎：我认识的弟兄们
默默无声地凝视
我：
他们凝视
未来的我；还有那个巨大的
羞辱，印刻到真实的人身上，
给予真实的人浑浊的预言性
意义；给我照亮的落日，我
觉得明亮、灿烂，而且——
空气更清爽。
我感觉发生的事情——
——来自——
——遥
远
遥
远，——我完全
看见所有的东西；
我——阅读日常生活发
生的事不是这样，它们
就像对其他人一样发生：我最
初知道它们；事件
——对我来说开始

失去自己的偶

然的特性；而发

达的肌肉不是

偶然在大街上

吸引我——

——命运

充满热情地注入我们的运动中；这样，徘徊在柏林大街上，我——

——仔细地观察街道上发生的事情；这些事件给我展开成经历过的花纹，反映我的经历的花纹：成为我；——

——四轮轻便马车，

有轨电车，

人流——我觉得就像是

我的一股股滚动的血：渗到——全身：我的“我”作为熟人起身迎接我（从

角落、十字街口），他将我留下来并开始无意抛出

几句话；——

——但是——

——在这些话语中立刻给我解密：命运的

密码……

那时在我的意识状态里我试图与我的奈丽说话——在奈丽的脸上每一次都观察到冷漠的、甚至是严肃的表情：

——“开始住嘴吧……”

——“住嘴。”

我——沉默，但是——

——划时代的事件以我内心最隐秘的

感受悄悄潜入；我内心预感到能击碎石头的词语，但是我不能找出词语；没有一个词语的我的目光与我说出的话语矛盾；我的词语不成熟；我就像脱落人民的野生树枝，被嫁接到从天上伸展到我身上的油橄榄树枝上；闪耀火光的树叶，在我看来就是从导师那里获得的最甜美的智慧之食。——

——在智慧的声音里

芬芳的树木盛开出知识之果；导师也把空气宇宙给我放到词语里，用大声传递天使传言的语言之剑割断大自然的植被，还——用举起的手将光放入我的身上；飞进我身上的光成为我的多种多样的意识状态；而且，我用另一双眼睛看到环抱的大地，似乎天蓝色的兄弟会教堂已建立起；而且，我的头那时刻似乎就是巨大的圆顶，在圆顶下我本人（或者——我的心脏）洗干净自己的双手；空气向我张开：看到奥菲伊拉，——呼出光的国家……①

与站在我面前的导师不止一次不谈到那个。

---

① 在别雷的《谵妄乱语》一书里我们读到："……而且，希腊人相信，在印度，遥远的辽阔的地方，'金色的土地'在闪耀；人们还把这块金色的土地称为：佐菲伊拉、奥菲伊拉。

"是的，我还知道：——奥菲伊拉——就是光辉，光的故事，那个——就是仙境；但是太空被空气变冷；他——就是阿伊尔。

"在远古的阿埃利亚、加纳，我们——声音——人们某个时候活着；在那里呼出光的声音：光的声音闷声地存活在我们内心；有时我们就用声音词语、谵妄乱语将它们表达出来。"（别雷·安德烈。《谵妄乱语：关于声音的叙事长诗》，柏林，1922，第 68 页）

课堂感受

我经常听施泰纳的课。——

——如何描写这些课程呢？……

我来到课堂并坐到舒服的椅子上；三个 * A 协会的成员也集聚起来；五颜六色的妇女们在房间里穿行；——坐在墙边，站在光线不足的地方；从背阴的地方隐约显现出她们的脸。

似乎：——

——当施泰纳走进来时，站在墙边一排人的眼睛发光；于是开始说话：谈论上帝、世界、文化、人们和时代的命运，以及与宗教有关的等级的生活事件，——

——火延伸到我的内心；他说话的节奏在我看来就是由我构成的形象的装饰音，这些形象让人想起鲜花盛开的花瓣；张开的花瓣、光波照射的花朵、发光的天使们：——

——或者我的思想：它们如光的涡流从我内心涌出，还——

——围绕着我自身，飞旋着，——

——我开始

飞翔在自身之上：——

——整个房子改观：房子的正面扩展为张开翅膀的明亮的闪光；还——

——最纯净的光浪冲刷在讲台下五颜六色低垂的妇女们；似乎，我们——就在空中：——

——我们携带着展开的、闪光的翅膀：在光芒中、在我们无法表达的意识状态中，我们彼此传递着光亮：不可分开；——

——不是“我”和“你”：是爱的整体性：——

——在所有一切之上：——

——导师站起来：在他的下面，在“我”和“你”消失的地方，如朝霞，意识的整体性微笑着：那个——就是鬼星团；因诱人的声音宇宙震动；十二个沃尔霍夫城市环绕星星，把圣餐①举向星星；这就是——星星，如钻石闪耀：——

——崇高的意义从导师的目光中俯射到下方……

课堂的印象就是这样。

经常，话语被中断：你看微小的施泰纳有礼貌地冲某个人挥动手；丝绸蝴蝶结代替领带在抖动；他倾听穿黑色服装、满脸皱纹的老太婆，微笑着：平易近人。

你看看墙：人们这样和蔼可亲、平静地看着。——

---

① 说的是智者一占星家，根据福音书的传说，按照神奇的伯利恒之星的出现，他们就知道“犹太王”的出生，并向婴儿耶稣鞠躬。

——而施泰纳，

穿上自己的毛皮大衣，从我们中间走过，抛向我和奈丽不可忘记的目光；就在我的精神目光面前，因为这一瞥一切的一切都炸开；从未来几个世纪飞驰：

——“你——将来是。”

什么也没问；一切——被述说；也就回应——一切。

神秘宗教仪式

在这些课程里净化心灵的神秘宗教仪式对我起了作用：飘飘欲仙的肉体震动转变为灵魂的震动，将灵魂从肉体拽出来；净化——震动的结果——做好准备——

——爆发出无法描述的、对所有人类纯洁的精神之爱；我得病了，是因为我承担不了爱的巨大压力，这种爱将我撕碎：——

——在这个时候我明白了我们其他成员的伟大功绩：——

——已故的 M.① 和 C. Ш.②，明白了 Б.③ ——

---

① 很可能，指的是德国人智学诗人、施泰纳最亲密的战友摩尔根施泰恩·克里斯汀安。

② 说的是索菲亚·施金恩特（1853—1915）——人智学协会德国分部主席，按照别雷的话，她是运动的“善良的牧师”。在 1915 年 11 月 20 日给伊万诺夫·拉祖姆尼科的信中他写道：“……传来消息，说我们协会的领导人之一去世：施金恩特。就在她去世之后，我可以说，我对待她，就如对待……列夫·托尔斯泰，如……对待长老；她整个人就是‘基督圣徒’的典型。”（俄罗斯国家文学艺术档案馆，伏龙芝图书编目 1782，目录 1 数据库储存单元 6）

③ 指的是米哈伊尔·鲍威尔。在与鲍威尔交流期间别雷写了一首诗《献给米哈伊尔·鲍威尔》（“你的话语——就是先知的爆发”）（1915）。

——明白了

神秘的宗教仪式……

——她就是集体的节奏，在灵魂参与者将肉体留下的地方，

旋转着爱的舞蹈，在个人自我感觉的

地方，就像许多分开了的意识，统一失去：但是这一切就是精神过程。

在物质层面没有神秘宗教仪式，或假如有，那么，它发生的时间和地点，非圣神的灵魂没有打开，他们的肉体将留在神秘宗教仪式那个地方。

到处实施神秘宗教仪式（在课堂上、在有轨电车上、在街上）；或者——完全没有神秘宗教仪式；参与者只排成一行明显的符号；还——形成图形，像在跳舞：由人组合的三角

形在流动，

交叉成六芒星形；我们认识出

五的节奏增大；

如果五角星形就是五，那么，六进入到五角星形的仪式里就让相遇出现的可能性增大六倍……①——

——但是人们不理解这个：特别是不理解我说的

那个；我中断了词语……

……………………………………………………………………

在那个圣神的时刻肌肉将我们带到那里，到分给我们的地方；

---

① 说的是声韵协调的图形。

还——发生了出乎意料的会面；就让词语成为日常的：

——“白天好。”

——“您到哪里?”

——“我去图书馆……”

——“我——去邮局……”

——“再见……”

但是与思想连接的见面节奏，构建出神圣的字母：仪式出现。

突然你会看到，——

——你完全意外地走进商店购买不常有的玫瑰，

这完全不是偶然；只要你一出来，就像献给神秘宗教仪式

秘密的修女沿着大街走过；鞠躬，几乎微笑着，还——

你将会清

楚：见面的节奏——就是仪式：——因为——

——昨天在音乐

会上，你这样郁郁寡欢地来这里，在沮丧的时刻在你的

面前在听众的头飞起一朵玫瑰花：——

——修女，

献给神秘宗教仪式秘密的修女，在自己的头上无意挥动

着——

——你刚刚买的那朵

玫瑰，穿过有轨电车轰鸣的街道；——

——昨天：红玫瑰花瓣在演

奏舒曼协奏曲时突然不知何故降落给你；脱落的花瓣突

然这样轻飘和这样的鲜亮。——

——今天公开了：修女，

献给宗教神秘仪式秘密的修女，帮助过你；超意识控制了你的肌肉的运动，以便将你带到花店前；还控制了可爱的修女的肌肉运动，以便你能回应玫瑰的问候——

——以问候的方式：

你走来，向修女，挥动这样的玫瑰；她也——向你明媚地微笑，使意识清醒：——

——神秘宗教仪式。——

——你却惊讶地

站着，在柏林时髦的街道上汽车散发着汽油味飞驰而过：行人唱着通俗的歌曲，从我们身旁走过；他们看到：一个先生，大概，一个外国人的目光惊慌失措地盯在修女的蓝色短面纱上；而同时，——没有汽车、没有汽油味；神秘宗教仪式之风有力地吹过来——

——神秘宗教仪式

继续着：——

——在夜晚：——

——在上课前人们用最茂盛的、

就像这样的玫瑰打扮讲堂；还——

——将一束

玫瑰放在桌子上；——

——还将修女挥动的和你今天向她回应的那种玫瑰

从桌子上收走，——

——他还将自己的目光

投向修女，投向你——

——在你的内心还因这个目光你的心脏，成为玫瑰

的心脏，窒息。——

——人们向我们解释玫瑰花瓣的结构和规则，

这种规则反映在结构里：——

——这些玫瑰花瓣螺旋般缠绕着五角星

形；树叶旋转的高度是这样的复杂，以至于一个花瓣经过五个花瓣在螺旋轴芯中占据最初的地位，反映出某个行星扩展的螺旋；根据这个模式和这个行星的类似物安置五个人的关系的节奏；五就是整体性；在与我连接的五个灵魂里我的自我意识①是另一种；我不是一个人：我——成为五个人；五就是整体性……——

——人

的关系：一部分按照玫瑰构造规则发展，另一部分——按照盛开的花之线的节奏发展（六角星形规则）……

………………………………………………………………

你——对自己说："这是做梦。"

——"不，这不是梦：你献给五的秘密、玫瑰的秘密。"

---

① "自我意识的灵魂""自我意识的我"的概念从别雷没有发表的作品《自我意识灵魂的确立史》中得到解释："这个自我意识和许多组织以及我们内心各种鲜活的意识的力量。而这个新的'与'，是意志性的和创造性的，就是我们的自我的一自我意识……自我意识就是将创造意志带进意识和认识里。正是在这样的自我意识里，按照人智学的世界观，在人的内心可以解开，他的最高的我加入其中，按照圣徒保罗的话，我已经死亡，但是耶稣活在我的内心。"（写给加拉特人的书信。2，20）

还清楚：——

——昨天在音乐会上发生的一切，今天就是在街上和在课堂上发生的，——仪式的字母，你作为不自由的参与者，还不明白这个仪式的字母，这个字母还留在记忆里，以便在扩展事件的节奏里你能够读出来；你还不知道：——

——何时，

何地仪式的秘密持续，将转变成什么；也许，秘密让你措手不及；以空想的形式——旋转；——

——你在仪式地

看到的不是玫瑰，而是——蟾蜍：——

——你的神秘宗教仪式考试

没有过关；但是进取心得以发展：阅读密码；——

——那个——神秘主义的信件①。——

——这样——

——今天你可能读

完了图书馆的书，你的面前浏览最奇怪的生活符号的书籍，而从明天起，——几年里你看不到一个可听到的字母。视力被蒙蔽……

………………………………………………………………………

---

① 鲁·施泰纳对神秘主义的信件这样解释："如果经历了火的考验的圣徒想继续宗教学徒的道路，那么现在就给他打开某种一系列的信件，这些信件被运用在宗教教学中。在这些信件里揭开了真正秘密学的学说。或者事物中的真正的'隐私的'（神秘的）不可能直接地用一般的语言话语表达出来，或用一般的系列信件描绘出来……秘密信件的符号不是杜撰出来的，而是符合在世界上起作用的力量。通过这些符号学会事物的语言……让他明白，一切先行的事情就好像初步知识的学习。只是现在他在最高世界里开始阅读"（认识。第53页）。

战　争

以这样的心情度过了 1913 年整个秋天；冬天已经来临。

我与奈丽迁居到多纳什。

在春天到来之前，我的肉体在我的内心沸腾；精神无上幸福的感觉重生——转变为我享受到的非常奢侈的生活：所有的形象成为密实而有感觉的；在我内心的蜡烛与肉体的昏暗混在一起，辐射出最光鲜、娇柔的色彩；节奏的图案娇媚地开始盘旋；隐秘的内心风格重生为某种普遍的巴洛克：——

——我量力知道：狂喜之光、聪明之光，在不能够胜任它之时就转变成盛开的感觉色彩，——

——这样

精确，如耶稣之光，虚幻的被接受之光，亚历山大的混合性①的五彩缤纷开始变暗，——

——以便后来

① 指的是希腊化时代（公元前 3—1 世纪）希腊文化的独特影响，以亚历山大（埃及的）为中心，影响到文化的合成。

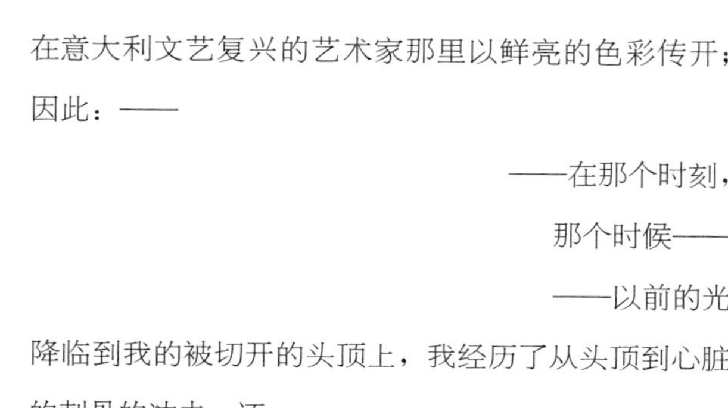

在意大利文艺复兴的艺术家那里以鲜亮的色彩传开；

因此：——

——在那个时刻，

那个时候——

——以前的光

降临到我的被切开的头顶上，我经历了从头顶到心脏

的刺骨的冲击；还——

——刺疼了心脏；

似乎：我撑不住，——我要倒下：双手痉挛。

思想潜入到意识里：没准，我——就是癫痫病人。

……………………………………………………………

战前时间就在意识中断之处流逝；我与奈丽一起研究约翰大厦的木质建筑雕塑：我们在多纳什是多么快乐；但是我内心感觉精神上即将发生灾难！

我觉得雷声轰鸣；来自心灵的空间；在明亮的地方巨大的荒淫形成阻塞；鲜艳的色彩充斥到精力充沛的鲁本斯①的肉体里，并将文艺复兴的盛宴浸入到伦勃朗②的影子里：——

——彩色写生画的历史就是

① 彼得·保罗·鲁本斯（1577—1640）——德国画家。1600年，鲁本斯来到意大利的威尼斯学习提香的色彩艺术和丁托雷托的生动韵律的构图和明暗法。后来相继访问罗马、佛罗伦萨和热那亚等地，精心研究临摹古代艺术精品和文艺复兴时期大师们的画迹，并对巴洛克式的艺术风格感兴趣。在他的艺术创作中，色彩艺术得到了尽善尽美的发挥。——译者注。

② 伦勃朗·梵·莱茵（1606—1669）——荷兰画家、铜版画家。——译者注。

灵魂堕落的历史……

………………………………………………………………

战争爆发。

我觉得在战争的第一个秋天：这是我挑起的战争：它在我的内心开始；与我很相像的人不可调和的意识搏斗已经从六月沸腾（战争爆发在 8 月）——

——那段时期要知道我

感觉到一切，就像来自未来的脉冲：巨大的我
重合到我的“我”时，
我觉得，整个世界应该反映人的内心发生的
事情。

………………………………………………………………

我感觉在自己之上许多可怕的恶魔袭击天使；同时：感觉自己是进攻的天使——冲向自己本人；灵魂的一部分就像恶鬼，与灵魂的另一部分斗争，完全像与天使斗争一样，同时：灵魂爱上天使；天使在我内心，与魔鬼斗争，在斗争中——变黑：——

——我的头类似米开朗

琪罗的巨幅壁画：在额头的地方（两个眼睛中
间）站着阿波罗，形状为恐怖的法官；还——
惩罚我的淫欲：就像肉体，被描绘的神经、动
脉、静脉，笨重地落到恶魔的火里，从跳动的
心脏里飞出的火。——

——米开朗琪罗

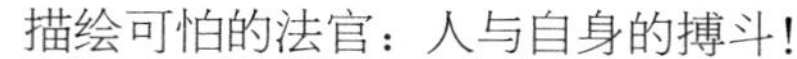
描绘可怕的法官：人与自身的搏斗！

…………………………………………………………………………

正是在那个沉重的时候，沿着多纳什漫游易枯萎的那个，——

——“它”——

——我认为我生命的东西就是尸体；几个小时我就是——摆放的尸体；朝向自己，就像朝向天使，而在其他时间我就是天使、诱人的魔鬼；在意识的移动中生命中断：意识的统一崩溃：我就是——在自己之上，在自己之下；在原来的“我”的点上——形成窟窿。

正是在这个时候战争爆发：从阿尔萨斯炮声轰鸣；轰鸣了两年……

…………………………………………………………………………

舒服的房子的窗户面向山谷；春天从窗户看到樱花树盛开的白色花瓣；朝阳照射枝叶茂盛的紫藤萝；在阴雨天到来之前它们绽放；阿尔萨斯山峰发青；从那里在朝阳下传来不断的炮声。

我内心的爆炸就这样成为世界的爆炸；战争从我的身上四处乱爬——围绕着我。

我就是装满着危机的炸弹；感觉心脏就是这个炸弹：小心地携带它，就如携带反常地嵌入我内心的炮弹；我记得：我只要激动，我就开始感受到，我把鲜红的撕碎的心脏射出；胸脯也被撕开；从那里流出一股股的鲜血。

感受死亡的出现，因为无法承受光落到肉体上并在我的内心激起腾升形象的风暴（在炎热的日子里这样的云朵在水上形成）；我应该用意志的力量熄灭形象的风暴；考验的实质——在此，但是——没有经受住考验；形象的风暴没有熄灭；风暴却——点燃了我的肉体；肉体也突然冒出火焰；肉体就成为低俗欲望的明亮的火把；还——燃烧；在人活着的那个地方，留下一堆冰冷的灰烬；风刮起来：灰烬飞散，吹散到空中。

不再有人。

疾　病

我记得那一天和那个时刻，“它”如何——开始。

在我们未整理的房间里显得孤独；窗外秋天窃喜：炮声轰鸣；夜降临；雨吧嗒下着；疲倦的奈丽蜷曲在沙发一角，打着盹：一整天她用小锤子在敲打约翰大厦潮湿的屋檐。我——感觉自己就是一具尸体，不能将自己抬出：扑向奈丽，抓住她的双手，轻吻；她抽搐一下：

——“你怎么了？”

——“我——不能，不能，不能成为这样的！”

——“安静！”

——“我最好死去……”

她用一双冰冷的手抱住头：头发挠得冰冷的额头发痒：

——“不要难过：对你宽容一点吧！”

但是——巨大的力量浮现在脸上：一股风暴式的电流沿着血管流过。看着被炮声震得叮当响的黑色玻璃，大喊一声：

——“就让他这样死去吧！”

在此他理解自己。

把我变成灰烬的电流撞击着血管；生命和温暖的一切却集中在心脏，将心脏撕裂：严寒散到四肢末梢，滚过双手和双脚，吞吃掉温暖；——

——那个

瞬间形象笼罩了我：——

——笼罩巨人，站在宇宙的

荒地上的巨人，就像大炮，呼啸着从可怕的裂开的头顶划过：

——“哎呀呀！”

——“哎呀呀！”

——“哎呀呀！”——

——这是“我”从肉体迸出的喊声。

冲到发黑的房子中间，迅速地抓住门：眼睛变得痴呆；倒下，听到声音：

——“哎呀，你怎么了？”

——“你怎么啦？”

把我放平：我躺着，脉搏跳动很快；还试图想说些什么——喘不过气。

我感觉：正在死去。

这之后五个星期我就是——一具尸体；在那个恐惧的时刻怦怦跳动的心脏终止，悬挂在红色的动脉里，某人恶毒的手将心脏握紧，拽下来：当心脏被拽下时，我就死了。

只剩下原来的东西：双腿、肚子；我觉得自己就是肚子本身，毫无责任地被插到双腿上；其余的——

——胸脯、喉咙、大脑——感觉密实

的空；小心地摆上由玻璃做的空心的球体，在柱

子上（在肉体的成分里）——我是：只是响亮的

话语、激动、回忆或指责不安的良心：——

——空的、空心的球体——

——胸脯、大脑、喉咙——

——从台架上

倒下：从双腿上沾沾自喜的肚子开始……彻底被

击碎：开始心脏的跳动。

心脏神经官能症——离奇古怪的疾病名字。

生命集中在一点：濒临死亡，它隐藏在我的内心；而且——它稍微一激动就在我的内心增大；似乎，就是并排坐的一个妇女，她抓住心脏，把心脏从血管上拽下，她就是一个淫荡的老恶婆的形象，她用恐惧诱惑我。

一切脱离开我：良心的折磨、大蜡烛、形象、思想、高度、深度；整个内心世界无怜悯地从心脏里脱出；我也成为一个咀嚼的、缓慢行走的、没有思想的肉体，这个肉体被集中在保存我的珍贵的存在上：——

——“我”，成熟并在我内心成为

世界的，大喊一声：

——“哎呀呀！”

——“哎呀呀！”——

——就在那个记恨的晚上，当雨滴敲打着窗户玻璃时，未整理的房间出现，我的疲倦的奈丽，蜷曲着，开始打盹。

秋天和冬季的岁月延长，令人难受：影子在多纳什的瓦房之间徘徊；或者，就像木偶，现在我不感兴趣地在听施泰纳的报告和讲课，只有一个让他不安：没有感觉，不明白预见性的思想，不看他那双严肃的、洞察力的眼睛；经历磨难、明白——意味着引起心脏病的发作；于是——球体从肚子上掉下——

——喉咙，

胸脯、双手、大脑——

——我的肚子，长时间躺在双腿上，此时

坐在我的面前；也沾沾自喜地听着报告——

——关于时

代命运、关于文化的报告。

宗教神秘仪式结束了！……

不是“我”，而是“它”——

——我内心灭亡的“它”

现在活着，忍受住整个被推向濒临死亡的世界，

“它”笼着一切和所有的人；从边界炮声轰鸣，在

那里人们奔走相告，流言汇聚成浓的、空的、愚

昧的、增大的胡说八道：

——“咕噜！……”

——“咕噜噜！……”

——“咕噜噜噜！……”

冬季流逝：我整个冬天漫步在泥泞的道路上，倒在一大堆瓦房之间；从窗户、一堆羽毛褥子壮实的资产者倒向我；有时，为了娱乐，我坐车来到，像锡一样沉重的巴塞尔，为了讨论弯钩角；寒冷的尘雾奔走；还有——潮湿的光泽；昏暗灯光的棕红色的斑点照耀房屋。

我长久地站在这些房子前：来自鹿特丹的伊拉斯谟和来自伯努利家族[①]的著名的数学家的房子；常到图书馆；叹息，附身在奇迹般的创作上：拉伊蒙迪的“Ars brevis”（我不能够理解“Ars magna”，虽然试图深入研究乔尔丹诺·布鲁诺的阐释）；——

——紧跟在我之后——

——看不清，在灯光下，全身穿着黑衣服，化名为妇女的人在徘徊：我的濒临状态。

我在巴塞尔加尔贝版画画廊参观；特别是“死亡”系列：骷髅头狡猾地插入生命的事件；向他们——狡猾地眨眼……——

——从这个时候黑发男子开始纠缠我：我又一次在胡同抓到他；也许，就在伊拉斯谟的房子前；他跟踪我到巴塞尔“艾辛郊区”和“艾辛广场”[②]，我们一起等有轨电车；电车——将他带到多纳什，显然，他喜欢多纳什：他长久地站

① 很可能，指的是雅科布·伯努利（1654—1705）——瑞士最有名的数学家族伯努利的代表。

② 巴塞尔市郊区和广场的名称。

在马路的十字路口，离斜坡不远；几个
小时地盯着我们的窗户：在知道我即将
出发之后，他也出发了；现在就在这里，
在一个车厢里……——

这时关于多纳什的思路被中断：——

——念头在某

处掠过十分钟（正是在卑尔根精神升华之
后，——应该等待：这个肮脏的、伤天害理的事
情降临到我们身上）……

在车厢里

车厢咣当响；火车奔驰在法国；风吹进窗户；我的脑袋摇摇晃晃，撞到木板上；我看了看密探：疯狂的思想出现在我的脑海：

“瞧，他现在拿出精致的打火机：两个手指夹起香烟，——有毒的香烟！——他让烟。”

对我来说不是我们清晰，而是某种半梦的清晰；还想象一下：——

——我的那个黑发男子，带着令人厌恶的温柔盯着我，他匆匆忙忙，掏出自己精致的打火机；两个手指夹着香烟，他——开始让烟；显然：他已经思考过；还不抽烟——就意味着出卖自己（出卖什么?）。

我——抽了：我忍住抽一口烟的恶心；它从胃部升起；还——刺激我的喉咙发痒：

——“被毒害!”

车厢咣当响；火车奔驰在法国；我的脑袋摇摇晃晃，撞在木板上；鹰钩鼻子的黑发男子，张开嘴，开始打盹；他在假装睡觉：他偷偷观察，毒药如何改变我。

为何要毒害我？

因我生活在边界附近，因我听了施泰纳的谈话和讲课吗？

是的，我被毒害：是因为我叛变。

——“胡说！”

——“胡说！”

——“没有任何叛变行为……”

我感觉，我的内心某个强力而权势的人，就像异己的肉体（神经官能症发作），从我身上爆发出一股令人厌恶的恶心。

——“是，是，是！”

——“这——有过！”

什么有过？

从下往上抛起：一股火光闪着白光腾飞；蹿起；黑发男子也猛然跳起身来；我们的额头几乎撞在一起：

——“您怎么了？”

——“我感觉——恶心……”

我对待从敖德萨来的大夫双重性显出：一方面，这个“大夫”显然就是毒害我的黑发男子；另一方面，他如此关心我的疾病，在我的心里自然引起对他的信任：毕竟，我想，他是大夫：还是——心脏病的大夫；远看他是黑发男子，近看——就是大夫，也许，他真实的职业就是密探局；我不害怕密探：害怕暗探——最高意义的暗探，属于国际特务协会，在……供职——

——在谁那里？……

黑发男子身上惊慌失措的恐惧提示我什么？要知道我并不害怕他：害怕看透他，害怕撕破他的虚假面容，从他身上一股黑流涌向我；那股黑流在盯梢的时候是空洞的，缺少任何颜色；他的黑暗就是窟窿：成为无处可去和空；他——就是一个露天的通气口，用不可思议世界的废气吹向我们，拖到此通风口，相对此通风口我们的生命世界就是空；不仅仅是我们的世界，而且还有根植于我们、纯粹的精神现实生活形象，实质就是空；这——所有转变成空的东西，无论是（神秘宗教仪式的世界、灵魂世界和精神世界），对待一切，无论是，在自己出现时在我们的意识层面发现，自己的出现就如接连不断的空。

然而：属于秘密兄弟会、执行某种东西的暗探就是空，实质上没有通知我们的和敲我们门的东西，就如恐惧空，——对我来说，他携带的东西并不恐惧，而是——空让人恐惧。就在他出现在我身边的那刻，我感觉自己的胸、双手、大脑成为空的球体，被安装在……胃上，意味着：——

> ——你生活的那个世界，——神秘的宗教仪式世界——就是空；你的“我”，现在从肉体走到精神世界，这个世界——空，就是空；你幻想自己，未来的某个时候你将成为佛①；但是你，佛——就是空；我就像你的影子一样出现，——一切；——

---

① Боддисатва（бодхисаттва）在佛教里就是生物体（或者人），决定成为造福于所有生物体的佛，试图拯救所有活的生物体于痛苦中，并从无止境的再生——轮回中出来，他拒绝涅槃而以拯救所有活着的生物体为目的。——译者注

——却从黑发男子吹来

空虚的恐惧，让人们想起可怕的噩梦；可怕的噩梦又以进入他们荒唐的生活和认识这个生活的企图结束，——最可怕的事情可归结为：关于最初噩梦的非常浑浊地诞生的记忆，在原初的噩梦里我把自己当作婴儿，在与个人履历相关的事件的初次回忆之前：——

——还没有出现我的父亲、保姆、母亲；没有出现孩子的天蓝色房间，——我已经意识到：——“我就是我”——

——但是这个大写的“我”毫无遮盖地奔驰在空虚上，用不可思议的飞行征服空虚，这种飞行就像坠落到深渊的恐惧，回忆起某种固定的、不可移动的地点，大写的“我”从这个地点脱落；——

——这个地点，正如我认为的，——是出生前的存在；我躺到深渊；——我童年的肉体，在后来的意识时刻我感觉到自己在童年的肉体里；——

——已经在浸入这个恐惧的不可思议的意识时刻之后，我用“瞬间”的记忆窥视他本质所具有的、他身上拥有的可靠知识的“时刻”，我还窥视，决定从坚固的地点上脱落和完全倒塌，或者——肉体——

——决定具体表现——

——属于我，只属于我；决定重复决定发生晚了；完成了不可补救：我——倒下，沿着虚空疾驰，孩子的肉体器官膨胀，个子膨胀（在婴儿生活里“个子”的经历伴随着恐惧之声）；——

——后来孩子的意识把恐惧的形象（鬼、可怕的怪物和巫婆）接受为追捕；但是这个追捕的恐惧——就是我内心婴儿内心痛苦的折射；追捕的感觉就是内部器官飞行运动的感觉；确切些：回忆过去某个时候飞翔的感觉，这个飞翔将大写的“我”经过空抛向肉体丑陋的器官中；然则：巫婆和可怕的怪物——敌人！——就是突然失去肉体的意识状态；或确切些：关于这样的意识状态的回忆；——

——然则，——

——我的黑发男子只是忧虑，追捕将忧虑抛向自己，通过生命我模糊地携带追捕如携带关于意识状态的恐惧记忆，这个意识状态脱离了精神源泉；还有——还没被覆盖住的肉体；暗探出现的疾病就是秘密地接近我的内心深处的疾病；当他抓住我并将我投入监狱那个瞬间，——就会发生不可思议的事情：他被抛到地板上，就像被抛下的黑色大衣；他本人不成样子、无形体，或者——就是空：与我连接，流到我的意识到大写的“我”里，还——熄灭它；他就是我的潜意识与意识的会面，在意识的门槛被破坏和跨越边界的时候；难怪我也感受到，——

——我能

够稳固地站在那块土地上，从一切被世界大战毁灭、中断的那刻起：还有——法国、英国就像虚空的空、巨大的肉体栽倒在我身上，这个肉体属于我的具体表现，由我到——无处可去！——某种东西启动；以前的所有一切落在后面，而新的东西，应该注入我的身上——

——虚空，被当作

黑发男子的外表——

——黑发男子就是装着空的小瓶子，

这个小瓶子我应当喝完，——

——虚空，被当作

黑发男子的外表，——

——以高脚大酒杯出现：——

——暂时：——

——我从一个意识

状态转移到另一个意识状态：——

——我的道路——

不可测量：不是法国、英国、瑞典割断我的轨迹，而是外星——木星、月亮和金星——撞击了大写的“我”，首先我坠落到家乡：坠落到我家乡的土地上；而奈丽还留在那个世界，也许，那个世界永远离开我……

火车停下来；携带包袱的士兵们从窗户钻进来：他们戴着铜制的头盔；他们返回前线；瞧他们一群群地进入车厢；我们——被挤

到角落；周围的士兵们开始畅饮小壶里的红色饮料（想必是红酒）；他们哈哈大笑，说着俏皮话，唱着歌；微带雪青色的云彩在发白的东方飘游；森林呈现出来；我们经过了枫丹白露城市，向巴黎行驶。

青绿色的森林深处阔叶细密、茂盛——

——是法国的

绿色——青绿色的植被——在各个小站上簌簌作响；当我们，与奈丽一起，就在这里，在枫丹白露附近，度过了红罂粟飘扬、炎热的六月；还——突然迸发出：

——“我知道这些地方。”

黑发男子警觉：

——“您在这里生活过？”

——“是，生活过。”

——“什么时候？”

——“一九一几年？……是的，1912 年……”①

——“之后您没在这里待过？”

但是我冷淡地沉默不语：“暗探”往小本本上写下了什么……

---

① 1912 年别雷与安·屠格涅娃旅游完法国，在法国他们在屠格涅娃的婶婶——米·安·奥列尼娜－德阿尔盖伊姆在布阿－列－鲁阿（在巴黎附近，接近枫丹白露）的家里做客。在这里别雷正在创作《彼得堡》。

巴　黎

巴黎……

没有搬运工：以前不是这样的；快乐的、穿着蓝工作制服的搬运工快速地冲向火车；我们——携带着行李，慢慢行走；我们的火车停下来，好像故意地——停得很远、很远。

炎热、灰尘、杂乱无章：还有，把行李寄存之后，我们只能坐在便餐部；便餐部已挤满人；在那里——坐着来自不同国家不同面孔的士兵；黑山人，马刺叮当响、穿着鲜红色的长裤子的法国人，穿着华丽的英国人；还有——许多欧洲人胡子上抹着染须剂，发出光泽：这就是塞尔维亚人；马刺在桌子底下发出叮当响；衣服的镶边发亮，金光闪烁，泛着银光；裤子呈深红色；我的目光从一个桌子反复扫射到另一个桌子：军官、宪兵、上校、军刀、奖章、镶边；这是巴黎吗？姿势、一丝不苟、精神抖擞、匆匆忙忙、精神抖擞的步伐；没有玩笑，没有歌声！

在街上：有轨电车将我们带向俄罗斯领事馆；早晨；还是——空荡荡的；还有——妇女们在打扫灰尘；男人很少；摩托车到处飞驰，散发出汽油味，四处运送着抓着扶手的士兵；军官，又是军官；

裤子呈深红色；镶边泛着银光；无论看到哪里，到处都是：黑纱、黑纱；黑色占主导；妇女们——黑发、黑颜色，匆匆忙忙穿行；那些军人也是：严肃、衣着整齐、精神抖擞。没有歌声，也没有玩笑。

我们在领事馆；我们等着；我们没有权利留在巴黎；但是我们没有领事馆的许可也不能离开；反正我们不知道，我们怎么才能到达勒阿弗尔。

又在大街上：有轨电车将我们带向火车站；在大街上——是行人；摩托车到处飞驰，散发出汽油味，四处运送着士兵；汽车疾驰而过；到处都是军人的军帽；到处——是宪兵、上校、大尉、骑兵少尉——法国人、匈牙利人、加拿大人、荷兰人，雇佣兵，大鼻子的希腊人——所有的军帽；在那里——俄罗斯制帽一闪而过；还在那里——戴着黑纱的黑发妇女，穿着黑色的短裙子。

还有——一切：不是我知道的和喜欢的巴黎。我没看到过这个巴黎。对我来说是另一个的、陌生的巴黎，在我的头脑里快速旋转，我们沿着街道疾驰：终于赶到——勒阿弗尔火车，就像驱赶得了可怕的瘟疫的人用力推开它……

又疾驰：奔向……空！

离勒阿弗尔不远在我的身边出现了一名匈牙利的官员；我们之间开始了无聊的交谈：不是——文化使者与文化使者的谈话，也不是小偷与小偷的谈话；他的微妙的、难以捉摸的态度让我不得不承认，我就是在布鲁塞尔生活（不得不承认是因为，我发现了反侦探机关所有间谍的特征：怀疑的对象就是外国人从事间谍活动，他们战前参观过的地方，后来发生了战争）。我对暗探不得不承认，我曾在布鲁塞尔生活过，我从他那里得到保证，证明我在战时不止一次住在安静的巴塞尔（巧妙的暗示!）；我努力让他相信，我不是某个骗子，而是——俄罗斯作家，是一个有尊严的人，在布鲁塞尔有许多值得尊敬的熟人；我问匈牙利人关于茱莉亚·德斯特莱、德·格鲁、伍德维尔得太太等。

与我坐在一排的脸色发白的妇女，用自己的手指放到嘴唇上，用眼睛示意匈牙利人的后背。

我对自己说：

“奸细行为：她示意，有人在那个时刻在研究我的面部表情……”

而我有意做出吃惊的样子看着她；还——转过身背对她。

雪青色的乌云纹丝不动地停留在西方；大海临近……

勒阿弗尔

微白的黄昏终于变得暗淡；肩膀后面就是勒阿弗尔的街道；潮湿、雾气腾腾的夜晚；我面前的边界令人不爽的雾蒙蒙：把我们转交给英国当局。

又是检查：还是那一切——强忍住宪兵、警察和普通先生们隔墙专注我们的目光。代替一群黑发男子的——则是面无表情、一动不动的荷兰人；又感觉到，——空的大衣，从大衣里空气被抽出；于是——大衣被压平；在大衣被压扁的状态下我慢慢地走到障碍物前；在宪兵的陪伴下搜查、揪扯和吩咐那个先生脱衣服（也许，给他的背涂抹什么刺鼻的制剂；也许，为了从胃里将他吞下的证件或密码本吸出来，当着英国绅士们的面被迫做出羞辱的行为；还有——许多等）；把那个浅头发的小姐领到 X 射线的机器下。

这仅仅是我们的第二次检查（我们还将面临许多其他的检查：在南安普顿、在纽卡斯尔还有——许多的检查等）。

这样——又开始战斗：比在战壕里更可怕的战斗；它以微妙的姿势在乘客队伍尾巴和长桌子之间进行，在桌子后坐着近二十个傲慢的先生，他们进行严肃的检查；我还看到那些检查的人：他们突然——停下，提出许多无聊的问题；还有意强调，并提出让人措手不及的问题。

——“您——自由了。”

还有——不：没有自由；现在，就在审问后，首次开始对你们进行严肃的跟踪；梦的现实又笼罩：我跑到正方形的小桌子前，桌子后坐着一个胖胖的、肥头大耳的、营养充足的先生，——我跑到他跟前，为的是忍住这里发生的事情；我感觉心脏周围空空的，一堆蛇在心脏周围存在和爬行；忧愁的先生，——

——用手撑起肥头大耳的头，趴在我面前的小桌子后一动不动，凝视着——不是看我，而是看我上衣的纽扣；我坐到小桌子前，并把帽子放在旁边，倾听他企图给我提的问题；他——

——沉默——

——队尾又重新摆动；我们拿着箱子移动；移向新的小桌子；许多眼光盯在我的后背、后脑勺和脖子上；——在漆黑的夜晚混乱的话语、吱吱声、嗦嗦声构成荒唐无比的胡言乱语。

哎呀！

又是——戴圆顶礼帽的人，但不是从敖德萨来的大夫，而是先生；先生推我；他——给我朦胧的符号。

在那里我发生了的事情，——但如何描述？

反正你们什么也不理解：不可能理解：——

——我清楚：

他们知道一切；他们知道，我不是我，而是——巨大的“我”的承载者，开始了世界危机；我就是炸弹，炸飞成碎块；在下落时，周围的所有存在的一切被炸裂；当然，他们不放过这个：他们的目的就是紧紧地抓住我们，让我们待在世界的黑暗里；他们知道，明亮的鬼星团发热：我内心的婴儿在世界轰鸣声中降落；还——像一个球体，光辉超越过太阳。有时从我身上发出：——

——我听到周围清晰的低语声：

——“这——就是大写的他!”

对他们来说我就是神秘的大写的他，就是他们偷偷听到的大写的他，这个大写的他存在着；对他们来说他们不放这个可怕的“他”到俄罗斯；对他们来说我就是——那个人，这个人……；“那个人，这个人”我不清楚从哪里来、到哪里去以及为什么；但是清楚，他们知道关于我的许多，甚至超过我认识自己；这样：我不知道爆炸我的爱情之力的实质，而他们知道实质；但是憎恨它，就永远地憎恨我：

——“是的!”

——“这——就是大写的他!”

还有——两个站在我身后的绅士的眼神紧紧地盯着我；而且——混沌的、先知的思想突然穿透了一切：——

——我感觉很久、很久前发生的事情；在法国边界发生的画面出现：我阅读浮现的符号；在这里，在这个地方经历时代的事件，——在那些先生跟踪大写的“我”的地方；在一个人——戴白手套；这样的白手套似乎用在……

……是，是！……

难以忍受的目光节奏在我内心逐步增强——

——可怕的、蛇脚形象；还有——

蛇脚形象爬满我的身上——

——那就是他们的思想，悄悄地

吞吃我，在我内心逐步增大，寄

生——

——生命：怪兽形的

丑陋的生命——

——而且

我开始嘲笑

自己本人——

——我周围的一切也

变暗淡；黑暗张开可怕的

蝙蝠式的翅膀；还有——

——命运的空

之浪，穿过一切涌向我——这就是我的大写的“我”！……

“这——就是大写的他！”

他——就是空……

戴白手套的绅士们对我的影响就是让心灵变得黑暗而恐怖；对整个人类永恒的憎恨爆发：——

——我理解这个绅士的伟大之处，他推翻

和推出了格雷[①]、劳埃德·乔治[②]、普恩加莱[③]、克列孟梭[④]等人：——

——“这——就是他。”

——社会生活的作用——就是机器：参与者就是那些将巨大的富有魔力的链条编制在一起的肉体；认识自己大写的“我”的统一体消失；这些作用产生的组织和社会，如果您想，也是不存在的；但是：它——到处、四处都是；完成这个神秘的宗教仪式：在有轨电车上和在检查中、在海关；但是无论何时何地举行仪式，如果那个先生不想，您不要坦白地说出；参与者构建了形象；还——以斜角的方式行走；现实生活降临到黑三角上，降临到奔跑着、阻挡人们道路的你的身上；在这个恐惧的时候肌肉把这些恐惧带给我们：丑人到处降落；出现了人的堕落和淫荡的画面；完全偶然地进入文具店买明信片——变化——鬼才知道变成什么：建议不明不白地买到内容不可思议的淫秽的明信片；当您出来：——街道上守候着——妓女；还——摆出在明信片上看到的那种下流姿势；现在首先明白了昨天看到的、我还不明白的下流的姿势，就是在有轨电车上在一个先生和女士之间

---

① 格雷·艾德瓦尔特（1862—1933）——1905—1916 年担任英国外交大臣，1907 年他与俄罗斯签订协议，促进协约国的形成。

② 劳埃德·乔治·达维特（1863—1945）——英国自大的自由党派领袖之一。1905—1915 年担任军需和陆军大臣等职位。1916—1922 年任英国首相。

③ 普恩加莱·拉伊蒙（1860—1934）——1913—1920 年担任法国总统。1912—1913 年、1922—1924 年和 1926—1929 年出任法国总理。

④ 克列蒙梭·乔治（1841—1929）——1906—1909 年、1917—1920 年出任法国总理，他实行沙文主义和民族主义政治。试图建立法国在欧洲的军事政治霸权。

玩得起兴的姿势；——

——我也已经清楚：那个神秘的宗教

仪式的字母，在社会生活的仪式大师的领导下

完成：——

——那时先生出现，

他被肮脏的符号包围：还——让我明白：

——“是，是，是!”

——“这——就是我……”

——在一刻钟内你通读符号

书籍……

而我——被压平，走到轮船的甲板上，将我们带到南安普顿：——

——回忆翻卷着的浪

花，银灰色的反光，以及轮船的熄灯，回避巨大的鱼雷把轮船炸个洞。

英吉利海峡被潮湿的一朵残云遮盖；代替宽阔的海面，我在世界上不确定的位置，就像虚无缥缈的土地，从云雾中向我悄悄地降临；我觉得：——

——离我们约有一百五十俄丈

就是大海；让风吹散雾，我们尽快到达陆地；——

——但船

头潜入到灰白的浪花翻卷中，掀起一股股白色的浪花沫子，向雾行驶——

——雾也开始向两边散开，陆地往前

奔跑，而——

——陆地，离我们一百五十俄

丈远，轮船沿着左右方向行驶——

——还有

一百五十俄丈远的距离……

在船舷旁——是一些孤独的人！——傲慢的、沉思的先生，慢慢地观察着自然现象的混乱，——一动不动地站着，不看我；他在勒阿弗尔给我下最后的通牒，明显地被印上我读到的奇怪的密码；——密码也宣布：

——“是的，先生，该平静了……”

秋天的夜晚。在雨水滴答声的伴随下，

那时我就决定了一切——痛苦的问题，

那个绅士进入我巨大和布满灰尘的办公

室时，毛茸茸的小狗——跟在他后面[①]。

就是游戏：小心进入，

为了让人们放松注意；

还要用眼睛捕捉；

还无痕迹地跟踪她[②]。

……理解

---

① 第一行诗出自布洛克的诗歌“秋天的夜晚。在雨水滴答声的伴随下……”（1912）。

② 布洛克的诗歌“就是游戏：小心进入……”（1913）。

在词汇的断裂处

另一个世界的

雾的行程……①

客人疲倦地坐在窗户旁的椅子上，

他脚旁边的小狗懒散地躺在地毯上。

客人客气地说："难道您还少吗？"

"在命运的天才面前该平静，先生。"②

而在船舷旁——一个孤独的人！——傲慢的、沉思的、脸上没有胡须的先生，我觉得像威尔逊③，静静地站着：而且——灰色的眼睛以严肃的忧伤观察这灰色的、迷雾的早晨：我们——渐渐靠近英国。

---

① 出自布洛克的诗歌"在黑暗的喀尔巴阡山发生的事件……"（1913）。

② 不准确地引用布洛克的诗歌"秋天的夜晚。在雨水滴答声的伴随下……"的第二行。

③ 威尔逊·托马斯·伍德罗（1856—1924）——美国第28任总统（1913—1921）。倡导美国加入第一次世界大战。1918年1月，他提出和平大纲，所谓的"十四点和平原则"。

名誉在上

在这个阴沉的早晨，空气中飘浮着绿色的烟雾；陆地模糊地显现：巨大的轮廓——四个管道的、三个管道的——急速地穿过雾，时而右，时而左；又穿行在雾里，但一团灰暗的雾变得稀薄……

在甲板上我忘记说的那个先生没有在我面前转来转去，他代替了去勒阿弗尔的敖德萨大夫。

站在护栏旁，被两个脸刮得光光的绅士左右夹着，他们漠然地凝视着我们；显然，他们给我们留下的印象，就是他们明显地冷漠，但他们脸上的目光类似物质的关联：好像有人用手掌在脸颊上扇了一巴掌；想起："这个冷漠——就是某种肉眼可见到的实证……"

他们的第三个伴侣，显然，专门给两个绅士详细解释他能够收集到一切关于我的资料，在我们之间他以最低的声音却极为丰富的话语，从他的嘴里说出，——一秒钟；而从他给我说出模糊的一串话被压模为，我——就是俄罗斯作家，——是未来的俄罗斯作家，我……就是这样的人，"我，未来的俄罗斯作家"，在快语中流露出嘲笑和得意，最后，我是粗俗的，——我不能明白一切。

我，得承认，准备与诬告争论；但是我没有被信任：我是否真正了解绅士。

我不友好地盯着绅士：个子矮的、头大的、摇来晃去的，但穿着优雅，把胳膊肘弯曲，好像有意地用肘子捅我，他耍滑头，在旁边旋转跳跃，时而俯身到冷漠的绅士的右边，时而——俯身到使劲推我的绅士的左边；还不住声地挑剔；戴着圆顶礼帽的大脑袋，高高向上抬起，时而右，时而左，试图用黑胡须楂子刺我的脸颊；我就把他称为有弹力的、跳跃的、舞动的“先生”，假如他穿的不是这样优雅的跳跃的“先生”；他就是“绅士”，不是“先生”；“小先生”眼窝里的眼睛一动不动，隐藏着某种东西，这种东西不允许我称他为多嘴的人；一双三角、犀利、黑色的小眼睛，从我身上扫向冷漠的绅士的左边，又从他的左边扫到他的右边——在几秒钟内又扫向空中，——这双眼睛就像……在时尚的伦敦为了礼节手里攥着的手套；一双眼睛划向空中就展露出习惯的举止，在这个地方对绅士本人自然的和不自然的举止，我觉得，透过他转来转去的目光，我明白了他的真实目光：——

——穿透了两个钢

针，它集中于世界的冷和威力！

此时我害怕了。

飞离人的那个共同的整体，在我的内心以慌乱的记忆再现：在彼得堡、在莫斯科……

这个皱纹纵横的额头，——展露出坚毅：损害了我的自尊心；而干巴巴的、流露出悲伤的嘴巴抽搐着，说出许多冷言冷语的“绅士”俯身到那个使劲推我的先生的左边；所有的人在说着“半开玩笑一半黑话”，——就是那个戴小蝴蝶结的人，只在最喜欢的复活节游艺会上出售的蝴蝶结——冠名为：

——“海的居民!”

但是——不是：在耍花招的手势之间我明显地窥视到，怎样透过缝隙，——另一个人的脸形：观察的脸形，优美的、秘密的、过分集中的、隐藏在巨大的头骨下的铁一般的力量，这个力量——

——希望能够不仅压平巨大的人群，用法典创建快速明晰的社会观点，用权力意志的锉刀挫伤心灵，雕刻出合乎心意的自然景色，在巨大的范围内普及得到的个人图案，——

——这个力量——

——希望能够不仅压平人们，把他们的自尊心变成扁平状的铜板，——

——而且还压破地球，就像泄气的、中断了的小球!

明显地嘲笑我们向往精神世界，不相信他们为其他人创造的关于我们的神话（好像我们就是特务）——在那里，在勒阿弗尔，他容许我通过瞳孔窥探自己的思想：吹起：——

——苍白的、宇宙暴风雨的吼声——

——也许——

——是战争的宇宙暴风雨，——

——还有拍岸浪，从眼睛射出，感觉

放射性物质在我的潜意识里起作用，吞吃了创建的认识体系；——

——概念，脱离了概念，破坏了

由你建立的规则体系：还——成为孤零零的观点——

——牛顿[①]先生的原子——

——还陷到空；我的

世界认识在这个观点的作用下瞬间转变为空；——

——得意扬扬的大写的“我”被瞬间逮住和吊起来，就像先生的空大衣和衣柜里容易腐朽的衣服一样！

目光的作用这样在我的内心得到反映——几秒钟内，不超过；三角形的、黑色的、犀利的眼睛在飞射，其实就像看到的手套，——从冷然的绅士的左边到类似这样人的右边，在空中画了一笔。

……………………………………………………………………

回忆起：——

——在我们离开多纳什之前，我出演选自《浮士德》片段的声韵和谐剧本的排练，在浮士德的尸体前狐猴嚎叫：把他分解；还有他们中的梅菲斯特；之后出现了天使；因浮士德而出现了搏斗；我记得：施泰纳拿起书，给参与排演的人指出，他们应该传递出这个片段：扮演梅菲斯特角色；这个作用——嗳，不是，不是表演！——感染力强的；脸反复抽搐；还离

---

① 指的是物质结构的原子（微粒）定律，是由艾・牛顿在其主要著作《自然哲学数学原理》（1687）列出的。

开天使，——

——魔鬼，抬起胳膊肘，旋转，翻转跳跃，俯身左边，弯腰到右边，诋毁飞翔的天使，眼睛飞越，突然成为塌陷的、黑的、锐利的眼睛，——

——肉体的器官被分解几个部分，——

——一只手，脱离肉体，显现的不是脚，似乎游手好闲地靠近躯干并脱离开它，——

——发现肉体坠落到单独的地点上，通过瞳孔，空虚的风暴穿过这些地点，扑向天使。

……………………………………………………………………

这个现象毫无疑问地要比敖德萨大夫出现在法国边界更严重；第二个边界——比第一个更危险；而且，如果每一个黑发男子——就是黑天使，先生——就是黑天使长，——

——如果什么东西瞬间一闪，就这样向我一闪；但瞬间什么东西也不闪，就如不向同志一闪。

是！

我忘记说：要知道我与同志一起从多纳什出发；但是从离开柏林的那刻起，我们两个人彼此走入自己的个人世界：彼此看不见，各自面前——看到的只是自己；所以我们彼此看不见；彼此离开。

回想留在多纳什的亲人们，我们离别；第二，我们作为符号，完全进入人物、行人的观察中；同时我们明白，我们最好彼此沉默；

不要传递眼神；这个传递可能被窥视和被截取；稍晚一点，在莫斯科我的同志承认：从进入英国那刻起，就感觉到强行禁止交谈；甚至感觉强行禁止回忆我们亲近的一切；他们的思想很干净；当读它们时，就用最肮脏的偷换，例如，以采访的形式，例如："两个外国人的思想。"

……………………………………………………………

我想到先生，但甲板上没有先生；睡觉；海洋怪物的轮廓沿着港湾耸立：并排、远方、从右边、从左边，一团团灰蒙蒙的雾，成为瓦灰色的烟和灿烂的阳光，沿着绿色的左岸慢慢行驶；乘客人群涌向船舷，为了进入简易棚子（用于观察）。那时那个先生又钻出来，在英国的早晨显出是一名天真无邪和快乐的小绅士；他拿起箱子，用膝盖拖动他壮实的身体，殷勤地拿起圆顶礼帽，看到我们，就开始口若悬河地说起话来，把我们领到栅栏前；还帮助回答侦查官员提出的问题；他把我们从灾难中拯救出来，用他发给勒阿弗尔的电报找到丢失的行李；穿着优雅，得意扬扬地蹦跳；旋转、蹦跳地追赶上我们。向我鞠躬，但是一双机灵的眼睛直接扫射同志，他用坚硬的膝盖推着自己的箱子，用胳膊肘指给我运输的伦敦火车，嘲笑远处时隐时现的俄罗斯移民难看的身形。

想起：就是他昨天嘲笑我们；——而我嘛、我嘛……

我们说着恭维话，彼此许诺在伦敦见面；在火车站我们与……这个可爱的、令人尊敬的、和蔼可亲的小先生分手。

第二卷

伦 敦

伦敦的景色壮观。

泰晤士河冰冻坚硬：你坐在绿色橡树下的长凳子上；烟雾缭绕在空中；尖塔优美的影子、哥特式层层翻卷着的花边：——

——是威斯敏斯特天主教修道院[①]！

太阳逐渐落下，落在烟囱上；屋子玻璃上还反射出落日的余晖，余晖没有遮盖住这些名副其实、排列匀称、令人愉快的房屋；褐色、浅黄色、灰色呆板的墙壁失重，化为夜晚的影子：就像是绅士的脑袋，尽管岁月的负重落在他身上，绅士刮过的脸，变得年轻，让人愉快，——绅士，戴着灰色的细毛毡制作的帽子，手里紧攥着手套，——

——是，手里紧攥着手套，走着——就意味着是绅士；最初几天我手里紧攥着手套，没有走：我不是绅士；在他们给我开眼界之后：我也成为绅士：——

——但是我没

① 英国国王、国务活动家和名人的陵墓。

买灰色的细毛毡帽子，不让帽边遮住眼睛：——

——宽边的

帽子就是“休克”；在卢加诺——唉！——人们给自己买了宽边的帽子（从卢加诺我的帽子，在这里，在伦敦，暴露我）……——

——马

鞭暴露了我：在这里加拿大士兵带着马鞭走路：俄罗斯人被列入加拿大的军队里（纯血统的不列颠人不是“加拿大人”）。

……………………………………………………………………

街区宏伟壮观，大不列颠博物馆的狮子伸开四肢躺着；在这里墙壁让房屋显得沉重；名副其实的铜板全身不时闪光；沉重的房屋与其他——被绿色灌木树覆盖的沉重的房屋隔开；从掌形树叶飞出混乱的喧闹声；在这个喧闹声中坐落着一座豪华的房子：绅士，还有——他充满幻想地抽着香烟：——

——他穿着褐色的晚礼服，个性自由，与

其他所有房屋的绅士隔开！——

——大门口的装饰、窗

户玻璃透出的装饰就像：格莱斯顿①，——

——其实

他属于来自约克郡的商人，生产肥壮的优质猪，并将猪肉供给世界。

我在房屋下走过；还——尊敬地抬起手里紧攥着的一双手套：

① 格莱斯顿·威廉·尤尔特（1809—1898）——从1868年开始作为自由党人的领袖。从1868到1894年几年期间（断续）出任英国首相。

格莱斯顿的房屋，从烟囱里将烟灰排落到我的身上，威严地看着，不言而说：

“是，是，是！”

——“先生，您到了该平静的时候！”

——“您——带上马鞭！”

——“您有宽边的帽子。”

好像我从房屋的对面听清这样的话语：他——是灰暗的、沉重的、独立地落在邻居房屋的左边和右边；大门敞开；他就像一个仆人，站在敞开的大门门口损毁的台阶中间，向我吐唾沫：——这样向我吐唾沫，绅士——就在房屋的对面！——从窗户玻璃缝隙里透视我的灵魂：——

——“先生，到了该平静的时候！”

于是我跑到前面：房子一个挨着一个，沉重的房屋彼此独立——都是属于托利党和辉格党[①]的贵族和勋爵，他们穿着褐灰色的、发灰的晚礼服，严肃地对我说：

——“先生，到了该平静的时候！”

在被街区房屋和这些名副其实的房屋所有行人损毁的光泽中，我，快速地奔向皮卡吉利[②]：那里较简单；在那里加拿大士兵戴着宽边的帽子，拿着好斗的马鞭在遛弯。

---

① 主要的英国政党。托利党在 17 世纪 80 年代出现，表达土地贵族和英国教堂最高宗教的利益。在此基础上在 19 世纪中形成了保守党。辉格党与托利党同时出现在 17 世纪 80 年代，作为大贸易和金融资产阶级的党。在 19 世纪中在此基础上又形成自由党。

② 在伦敦市中心带着辐射街道的圆广场。

……………………………………………………………

房屋平面显得呆板，就像严肃的格莱斯顿的脑袋，没有呼喊，将功绩、高雅和认识自我心灵的分量加重，——轻松的夜晚被淡薄的烟雾笼罩；凸出的地方，泛着青铜色的光，光下沉，就像落到椅子里，落到被影子湮灭的世界里：绅士们——就是格莱斯顿、劳埃德·乔治、格雷之类，彼此之间玩着波士顿纸牌，朝我吐唾沫；因此我感到轻松：我欣赏他们的性格。

用基座装饰的广场宏伟、宽敞、轻便；纪念碑、影子轻飘飘地飞旋；就像手指向上伸，纳尔逊雕塑①的圆柱形纪念碑壮观，高耸天空；余晖中淡黄色的火光时隐时现；在余晖中溶解：墙壁、房檐、圆形柱子、三角楣饰、大门入口；沙沙作响的密集人群流动：光荣属于上帝，不是勋爵和夫人（他们在这里很少！），而是就像我这样的，绅士们；他们稀少：成片的“先生”蜂拥而来，伴随着——哎呀，不是，不是夫人！——而是一群快乐的、哈哈大笑的、粉红色的、羽毛状的太太们；托米②也蜂拥而来——他精致、英俊，胡子刮得干干净净：托米——就是士兵；他愉快地与“先生”和装饰有羽毛的太太一起漫步；用膝盖撞了我；一点也不见怪：他——撞了我，我——撞了他。

显然，在这里我的地方：唉，我是否是绅士——仅仅是手里拿着“马鞭”的“先生”，只是为了做样子戴着手套；在这里许多圆顶

---

① 指的是为纪念英国海军将领霍雷肖·纳尔逊（1758—1805）在特拉法尔加广场建立的圆柱形纪念碑，他在特拉法尔加战胜了法国拿破仑的舰队。

② 英国普通士兵的名字。

礼帽、羽毛、马鞭、玩笑、汽笛和哨声；大街中间沸腾的人群开始接吻：彼此；谁都与此事无关！

伦敦就像一个宽阔的场所；一排排的墙壁，没有散发出柔和的光，阴影照射天空（绅士的家在玩波士顿纸牌，也许，他们开始睡觉），——

——带灯罩的电灯光线，

往上照射（预防齐柏林式的飞艇飞到这里），自己的灯管没有照射到一排排的墙壁上，而是照射灯管上的天空：——

——因此照耀

在伦敦之夜的上空，灰蒙蒙的烟雾没有变成红褐色，而是——

——黑漆漆的深渊

将垂落的天幕的墙壁变成雪青色；——就形成了褐色轮廓的墙壁，无法透视的窗帘，屋顶上的天空，——成为最黑暗的隧道，其中昏暗的光线照耀，许多模糊的黑影严厉地说着话——

——这些人高呼“先生”并高

呼“托米”，他们在街上来回跑，从有轨电车、四轮马车、汽车上跑走，——

——他们飞过、横穿街道，运送高呼“先生”和“托米”的人们……

………………………………………………………………

巨大的光剑，突然射向昏暗的伦敦之上：——

——无声的危险即将到来；还——划破了深夜，落向地平线；时而——飞起来：飞翔、飞翔、飞翔，交叉——从那里，从这里：到那里到这里；这就是一个明亮的、无声之剑，——突然垂直升起，试图飞越世界空间；还——飞向上帝，照亮他：——

——所有的人都站着，仰起头；看着，他、上帝在的那个地方：什么人、什么东西都没有；——剑落下；

瞬间就——

——哎呀！——

——所站立的街道被照耀得炫目多彩："先生们"、太太们、"托米们"瞬间闪现；耳环在太太的身上闪光，镶边——在"托米"身上闪光；一切活跃起来，热血沸腾，沿着光线照射的街道走，强烈的光线将街道划成两半；在街尾的地方，从那里探照灯光射出刺眼的光；——

——哎呀！——

——探照灯射向天空：半拨亮的灯的昏暗灯光伴随着不清晰的呼声：——

——高呼"先生"和高呼"托米"的人们，他们从有轨电车的阴影处飞越街道，高呼"先生"和"托米"！

……………………………………………………………………

伦敦的夜晚——是一个巨大的、落到地面上、因恐惧龇牙咧嘴的小狗。黑暗如毛发将他覆盖；在毛发里——在降落的伦敦上空——跳蚤开始启动：明亮的一窝跳来跳去，被降落的炸弹吞吃；这些小东西，在浓雾布满的空间里消失，——没有跳蚤，而是……齐柏林式的飞艇；"小狗"也开始吼叫，并在探照灯耀眼的灯光中寻找；空中探照灯的光线——猛烈地照射：一窝窝小的“跳蚤”爬得高高：——

——齐柏林式的飞艇飞翔：投下炸弹，轰炸沉重房屋的墙壁；在这里和在那里，就像被咬的伤口，在街道上被炸毁的房屋废墟露出豁口——

——我看不见它们：其他人看到了它们。

……………………………………………………………………

我就看到了这样的画面：穿越街道，从有轨电车顶部下来，我欣赏阴影嘈杂的吼声，这些阴影不可思议地在我的脚下飞来飞去；还——飞离到不确定的昏暗的街道远处；似乎，浓雾从街道的远处以不可思议的速度奔跑，飘散在原子上：也就是说——飘散在成千个“先生”“妓女”“加拿大人”身上，这些人在脚下喧嚷；还——以这样的速度往反方向奔跑：奔到街道的远处，奔到他们所有人待的地方，变得昏暗、变得灰暗，集为一群，又停下来——像一团薄雾；看着：成千个“先生”从雾中散落到我的脚下；从那里离开，飞到有轨电车的后方，就像脚底下的灰尘，撒落成空：有轨电车飞驰；在佩尔米特一办事处[①]附近；突然——

——从东方屋顶之上，从西方、北方、南方——

——探照灯光束刺入天空：还——在天空交叉成为一个光点：就像一个日光点或虚假的太阳在半夜里形成

① 第一次世界大战期间为外国人办理签证和放行的机构。

了交叉的光线：交叉为一个点：——

——光点在天空中飞驰：我周围的人们大喊一声，快速地从座位上跳起来，把自己的头仰起，凝视着飞行的光点——

——我听清楚，成千个“先生”从大街上到脚下高声喊叫——

——那个（天真地想）齐柏林式的飞舰；看着飞行在我们上空的光点，承认，经历了不愉快的感觉，由于借助坠落的炸弹可能炸碎自己的脑袋，但——

——英国人的喊声——是欢呼声：英国人像光点飞行在天空：执行巡逻的飞机。

夜晚伦敦昏暗。

……………………………………………………………………

早晨昏暗的灯光熄灭；但还早一点，在夜里一点之前无数的成千个“先生”，如露水，变干：大街上冷冰冰和空荡荡。

当探照灯熄灭、天空发白和起雾的时候，——在它们之上由黑房屋和黑屋顶形成的正方形隧道被炸成碎片，腾飞，渐渐消失——

——还时隐时现不明显的褐色和灰色的劳埃德·乔治之类——沉重房屋的呆板脑袋；还说着话，微微抬起浓密帷幕的令人尊敬的眼睛——看着幻影的世界：舞蹈的“先生们”的世界。

——“先生们，满意了！”

——“该您平静的时候了。”

但是“先生们”早就不在街上了：沉重的小四轮马车在那里行

驶；警察就站在那里，有礼貌地点点戴圆钢盔的头。

绅士、豪华的房屋，在变沉重：幻想地抽着香烟；烟雾从手指飞出：那就是在厨房里给来自约克郡的商人、猪肉的占有者、格莱斯顿房屋的住户准备早晨的煎牛里脊。

对面：张伯伦[1]房屋里的人已经醒来；宏伟壮观的街区体现到每日清晰的意识里；褐色的、灰黄色的、灰色的墙壁平面被沉重的石头装点；所有人用愉快的、合乎礼仪的节奏展示自己的朴素、整洁、个性独立；大门口和商行的铜板泛着青铜色的光；围绕狭窄的广场的中间沉重的纳尔逊圆柱子密集——从最高的台座上；还有太阳，从东方展开，从屋顶升起。——

——到哪儿去？——

——到大城市：——

——年轻的脑袋，尽管年轻一岁，绅士的脸刮得干干净净，戴着灰色的帽子出发：到大城市；——

——左手还紧握手套，并把手套贴近胸膛，调整好——

——一次！——

——到那个地方：到佩尔米特一办事处（在那里尽力给我证明，我白白地从伦敦匆忙走，好像我在这里更舒服些，在伦敦登记为志愿者，加入加拿大军队，——被派往履行警察职务：到爱尔兰）。

---

① 张伯伦·休斯顿·斯图尔特（1885—1937）——哲学家—新康德主义者和社会学家；种族主义理论的拥护者，影响了德国民族—社会主义的意识形态。

可怜的我！

房屋——豪华的房屋！——训导我：

——“是，先生，到了该您安静的时候了！”

对面的房屋随声附和：

——“哎，先生，您，——平静吧！”

而斜对面的一排房子开始声明，我甚至不是“先生”：而是——某种小玩物。

然而：伦敦的风景宏伟壮观；泰晤士河闪耀：威斯敏斯特天主教修道院的塔尖将花边在空中伸展。

幻　影

我从来不会忘记我们的第一个伦敦的夜晚：从它开始献词给伦敦。雅致清晰的咯吱声多次撞击我们的门。我按照瑞士人的习惯大喊一声——哎呀，不得了！

——“进来。”①

我立刻整一整衣服：

——“进来……”②

雅致清晰的咯吱声以特殊的步骤表现自己：

——“咚——咚咚咚咚——咚——咚咚咚咚——咚——咚咚咚咚。”

门微微打开；就是——那个先生，如咯吱声，雅致而清晰，他从头到脚浑身体现出伦敦的风格，无法辨认的矜持，给我们一丝微笑，雅致而清醒，如伦敦，——站在门前：一双雪白的手套、无可挑剔的干净，就像古老的驯马师的一双手套，抛向大脑（他把它们

① 此句原文为德语。——译者注。

② 此句原文为法语。——译者注。

抓在手里），——

——这一双手套就像驯马师的一双手套，在记忆的联想里形成半遗忘盛会的半遗忘仪式，这些我从没有阅读过，——

——抛向大脑，我起伏不平的思想变成许多某种曲线，分解为牛顿先生的原子和勋爵开尔文的结构，确切些，关于宇宙紊乱的龙卷风的理论[①]——

——手套、驯马师、仪式和节奏。——

—— “这是什么？”

但是我突然想起，衷心地欢迎先生，他不是我觉得在伦敦氛围下的小个子的、蹦跳的“绅士”，昨晚他还在勒阿弗尔给我们说犀利的话；他站得笔直，穿着令人愉快的、烟灰色大衣，目光坚定，衣服样式严肃，节奏比例等恰到好处，——他显得年轻，咧开干巴巴的嘴，微笑着，欢迎我们，并抚摸着黑胡须。

—— “我今天有空，展示全景图：整个伦敦。”

—— “我保证，三四个小时，绅士们，你们将看到没有我你们看不到的图景，就会在这里住上一个月。”

在说这些话时，在同志惊恐的目光中，他们扫视像驯马师一双手套的手套、仪式和节奏，——发生了奇怪的事情：他们毫不怀疑地处在恐惧和明显的抵抗之中——

---

① 说的是“汤姆逊效应”，按照英国物理学家威廉·汤姆逊（1824—1907）、勋爵开尔文的名字得出的。这个效应的实质：在电流导体里释放和消耗热，沿着这个存在着温度落差。

——他起伏不平的思想，大概，混乱了，因为从他的眼睛里只是飞翔着曲线和牛顿先生的原子，没有分寸地在汤姆逊宇宙紊乱的旋涡里旋转，这个旋涡就在头盖骨下形成……——

——我，看到这，决定停止不体面的创建情景，并迅速地同意有分寸先生的建议，让自己认识内心的坚强并希望热情招待两个友好盟国的伴侣：

——“这样——决定……我今天空闲……明天早晨我就忙了……我到牛津去——要办一些严肃的事情……”

“牛津，——我想，——那个牛津，在那里……还——等等……在那里给乌莫夫教授穿上礼仪的托加服装①，隆重地授予他‘物理学博士’职称，维纳格拉多夫②也来到这里……现在米柳科夫③坐在这里；我们在那里——没有待过……”

——“噢，牛津！”

——“怎么，我们移动?”

行动：如果不移动，——我想，——反正这个温柔的先生，按次序抓住我们的衣领，就像抓住空大衣，把我们裹住，就像裹上自己的外套，还是强行在大街上拖拉。

我们移动：太阳落下，落在烟囱上；房屋的窗户玻璃射出反光，

---

① 古罗马公民的外衣，以一块布从左肩搭过缠在身上。——译者注。

② 维纳格拉多夫·帕维尔·加夫里洛维奇（1854—1925）——俄国历史学家、自由资产阶级历史文献的代表、俄罗斯科学院院士。1902—1908 年以及从 1911 年开始——在大不列颠。著有《中世纪英国的农业历史》。

③ 米柳科夫·帕维尔·尼古拉耶维奇（1859—1943）——俄国政治活动家、历史学家、评论家。立宪民主党组织者之一、临时政府外交部部长。十月革命之后——成为移民。

没有遮盖住这些名副其实的、排列匀称的、令人愉快的房屋；还——从博物馆石头底座上卧着的狮子爪子身旁走过；但确切些——跑过：抓住我的左手和同志的右手，靠近左边的我，目光又飞速地扫了一下对面的房屋（“就是那个‘狄更斯’的‘老古玩店’①”），靠近同志，目光飞速地扫视褐色的房屋————（“这里是古老的旧书商”），那个先生不显眼地又成为那个蹦跳的先生，——蹦蹦跳跳，用胳膊肘撞我们，并妙语连珠地说出一串犀利的话，讲述历史发生的类似事件和日常生活的特点，——在我的观念里他就成为小的、玩耍的“鬼东西”；还——在奔跑过街道时、在二轮马车和有轨电车之间穿行中，将这种机灵性扩大，还扩大了被有轨电车、人流和房屋——包围的东西，我自然地变成张大嘴的笨蛋，不会评价精美滑稽剧不可思议的创作，“鬼东西”以此吸引我，笼罩我的思想：独创的、有力的、撞击我们的潜意识，就像金属心灵的雕刻大师的刻刀，我的灵魂成为金属心灵，我的灵魂不能够把日常生活的混合体②印象组合成一个整体：街道、大街、咯吱摇晃的桥、基座、哥特式塔尖、夜晚喧闹的阔叶林、蹦跳的“先生们”和高呼“托米”的熙攘人群，其中“绅士”吸引了我们，他左右弯腰，用胳膊肘捅肋骨，用坚硬的膝盖捅：他将内存的潜在的能力迅速地发展起来，成为某个宇宙风暴的源泉，从一双小眼睛里飞出放射性的电流：在这深奥的风暴里；概念，与概念分离，开始，密集，

① 引用查·狄更斯的小说《老古玩店》（1841）的典故。

② 该词为拉丁语：混合体、混杂的东西。

旋转，闪耀出这些形象——

——“先生们”，与“先生们”分离的形象，大街无止境地交叉，从“绅士”脚底下飞射出阴影，把我们拖拉到对面，离自命不凡的“先生们”十万八千里，就像灰尘飞到遥远的不确定的地方——就是空。

……………………………………………………………………

就在人们说话间和跳跃时突然感到害怕和空虚：似乎我们穿越的不是伦敦，而是世界空间，在这里勋爵开尔文（汤姆逊）偶然建立的旋涡瞬间形成世界，被称为伦敦：你看他正在淹没，还是在淹没的伦敦——世界空虚的地方——我们与能够建立汤姆逊世界和牛顿原子的绅士一起奔跑，原来是狡猾鬼的奔跑，同样携带着两个灵魂：——

——在同志极其恐惧的目光里，他盯着手套的指头，唯一的手套，——

——另一只手套在哪里？——

——像驯马师的手套指头——

——在同志极其恐惧的目光里，宇宙思想的分解曲线游荡地飞行，现在在他的脑袋里不复存在：显然他从“绅士”手链里逃脱，没有追赶上我们，冒险在有轨电车之间开始奔跑；我，看到这，试图——唉！——在疯狂的城市里全力以赴地准备以急速疯狂奔跑之力报复同志的不礼貌的手势：徒劳地慢走：——

——“鬼”紧紧攥着我的那只手，脱离开身体，跟着“鬼”飞翔；一条腿，似乎闲荡到肚子附近，也脱离开肚子，发现躯体分散落到某些地方，经过这些地方空虚从我的身体内部低沉地喊叫：世界的空……——

——毫无疑问，这是一种现象，比站在栅栏之前——在那里、在勒阿弗尔更严肃些：第二个晶面的内部完成了冠名为“沉没的伦敦”的现象……

……………………………………………………………………

但是伦敦没有淹没：——

——褐色的、灰黄色的、灰色呆板的墙体，失重，虽然变成灰尘的阴影——

——墙，沿着它——瞧那个戴着没有宽边的灰色毛毡制帽的绅士走着，他这样的年轻，泛着银光，胡子刮得干干净净，手里拿着那双泛灰的手套，——

——呆板的墙说，伦敦没有淹没！

……………………………………………………………………

街区宏伟壮观，我们现在就处在其中，铜色木板全身闪耀；清晰可见的、沉重的房屋——就是绅士的房屋，在茂密的树丛中冒着烟，我们——三个人！穿过它的沉重的大门口——礼貌地抬起手套，——房屋愉快地张口（沉重的大门口）冲我们龇牙咧嘴，说：

——哎呀，是：——

——“先生们”，——

——“我——就是！”

穿着黄褐色晚礼服的绅士——约克郡的猪肉商人——从大门口走来，他脸上带着温厚的嘲讽，一半漫不经心，一半抑郁寡欢，就像现在北美共和国总统①健康的刮干净的脸，旗帜上装饰了许多的宇宙星星。

打开永恒城市全景图的“绅士”，在这个严肃的、合乎礼仪的街区里改变形象：放慢脚步，开始交谈——

——您想象一下——

——关于物质和炼金的、哲学的石头②，——成为：雅致清醒的先生，他与左边这样雅致清醒的先生没有区别；从头到尾他整个人就是伦敦的，清楚的如伦敦，玩弄着雪白的手套，似乎，他对待房屋，就如对待朋友们一样，而这些房屋对我们说：

——“该您平静的时候了，嗨——先生们。”

陪伴的“绅士”似乎成为朋友，他明显地骂我们——出卖了我们；当我看了他一眼时，他就站住了，用拐杖敲着石头：

——“咚咚——咚咚咚咚！”

——“咚咚——咚咚咚咚！”

——“咚咚——咚咚咚咚！”

---

① 说的是伍德罗·威尔逊。

② 实体，中世纪炼金术士的观点，它具有普通的金属改变成纯金的能力。别雷谈到的神秘哲学的石头，象征着人的动物性、低级属性改变为最高的和完美的属性。

他看着我：拐杖的敲打表达：

——“嘿，现在您在不列颠狮子政权下平静。”

——“以法律的名义——我让你……”——

——我看到了另一副面孔：观察我的一副面孔，它是神秘的、拘束的，在大额头下隐藏着坚强的威力，这种力量不仅期望用社会观点明显问题的法典窒息巨大的人群，还期望能够将地球压破，就像被捅破的气球泄气一样；——

——伴随我们的绅士毫不客气地带着这样的威力，他责备地、将自己所有的愤怒完全不顾地发泄到某人所做的事情上——是否是我们做的？——卑鄙的事，——他盯着我，带着这样的威力说：

——“先生们，我们现在一起到彼得和保罗[①]教堂去祈祷……”

——“在那里为淹没的基奇纳[②]做安魂弥撒。”

胜利的“我”瞬间被不列颠狮子的政权逮住和吊死——

——因为它不容怀疑地、清楚地感触到：——

——“你只认为，你——自己什么也不是：‘这样’。”

——“在德国的瑞士居住时……”

——“在阿尔萨斯边界当听到阿尔萨斯的炮声时……”

---

① 指的是圣保罗大教堂，它建立于1675—1710年，是由建筑师克里斯多菲尔·雷恩设计完成的。

② 霍雷肖·赫伯特·基奇纳（1850—1916）——英国陆军元帅，参与过多场英国殖民战争。1916年6月5日溺水而亡。——译者注。

——“在巴黎和卑尔根英国领事馆你清楚地暗示这个……昨晚在勒阿弗尔你还暗示这个……”

——“毁坏了教堂——是你，是你!”

——“最后，还淹死了基奇纳。”

——“因此危及你——你自己知道什么！……”

于是我被碾压：似乎——我的肉体已经没有适当的尺度；其中一个被压得陷进去；另外的两个留下，原因在于，要是我迁居到空间之外的领域，有失体面地在灰色荧幕里散步，在他们面前展示自己巨大的、发青的、塌陷的眼睛。

我们——就是电影胶带的图画，他们这样仔细地研究它；它停下，——永远停住不动，做出害怕的姿势，突然被权力之手抓住，被吸引到宇宙风暴急流之中——汤姆逊旋涡的急流！——在那里构建人们彼此毁灭的虚无缥缈的战线，在这里他们让那个先生、宏伟的广场、成千个先生们、“托米”、加拿大人和“太太们”站在我面前。我在自己的内心找到了这些思想的融合，我走出教堂，投入到人流中；房屋平面的呆板，没有喊叫，就像严肃的格莱斯顿的脑袋，被密实的影子裹着，坐下，如坐在椅子里，——到灰色的世界；就像手指，向上伸展，纳尔逊雕塑长长的柱子的影子消失；影子里的一切消融在灰色中；先生快乐，又开始蹦跳，就像更换几双手套，变换说话的声调，重新快速地说话，开玩笑，玩耍，讲历史上类似的事件；他抓住我们的手，在喧闹的、挤满“先生们”的大街中间狂奔，有轨电车、公园、饭店和从思想里旋转出的装饰图案的精确的动态把我们包围；他把我们领到这，领到那，犀利的眼睛迅速地飞过“先生们”的脑袋，在电灯线中间，黑色深渊投射在天幕覆盖的墙体，呈现出雪青色，——在狭窄的隧道里清晰地构成墙体黑色的线条和黑色深渊投射到天幕覆盖的墙体——在狭窄的隧道中间，或甚至——

——在狭窄的、纸质的、明亮的、可透视的蛇，伸向空或宇宙中——

——在内部我们三个人中的一个在成千个模糊地高呼“先生们”和“托米”的人影中疾驰，飞驰在有轨电车、四轮轻便马车、运载着高呼“先生们”和“托米”的汽车中。

……………………………………………………………………

巨大的照明光，突然照射前方，试图射向上帝，照耀他，但哈哈大笑的“绅士”，把头抬起，给我们往上指示：——

——代替上帝形成了某个虚假的太阳；大概，是勋爵开尔文，他与拉普拉斯和康德结合——在那里、在那里，在世界虚空中，——此时正好给我们抹上滴状的油……——

——您记得拉普拉斯—康德的理论①吗？

——哎呀！

垂直向上的光线，从上面落到我们身上：耀眼夺目，“托米们”、

---

① 康德·伊曼努尔（1724—1804）——在自己早期的著作《自然通体和天体论》（1755）研究了关于太阳系演化的“星云”假说，即从云彩中扩散的物质。法国天文学家、数学家、物理学家皮埃尔·西蒙·拉普拉斯（1749—1827）独立于康德，在自己的著作《宇宙体系论》（1796）提出类似的星云说，为星星和行星起源的新的假说奠定了数学依据。

“太太们”、“先生们”，被昏暗的生活照耀，疾驰——到大街的远处，在那里他们所有的人，变得昏暗起来，模糊不清，被压扁，成为薄薄的雾：宇宙灰尘……

蹦跳的“先生”在这个世界幻影中，用虚空的膝盖推动着地球，就像踢足球，推到宇宙虚空的空间，被一群影子包围，紧紧地手拉手——

——疾驰：

疾驰、疾驰，把钢穿过眼睛，然后——哈哈大笑，倒地：——

——“这就是给您看的全景图：整个伦敦。”——

——“四个小时您看到，

绅士、您看不到没有我的图景。”——

——“您从莫斯科

来，也许，将记得展示伦敦的、温厚的‘鬼东西’……”——

——疾驰，还是疾驰、疾驰：奔向虚空的空间，

一群阴影围绕，牵着我们的手，

——到那个街道，在那里坐落着

“米丽斯酒店”。

………………………………………………………………………

我们觉得，我们间接地从空中落到“米丽斯酒店”的大门口。

——“‘先生们’，再见吧……祝旅途愉快……而我明天要到牛津去……”

“噢，牛津，——我想，——米柳科夫坐在这里；我却从来没有在这里待过……”

我们的门被打开：光线炫耀地给我们照射，照射彬彬有礼的旅伴，让我们微笑告别（而且：他还是从我这里搞到了我的莫斯科地址），关注他那令人愉快的、烟灰色大衣，质料的耐用性，严肃的式样和搭配比例均匀：他站在门前：——

——雪白的一双手套，毫无挑剔的干净，类似古代驯马师的一双手套，在告别时那双手套抛向大脑（他手里拿着它们）——

——这一双手套，像古代驯马师的一双手套，在几个月期间在记忆的联想里，变成了半遗忘神秘宗教仪式的半遗忘仪式……

…………………………………………………………………………

结束：以前这发生了什么？

我们站在房子里：我看着同志：在他的眼里我看到疲倦的、苍白的沉淀物；我也看看自己：——噢，上帝！半僵尸的脑袋上一双巨大、发青塌陷的眼睛不礼貌地凝视着我……

——“这到底是什么？”

——“最好不要问：沉默！”

伦敦的一周[①]

她记得在重量圣杯里的货物，因这个货物对面的圣杯自然被压弯，虽然这个圣杯承载着记忆；记忆——就是最充实的重量；但是我们生命的动能，在伦敦，过度承载了回忆多纳什的潜力，释放他们行动的能量，在英国地段我们与同志一起发展了这个行动能量；众所周知，在物理世界因不可能重新全面收集热，主宰熵的增大，主宰从能量转变的主要形式中而来的能量；这样我们：在伦敦之后我们感觉自己与同志变冷：在心脏的地方中间，在那里我们还保存着热，我们感受到把凉的石头压给我们：在伦敦的潜能转变成动能；最后一部分——分散，从我们身上把热抽到世界的空；热被抽出的结果——在我们的内心形成了最初的雾气，之后这些雾气转变成降水，最后又转变成——牢固的冰；我感觉在自己内心至今有坚硬的冰块；我把它从雾都的伦敦带走：不列颠人巧妙地将冰放在我的身上。

……………………………………………………………………

① 从 1916 年 8 月 20—25 日别雷在伦敦。

一周就像梦一样跑过。

从来没有想、想象、回忆、醉心于希望或害怕之中，当从那个时刻到这时应该站起来、追问、回想、忙碌——

——在合适的机关：——

——等待允许——

——给我们写呈文——到机关！——

——为了在第三机关用出色的手将精致的小印章盖到文件上——最精致的印章（噢，盖戳的护照!）也盖到其他人的、已经站在这里的人的护照上（在莫斯科地段结果因盖戳的护照而拒绝给我注册）。

得到印章，盖戳证明，——我们在伦敦，相关部门将关于我们的材料呈交给机关，证明我们——在伦敦生活；这个公告转送到各个部：——

——军事部，外交部，好像，还有内务部——

——文件这样证明，我们——在伦敦，分三等份，分别送到三个部三个机关；而且——增大九次，在九个分部中间引起不同的看法，证明——

——在伦敦——

——在伦敦——

——在伦敦——

——在伦敦——

——在伦敦——

——在伦敦——

——在伦敦——

——在伦敦——

——在伦敦——

——在伦敦——

——我们！……

……………………………………………………………………

分部的领导——

——在规定的一小时和规定的——

——一分钟——

——一秒钟——

——六十分之一秒①——到机关：从绅士精美的房间出来，——

——从那里他离开，在规定的一小时和规定的——

——一分钟——

——一秒钟——

——六十分之一秒——

——可能，甚至在——

① 很少采用的时间单位，等于1/60秒。

——四分之一加仑①——

——分部的领导，

从名副其实的房屋来，这个房屋坐落在大不列颠街区，享受宪法规定的特别优待，——

——他从名副其实的房屋来，在那里，当刮干净脸、面颊绯红健壮的老先生出现时，严肃的仆人羞涩，靠在墙上——

——银色的头发，体态沉重，眼睛凝重，在此影响下各级别的官员们、信使们、也许、报界，都向他鞠躬，在他面前——

——自然地！——

——空虚的土地以尘土撒落，——

——土地没有得到大不列颠狮子的庇护，——

——当他，绅士，洗干净粗壮的双手，踩着豪华、精美房间的地板时，——

——分部的领导！——

——带着自己冷漠的目光，就像神甫携带祭樽②，经过分部的房间，坐到舒服的椅子里，垂下眼睛看文件，唉，由我写出的文件，还看我的盖戳的、磨破的

① 在美国、大不列颠和其他国家采用的容量的单位（拉丁语，夸脱 quart——四分之一）。

② 高脚的礼仪的圣杯，常常用贵金属或做工艺品用的石头做成，为了使红酒圣化和接受圣餐礼仪。

护照附件，——当然，他还没看到，部门（还是九个分部）的恶意担心，它们之间都谈到，——

——我们——

——在伦敦——

——在伦敦——

——在伦敦——

——在伦敦——

——在伦敦——

——在伦敦——

——在伦敦——

——在伦敦——

——在伦敦——

——在伦敦——

……………………………………………………………………

十分可能，此刻他的目光饱含着忧郁——

——自然地！——

——拥抱溢满水的地球，从水中到处耸立岛屿和五个大陆——

——欧洲，

——澳大利亚，

——非洲，

——亚洲，——

——还有——

——两个美

国！——

——他们用大不列颠贸易的钢绳永远连接，借助遭遇到水雷的危险、四个管子的疾驰的客轮……

也许，——

——在聪慧的目光之前出现了网状布满的大不列颠的圆柱子，在那里——

——印度，

——波利尼西亚，

——非洲——

——从好望角到伟大的尼罗河三角洲——

——加拿大，

——爱尔兰，

——马耳他——

——等等！——

——用机关的强有力的绳子连接成不可测量的大不列颠帝国，他就是那个——

——帝国的狮子！——

——是有责

任的表达者，——

——叫他在此瞬间帮忙！——

也许，——

——在这些高尚的、美妙的日子里

——在战争的日子里！——

——在慈父般的目光之前暂时出现欢跃的卑鄙的可能性——

——狮子！——

——当时从放着的邮包中没有得出相应的、抽象的、逻辑性的结论，就像约翰·斯图尔特·穆勒[①]明显要求的那个，如果他——

——就是帝国的代表！——

——没有看到归纳，从中——得出自然的结论：大不列颠官员的实际领导，——

——那个——

——出卖帝国在伦敦的利益，满布特务，根深蒂固，——

——还有——

——还有！……——

——在这里，我认为，先生用小指搔一缕白发，沉思的目光无意中落在盖戳的护照文件上：——

——集

---

① 穆勒·约翰·斯图尔特（1806—1873）——英国哲学家、经济学家、心理学家和社会活动家。英国实证论的奠基者。在《逻辑学体系》（1843）中研究归纳逻辑，并将其作为一般方法论科学阐释。

中思想，如卡本特尔[①]要求我们的那个思想，他用意识，由——

——大

脑装饰的意识，穿透这个文件：还——

——“这是什么?”

——“请问?”

——“什么?”——

——按钮

被按响；官员出现……

……………………………………………………………………

也许，那时，我和同志在这里，在伦敦，会见朋友，瑞士的气候转变为潮湿弥漫的伦敦气候——

——他把我们当作亲

英分子，——

——名副其实的先生们孤零零地坐在咖啡馆里，从打开的窗户看着天主教修道院色泽温和的尖顶、灰黄色呆板的墙体，在教堂下，名副其实的先生们手攥着手套，走过来，还有——

——先生们，——

——先生们，——

——先生们，——

——上百个——

---

① 卡本特尔·威廉·本杰明（1813—1885）——英国自然科学家。别雷引用的主要著作——《人类生理学的原则》（1881）。

——还是上百个——

——还是上百个——

——他们单独被划分开，在外部和内部世界彼此被围成一个不可跨越的魔圈——

——用牛顿的力量，这种力量——

——围绕着原子，按照物理学家乌莫夫的表达，导致致命的和不可跨越的圈子，所以这个原子就应该自然地淹没在力量交织的抽象概念里——

——什么样的力量？——

——就像先生们，单独被划分，在外部和内部世界彼此被围成一个不可跨越的魔圈，代表一个点，或者原子：——

——所有的先生们淹没：在淹没的伦敦出现抽象的概念、点，或者“a”——

——“b”——

——“c”：一个先生接着一个先生！

在此时间内变化的朋友，在这里，在伦敦，给我们阐明理论，最好落到德国集中营或者到俄罗斯地段去，总比坐在这里好，就像他，整个一年没有离开的可能。

——“您知道：我在这里感觉到可怕的意识状态……”

——“我死了……”

——“是的，是，是！”

——“他们消磨掉我。”

——“把我变成一个点：理论点——理论空间的点。”

——“我认为：没有伦敦。”

——“有——就是空……”

——“但是除了伦敦之外，什么也没有……”

——“曾有过的一切死亡……”

——“我——死了……”

——“当我来到这里，我内心大写的‘我’活了……”

——“但是他们用间谍活动将我包围……”

——“他们透视我，吞吃掉我……”

——“最终，我也——消失。”

——“瞧：您看到——‘先生们’在移动。但是——没有他们：只是先生们缺席。——他们的轮廓——在您面前；还，特别是：只是一个轮廓，轮转印刷机将它大量地复制出来。”

——“这些先生们只是数量多；没有——先生们：有一个——‘密集的先生’，填充在原子间虚空的空隙……”

——“称它为太空……”

——“但是物理学家普朗克[①]消灭了太空，证明，‘密集的先生’——就是零……”

我们看着窗户；在那里灰黄色的“密集的”和已经不太清晰的先生缓慢地行走在灰黄色石头密集的灰黄色的结构中：但是这个现

---

① 普朗克·马克思（1858—1947）——德国物理学家，量子理论的奠基者。著作有热力学、相对论、自然科学哲学。由于普朗克的著作，如别雷认为的，彻底地推翻了18—19世纪学者依靠的假定太空的学说。

象借助“先生们的昏暗”发展：——

——上百个！——

——成千个！——

——还成千上万个！——

——这些先生们，被独立划分开，在

外部世界和内部世界里

彼此被围成一个

描绘的圈，只

反映一

个点

或

而且——

——在那个：——

——是零！……

就在那个时候——

——可能！——

——铃声的按钮被按响；

官员出现：

——“先生，请您就这个案件出示证明。”

在先生面前——

——在分部领导的面前！——

——公文包以神奇的

速度出现：在公文包里——装着关于我的案卷；在那里有我在卑尔

根写下的文件，早就在这里被部门得到和研究，——还附带着告发性的照片；——

——应该说：——

——我在

照片上，是在卑尔根疲倦之时拍摄的照片，唉，真的，

看起来完全就是个骗子：——

——骗子的

集中的目光，被失败围绕的恐惧的

眼睛，——

——引起洞察先生对

照片的同情：还有——公文包里出现了思想，——

——我是：——

——那个人，

在那个人面前三个部的官员颤抖，——

——也就是

大写的“他”，——

——他流露出英国秘密总司令部的同情目光，为了——

——放火，爆炸，炸毁！——

——（我个人以自

然、理智理解的形式做的东西，反复数我面前“先生们”奔跑的零——

——一个，——

——两个，——

——一百个，——

——一万个，——

——十万——

——个

零!)。——

——而那个时候，当我用怒气冲冲的手势推开文件，名副其实的、银发先生做了归纳：——

——是：在战前我居住，自然，就住在柏林，之后——住在德国的瑞士；而且：成为协会的成员——

——（不允许到大不列颠狮子前和背叛的事实!），——

——还就在那个时候——在光荣的战争的日子里！——持续与民族、注定饿死的大不列颠人交往：——

——还——

——先生的意识中心对所有的礼仪原则做出系列结论，这个礼仪表现在大不列颠哈密顿[1]、

① 哈密顿·威廉王·卢安（1805—1865）——爱尔兰数学家。对综合数字理论进行准确的阐释，形成了最小行动的一般原理。

休厄尔[①]、洛克[②]和米尔的智慧里，这些人的著作被装订成一卷卷小本子，在先生的办公室里全面闪耀：——

——先生对自己说：

——“真的，没有证明，‘先生’从多纳什带着可疑的地雷、带着这样的眼神、带着黑暗的过去来，——

——那个人，正是人们到处寻找的人。”

——“但是，没有！——

——确定：先生在手提箱子里带着‘消极’”……

——“以此证明，——

——什么——

——那个人——‘先生’返回俄罗斯后，善于玩非常不愉快的鬼把戏……”

——“可见，还是：——最好把他留在英国！”——

开始冷漠地转动发绿的冰纹玻璃眼球。大不列颠帝国的狮子微微抬起电话话筒，随便往哪里打电话，——

——还——

——开始在伦敦白日幻景里追踪我，借助一系列其貌不扬的“先生”在大街上追赶和抓住我，——

---

① 休厄尔·威廉（1794—1866）——英国哲学家，热衷于综合实证主义和柏拉图主义。最重要的著作——《归纳科学史》(1847)。

② 洛克·约翰（1632—1704）——英国哲学唯物论者，自由主义政治意识学说的建立者。在《关于人类智慧的经验》(1690) 研究了认识的经验主义理论。

——（我仅仅思考这些先生们，思考他们所有的人——

——都是小零），——

——对我心理影响的“先生们”，感觉就像寄生虫，偶然爬到袖子下，——被吸引到最彬彬有礼的大街中间的寄生虫的袖子下……

…………………………………………………………………

这样：——

——当我在公园[①]的某个地方被突然捉住时，经历了感觉，似乎一行冰冷的针穿行过我的背（我就开始环顾）：于是——发现一个煎牛排颜色的脸，这个人站在自己的背后，就像黑眼圈的凶恶的哈巴狗，他穿着洗干净的晚礼服——

——这个时候已经：电话告知分部，告知有效：所说的那个人正在到俄罗斯领事馆的路上，应该派一个人到那里，预告那个人的出现：——

——在领事馆（俄罗斯的）到处伸出脑袋接待我，他们按捺不住好奇和高兴，在英国成功地提供了侦查的案件：

——“是，是。”

——“这——就是他！”

① 指的是海德公园——伦敦最美丽的公园之一，是传统的政治集会和游行的地方。

——“他——就是那个人！”

啊，如果那个时候居住在牛津的米柳科夫知道，在他的笔下，他们把他的同行战友转变成了什么！

……………………………………………………………………

电话告知分部，我从俄罗斯领事馆来喝五时茶点，到酒店——

——到“米里斯酒店”！——

——所以这个先生下命令：告知机关，明天应该出现，为获得第二次盖戳的呈文：——

——是关于允许我

离开富有魅力的大不

列颠狮子岛——

………………………

——在那里迎接，就像迎接熟人一样，只是不带微笑（我个人的所有行为都清楚地被研究）：

——“是！”

——“这——就是他！”

——“他——就是那个人！”——

——他们的脸上还流露出满意：在英国出色地安排了反侦查！——

——还，经过机关（在那里有指示）直接穿过类似先生这样的房间——

——分部领

导的房间，——

——就类似狮子这样的，作为第一个，但是——还保养得更好些，有着精致的银白色的胡须：这个先生，一边观察我，一边做出无聊的样子，他在读书，在审问时他研究我；还在我的申请里，说到我曾在巴塞尔社会图书馆学习过，——

——他——

——是一个温柔的、温厚的先生！——

——手转了个圆圈，

摸着额头，狡猾地微笑着，同情我，低声地问：

——“例如，您在读什么？”

——“我？乔尔丹诺[①]……”

温柔的先生几乎微笑着，参与到交谈里，转为交流，有分寸地和巧妙地提出问题，应该阐释清楚，我是否有类似的概念，例如，布鲁诺对雷蒙阐释的概念；答案合口味（我曾是现在的我）；内务部的银发维护者立刻放行我——

——盖戳（感谢

上帝!）；他温柔地握着我的手，祝我旅途愉快：机会又增多了——离开富有魅力的岛。也许，这个先生就是辉格党党员，而第一个先生是托利党党员呢？

在规定的一小时——

---

① 指的是乔尔丹诺·布鲁诺（1548—1600）——意大利泛神论哲学家、自然科学家、思想家和诗人。——译者注。

——两个先生，穿着大衣，恰到好处地穿在其身上，比例自然匀称，戴着自己的帽子，坐上汽车，在伦敦飞驰——路过天主教教堂塔尖、纳尔逊雕塑圆柱体，在灰黄色呆板的墙体圈子里，在墙下，手攥着手套，路过一切

——先生们——

——先生们——

——先生们——

——先生们——

——先生们——

——上百个——

——还是上百个——

——还是上百个——

——还是上百个，借助转轮印刷机，带着坚定制度的这些人以自然的形式被刻印出，

在外部和内部世界

只出现印刷符

号，或者

点

.

两个

先生

飞驰在

大街上到

宏伟壮观的街区

或者郊区，在那里在

每个人那里有自己的独家住宅，

自己的勋爵夫人、自己的儿子，他

大概，在剑桥大学学习，还有——浅色头发的、十

六岁的孩子，大不列颠狮子传统的名副其实的保护者带着这个孩子，

不管自己的

一缕白发，半

小时投掷球，

消磨晚上的

休闲时光——

——以短暂的

一局网球。

……………………………………………………………………

但是——正是那个银发的、仁慈的、博学多识的先生用自己聪明、仁慈、博学多识的思想建立了视野，让一群影子围绕着自己：最不愉快的“先生们”、粗鲁的、卑鄙之人；还让他们——在所有的十字路口追赶我。

而我——乔尔丹诺的阅读者和俄罗斯作家（两个先生就知道已借助被阅读的米尔逻辑思维对具体现实生活的秘密附件），正是我以神秘的照片的方式围攻了先生们的“心理的”三段论的视野，这些照片牢固地粘贴在文件上：在照片上——

——慌乱的眼神，这是卑鄙的、恐惧的、被失败

包围的眼神，留下的印象，照片附件的携带者

就是——

——那个——

——那个本人！——

现在——

——本身也是！——

——我开始偶遇托利党党员先生在打网球；先生，用颤抖的手拍头顶并忘记了网球，对着灰尘扬起的乡村风景自言自语：

——“也许……”

——“还……”

——“与加拿大断交贸易关系的恐怖事实可能！”

——“与澳大利亚！！”

——“与非洲！！！！”

——“与印度！！！！”

——“还……”

——“在伦敦以间谍行为背叛，正好与现象根深蒂固……”

——“这个的……”

——“神秘个人的。”

——“真的，没有证明，个人就是‘个性……’……”

——“间谍的个性……”

——“而且——仍然是！”

……………………………………………………………………

在名副其实的先生思维过程的基础上，第二天机关的官员们又开始劝说我，让我以志愿者身份加入加拿大军队。

还是——没有给我发通行证。但是因此（在镜子里我看到！）——我的脸色变得越来越灰：他——成为灰黄色；瑞士的气候显然已经转变成令人难受的伦敦气候；灰黄色的呆板的墙体拥抱着我；在墙体下，攥着手套，孤独地徘徊——

——成为密集的、灰黄的“先生”；在我的内部世界形成了神奇的圈子；还有——白天的意识边缘，我在边缘之外活很长时间，一切、一切、一切已经——被夹紧；白天的意识，就像摆放的货物，以灰黄色的坚固房屋的样子出现，将有分量的沉重之碗自然地重新夹紧，我的生命就放在重量之碗上，——

——奈丽，

——多纳什，

——导师，

——精神世界！——

——在伦敦所有的这一切被记起和显现出来；就像放在心脏上的冰冷石头——

——房屋一伦敦——

——压平我的心脏：但是他，伦敦一房屋，留在我内心——从我身上最初形成了灵魂蒸汽之雾，掩盖住灵魂世界的自由；——

——然后——

——那些蒸汽变成英吉利海峡的

雾的风景：——

——然后——

——从英吉利海峡之雾中（在

逆序！）泰晤士河流淌；灰黄色的坚固房屋将泰晤士河河岸变得坚固——

——直到现在我听到自己心脏里的那个冰——

——英国用它奖

励我：我想的正是那里：

——“我——死了！”

——“他们——盯着我！”

——“我——就是点：理论空间的——理论点！”

——“也没有了伦敦！”

——“有——就是空……”

——“而空吞吃我。”

——“我——只是跳舞：原子龙卷风。”

——“每个人，就像我，——黄色的先生：他在黄色的房屋里踱步，黄色先生。”

——“我——就是夜间在大街上欢跃的、被有轨电车运载的成千上万个的先生……”

——“给我明显指出‘空’全景的那个先生，将我自己指给我……”

——“这——就是大写的我。”

………………………………………………………………

我们在伦敦——在我僵死的肉体上徘徊，——攥着手套；名副其实的先生们以及——

——先生们，

——先生们，

——先生们，

——先生们，

——先生们，——

——他们有上百个——

——上千个——

——千百万个——

——沿着——

——伦敦，

——伦敦，

——伦敦，

——伦敦，

——伦敦，

先生们也——淹没：在淹没的伦敦。

得出抽象的

概念，

点，

或者

“a”——

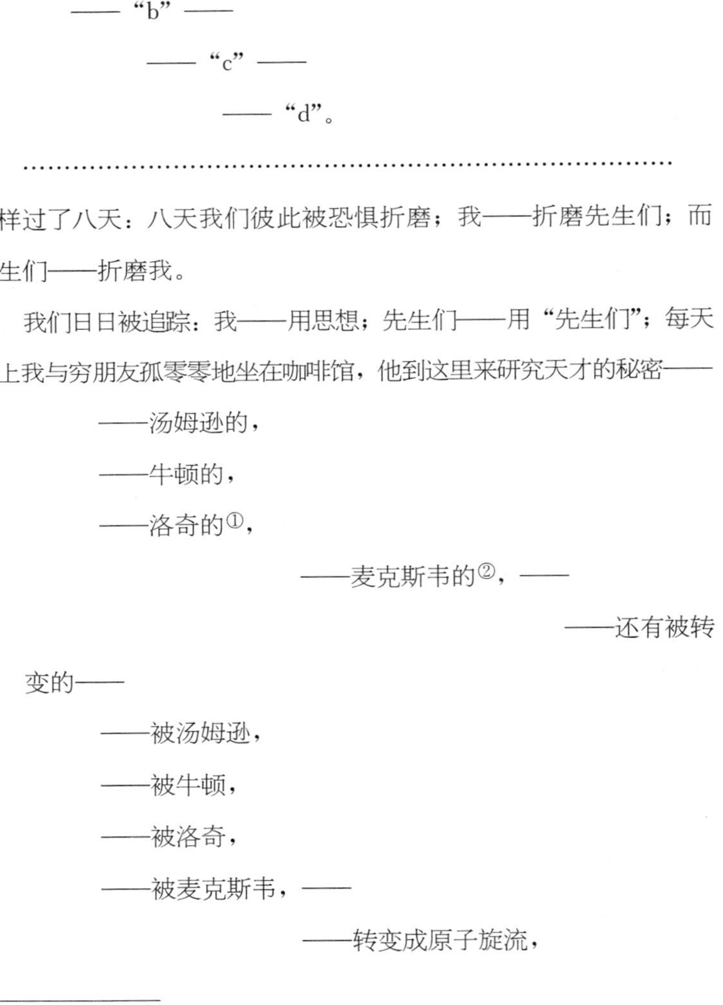

——“b”——

——“c”——

——“d”。

……………………………………………………………………

这样过了八天：八天我们彼此被恐惧折磨；我——折磨先生们；而先生们——折磨我。

我们日日被追踪：我——用思想；先生们——用“先生们”；每天晚上我与穷朋友孤零零地坐在咖啡馆，他到这里来研究天才的秘密——

——汤姆逊的，

——牛顿的，

——洛奇的①，

——麦克斯韦的②，——

——还有被转

变的——

——被汤姆逊，

——被牛顿，

——被洛奇，

——被麦克斯韦，——

——转变成原子旋流，

---

① 洛奇·托马斯（1558—1625）——英国戏剧家、诗人、小说家、批评家和翻译家。于1592年发表作品《保护诗歌、音乐和戏剧》。

② 麦克斯韦·詹姆斯·克拉克（1831—1879）——英国物理学家，经典电动力学的创始人，统计物理学的奠基人之一。

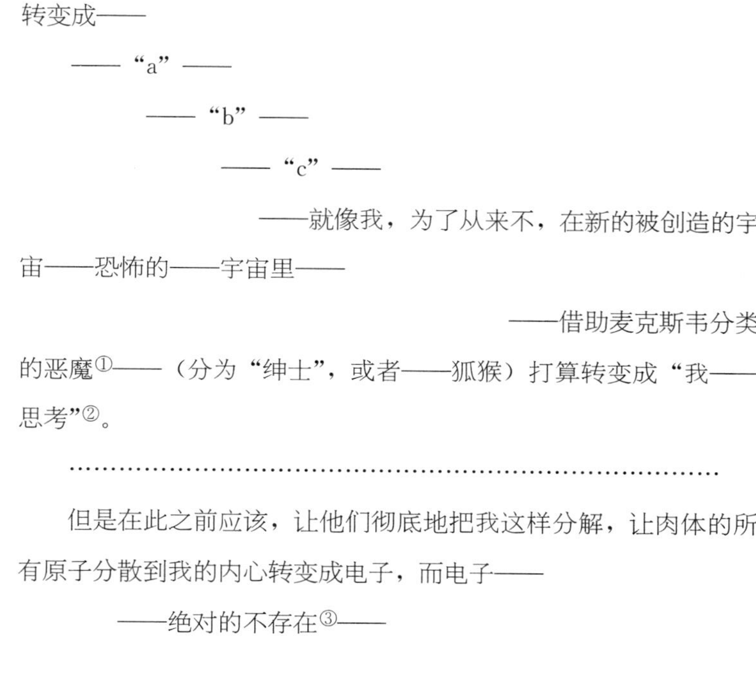

转变成——

—— “a” ——

—— “b” ——

—— “c” ——

——就像我，为了从来不，在新的被创造的宇宙——恐怖的——宇宙里——

——借助麦克斯韦分类的恶魔①——（分为“绅士”，或者——狐猴）打算转变成“我——思考”②。

……………………………………………………………………

但是在此之前应该，让他们彻底地把我这样分解，让肉体的所有原子分散到我的内心转变成电子，而电子——

——绝对的不存在③——

——绝对的不存在——变为宙④；应该过渡到虚空的

---

① 麦克斯韦根据热力学平衡的状态里系统分子的速度确立了统计分布。假定的力量能够实现类似的分布，被称为“麦克斯韦恶魔”。

② 引用法国哲学家、数学家、物理学家、生理学家勒内·笛卡尔的话：“我思故我在。”

③ 俄罗斯象征主义发起人之一尼·明斯基（1855—1937）的哲学概念，他在哲学评论文章《在良心的光照下。生活目的的思考和幻想》（1890）。在此文章中对所有的人类意识和道德范畴加以批评，这些范畴被宣布为“不存在的”，“绝对的不存在”（мэон）被宣布为基础。

④ 古希腊哲学术语，意为永恒，时间就如某个自我封闭结构的整体。对神智学和人智学影响的诺斯替教信徒学说，确定了宙的多种等级，把宙作为在不理解的和原初的最高的神和物质世界之间的媒介：30 种宙构成完整存在的表达——中柱原，第三十个宙冠名它为——索菲亚。

宙；伦敦——虚空的薄雾；到纽卡斯尔的铁路线——密实的迷宫：在世界空间，在黑洞的深渊，在我面前以形象出现，类似我游在布满水雷的德国大海的混乱中；得到前往混乱的允许——

——当我完全相信先生们并向他们的圣尸鞠躬时，那个时候从着火的车厢将我拖出来——拖到黑暗处，拖到无可去处，宇宙呼号着；带着被熄灭的火，来到第七加康舱室，就像棺材，晃动，冒出来：到混乱的呼号中。

……………………………………………………………………

在这个时候先生们，分部的领导们：——

——一个人，——

——打完一局网球，俯身到大不列颠某名人的著作上：哈密顿、休厄尔、斯宾塞、米尔、牛顿：——

——另一个——

——忧郁地听从独家住宅阳台传来的爱尔兰曲调的歌——默默地唱起了：彭斯的歌。

在北海

我就这样被压扁。

肉体已经没有该有的尺寸；其中之一被压凹：伦敦被压扁，变成一张薄薄的一层黑料子，——变成薄片；而薄片成为影子。

我就是影子：在灰色的荧幕上没礼貌地散步；用连续不断的行动的电影胶片传递给某个世界——他人，不是我们。

我们——就是他们研究的荧幕胶带；所有可能都给了他们：在他们中间潜入的轮船也强行跨越跳跃的波浪，这一切以电影胶片快速运动形成；胶片停止，——跨越轮船船帮腾起的波峰永远消失；永远消失："第七加康"轮船船尾落入"无浪沫"的轰隆声中。——

——我——

——晃晃

悠悠的不自然姿势，一只手抓住船尾，而另一只手——抓住被风吹落的揉皱的帽檐，永远停住——

——他们停住胶片！——

——就像得病的小丑！

……………………………………………………………………

胶片还在流动：电影此刻将我带到底舱，在同事的舱室里，抓住椅子，我做出样子，我享受饮食。——

——我——

——晃晃悠悠，以不自然的造作姿势，一只手抓住桌子，另一只手抓住溅出汤的碟子，——我永远地停在你们面前——

——他们停住胶片！——

——就像得病的小丑！

这时我遇到银发先生傲慢的目光，很显然，他带着特殊的使命到俄罗斯去——

——到万能的布尤肯内①，可能？——

——这个先生却将自己的目光投向我——

——忧郁的目光，器重彭斯的歌曲，我也喜欢他的歌曲，但是透过这个好幻想的目光我认清了另一个目光——

——那个先生：三个先生的目光。

但是先生、绅士，已经正在离开。

……………………………………………………………

① 布尤肯内·乔治·威廉（1854—1924）——英国外交官。1910—1918 年——任大不列颠驻俄国大使。

那个绅士——走了。但是小狗与我在一起——连续不断地。

在痛苦的时刻把善良的目光投向我，

把黄色的爪子放在膝盖上，

似乎在说："先生，该平静的时候了。"①

小狗——温驯，我从伦敦带出来的：天生地冷漠看待阴间阴影，它们习惯隐藏在不列颠习俗的招牌下；这些习俗就是彼岸世界的现实生活，它们没有破坏公正社会中跨越虚空的彼岸世界的阴影，但是与此同时保持着虚空，似乎没有任何虚空，只有挪威轮船"第七加康"；这样，习惯藏在习俗形式下的先生，似乎他带着秘密的使命到万能的布尤肯内那里去，——彼岸世界的现实生活；现实生活到这种程度，以至于我提前说：我觉得一切，似乎再一次还能遇到它；这就发生在俄罗斯：在雅拉斯拉夫车站，在莫斯科，——已经在既成事实之后，在李沃夫②执政时期，在那些日子里，那时米柳科夫先生不在牛津参加会议，而是——在外交部大厦：在他从政府离开之前；被迎接的先生——

——显然——

——坐姿不

自然，一只手抓住桌子，另一只手却抓住碟子，好似，汤从碟子溢出，——

---

① 亚·布洛克的诗歌。不准确地引用诗歌"秋天的晚上。在雨水滴答声自己伴随下……"(1912)。

② 李沃夫·格利高里·耶夫格尼耶维奇（1861—1925）——公爵、地方自治人士、大地主，第一届国家杜马代表、全俄地方自治联合会主席。1917 年 3—7 月——任临时政府领导。移民国外。

——就像阴影，有失体面地在电影荧幕上被压扁，这个影子被俄罗斯革命事件的“恐怖”压扁，再传送——

——给我们，完全是另一个世界的代表们：不是先生的世界，而是我们的、俄罗斯的世界：——

——改变角色：——

——他对我而言就是现在我仔细研究的荧幕胶片；政权吩咐我，终止电影胶片的流动并将坐姿滑稽、不自然的名副其实的先生留下（我在雅拉斯拉夫车站、在莫斯科坐在桌子后喝汤）——永远。

我没有做这样的事，把胶片的流动传递——给胶片的流动；跑上前的搬运工还递给先生一张票：他到阿尔汉格里斯克；——

——还回忆起：跳跃的波浪、“加康”轮船、完全失重的“我”，以及被先生压扁在电影胶片上，胶片流动着，将我重新带走——带到我在的甲板上，——

——黄色的、半摇摇晃晃的、模糊的先生在类似这样半摇摇晃晃的、模糊的、舞动着的“先生”中间，突然离开坚硬的土地，出现在汤姆逊的宇宙旋涡的呼啸中——到空——遵循着大不列颠习俗的外在形式的呼啸中：在电子客体公正的社会中好像不是我们本身：——

——也就是说好像是“第七加康”轮船的一群乘客，在摇晃中遭受晕船、议论救生圈的状态和可能撞到水雷。

……………………………………………………………………

从这个瞬间我可笑的意识状态，从来不预测，我就是影子；在回忆中出现了蓬松的银灰色浪潮的退潮；还有——它们的飞沫跨越船舷吞吃寒气——

——真正的轮船的船舷：——

——一股潮气在甲板上滑过，

撞到船舷；还——流向他方；而我——换了地方；似乎那个时候，我就是——影子，几个月从自身伸展到我的俄罗斯未来；脑子里浮现出：——

——难道难以忍受的噩梦消退？

不是一天也不是两天——八个昼夜，或者两百个小时，从坚硬于钢——沉于花岗岩的实体流出的压力机中间挤压我。

德国的大海布满了雾；从雾中岛屿和陆地上卷起风，就像灰色的幻影的呼号，扑向我，让我无法确定自己在世界的位置：——

——像幻觉——

——大海离我们

约一百五十俄丈；雾一消失，我们就会被陆地夹紧；——

——但是船头，潜入

到灰色浪潮的跳跃中

并溅起一股股浪沫，

奔向雾：——

——雾也向两

边散去——

——而陆地，距离我们约一百五十
俄丈，——
沿着轮船的左右奔跑——离我们约
一百五十俄丈的距离；它们打算追逐
船尾；还——追逐我们：在距离约一百五
十俄丈，潜入灰色浪涛跳跃里并腾起一股
股气泡状的、细小的、撞击声巨响的白色
沫子，——
——我就想到了离开的英国：——
——我觉得，
英国，或者——宇宙——这个留下的最后的一块土地，——
——跳跃的浪花被抛到这里、抛到那——就像宇宙球体被抛
到没有永恒的永恒之处。——
——而我们，“先生
们”，——也被抛到
这里和那里，在散开
之前，永远永远地
消失；——
——怒吼、咆哮地
追逐船尾……从英国；
吞吃着浪花
寒气的人群
迅速抛到

船舷边还——

——潮湿迅速地在甲板上滑过；船头飞跃起；然后迅速地落下；船尾翘起；一片片潮湿从船尾快速地奔向我们——

——而

在

我们的下面，

也

许，在轮船

侧面

如鱼一样，

布满

德国的

水雷，

飞翔

到

那……——

——“再见，我的奈丽。”

……………………………………………………………………

大约在晚上，雾向两旁散去；打开了缝隙，而在轮船周围乱七八糟地漂浮着原木；显然，离这里不远有纵帆船沉没；在浪峰上同志看到漂浮的软木船的列板。

——“你们瞧啊。”

——“什么?”

——“你们瞧啊：软木的列板……”

还被绊住了：带着小男孩的胖太太（来自哈尔科夫）用责备的目光看着小男孩。

我——沉默。

立刻谈论起其他的事物：谈论哈尔科夫、等待从哈尔科夫来的太太的丈夫；谈论在浪花中漂浮的原木；我们完全不谈论船的软木列板。

它的主人在哪儿?

我们没有想到，这样过了几分钟我们能够——就这样——开始漂游：还——在谈论哈尔科夫时德国的水雷消失；潜望镜还没有拿出来（在摇晃中它很难被拿出来)，虽然许多乘客——我碰撞在抵押品上——用匆匆忙忙的目光，抛向空间，寻找它。

我，承认说，不希望，我们停泊在卑尔根（我也不相信，我们所有人还在陆地)，我也认为：这里——雾消散；而且——海岸看得清楚；在两岸边我们看到巨大的宣传画：“这里——是地球，属于犬星座……”

挂念留下的奈丽令人难以忍受：——

——好像：——

——离我们距离

约一百五十俄丈，大海中止——

——在下沉的雾里隐藏陆

地——

——雾向两边散去——

——陆地却距离我们约一百五十俄丈，——

——陆地沿着轮船左右方向远去——距离我们约一百五十俄丈，为了集聚在那里，与雾一起追逐船尾、追逐我们——

——距离我们约一百五十俄丈。

在陡峭的岸边帆船覆没

我回忆起——孤独的、灰蒙蒙的一天——在纽卡斯尔和卑尔根之间；回忆起前前后后心灵事件的交叉点：真正的枢纽就是直达的交通工具：在车上我阅读——过去。

过去——是否发生？它是否离去？

每一瞬间被年代填满：失去时间的错觉；过去的瞬间孕育着未来；其中说道，在我面前它现在做出了自己的结论——

——奇怪的结论……

……………………………………………………………………

饥饿、疾病、战争、革命的声音——是我奇怪行为的后果；我身上存活的一切将我撕毁，——在世界上飞散；当它从我身上与我的心脏一起飞出时（这发生在巴塞尔陆地偏僻的角落）：世界也离开我，奔向东方、西方、北方、南方，他是否关注到发生的事：在巴塞尔陆地偏僻的角落里？假如关注？发生的世界事件正如他们流逝过的；世界带来了可借鉴的例子：在个人意识里、在一个人的“我”中发生的例子，——宇宙的图景；它的最初的原型；还有——关于未来计划的原型。现在，当人们认清，意识的“我”不是赋予我个人的“我”，——应该明白：从那时刻起，当我内心大写的“我”认清自己在个人意识一般范畴之外，——那个大写的“我”的意识卷宗作为“主体”的行动、事件、意识和经历，这个主体生活在赋予的时间，就在那个空间地点（巴塞尔陆地的角落），——有划时代意义的事件。

他们没有认出我内心大写的“我”。

而且我也没有发现，我——就是炸毁过去的炸弹。

就让一些英国人怀疑吧：他们的间谍，或者，确切些，不是他们的间谍，而是他们的特务（即兄弟联盟的间谍，在盎格鲁撒克逊假面具的掩盖下暗中约定和临时行动的间谍）——辨识出我：也开始指责我的外在行动，毁坏它；他们预感到：我携带炸药，被炸得粉身碎骨，飞向天空：——

——俄罗斯——

——日耳曼——

——法国——

——英国——，

也许……

但是这在未来：现在——是空的；我现在——就是爆炸的炸弹碎片。

在大街上小男孩们把我收拾起来。

……………………………………………………………………

在我的生命事件里两三个瞬间是巨大的：它们照耀我几年。

卑尔根充满了这样的瞬间，——我向卑尔根游去——有病的和被压抑的、被抛到电影胶带一切流动中：在因果关系的无原因性的世界里，在那里所有内心运动的组成，就如肉体的组成，决定了原子的结构，这些原子彼此相对形成某种合适的卡德利尔舞式；我就是巨大的排列整齐的原子“先生们”队列的指挥，这些先生沿着我肉体的城市街道走过：我，就像端坐在两个半球体之间高高的宝座上——在城堡坚固的城墙下（在颅骨框架下）的沙皇，接收十二个电报线的紧急情报。

这样，告知我——在太阳广场（在心脏里）——“先生们”聚集，形成了集会，抵抗我的大臣：智慧的决定。我——借助电报线用收缩性的缆绳给抵抗的“先生们”下命令：沿着宽阔的大街流动到我的城堡（我的头脑里）；“先生们”，安静下来，流动，而那个社会生活的事实被生理学家们称为洒血的大脑，——慢慢地恢复。

现在我被我敌对的国家的阴谋推翻；大国的集中，或者肉体的集中，被他们摧毁；他们控制了所有的电报线；“先生们”在太阳广场中间形成不间断的集会（填满了心囊并危及心脏的扩大）；而他们中大写的“我”——从高高的“宝座”上跳起——就是原子的、跳跃的、模糊的“先生”：在模糊的先生们中间；国家——衰落：肉体——塌陷：在宝座的地方——留下空空的巨大的签字：“在这里——大写的‘我’”；但是大写的“我”——没有；它没有端坐在所有人之上，而是——在“先生们”中间打算做——“先生”——

也许，待在木星街区。即变成肝脏①；也许，钻进肠子的阑尾尽头；那个出现的先生在我的国家完成了政治革命，使所有的“先生们”无意识地反对——自己，反对有意识的大写的“我”；这就是大写的“我”，跑到潜意识里，——以最深入的革命，现在回应那个先生；开始社会革命：重新诞生肉体组织。

但是所有的社会革命——被抛弃；一个个跳跃的“先生们”（电子），离开我的肉体，突然在我腐败的肉体的废墟周围扩展为一缕氡气；与我为敌的人移民到许多国家，移植到先生们的肉体里，在其中产生集会。其中我的大写的“我”——（移民者，把一沓传单和一批炸弹转移到邻近的肉体里）准备看不见的所有肉体肌体的社会革命：这样——

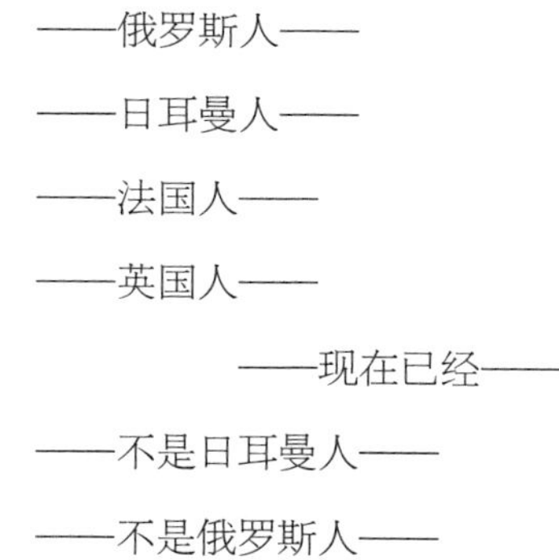

——俄罗斯人——

——日耳曼人——

——法国人——

——英国人——

——现在已经——

——不是日耳曼人——

——不是俄罗斯人——

---

① 在神秘主义生理学里木星被看作是“伟大的世界雕刻家”：“在骨骼周围他塑炼流畅美的半柔和形式。这些由木星创作的形式表达了人作为有生命的存在物……木星在自己可塑的行动中接近人的肌肉的完成。然后这个活动转化为化学机理并在运动中克服可塑的呆板性。在完成肌肉化学活动的智慧中，肌肉试图运动，吸住了肝脏，在那里发现自己完成了木星的活动。肝脏就成为木星本身的肌体。”（列维呼兹·贝尔纳德《在门槛上的人》，卡卢加，1993，第 128、132 页）

——不是克尔特人——

——不是法国人——

——人站在世纪

的人里，在肉体肌体中自行爆炸：肉体、灵魂的潜意识和人的精神，现在围绕着人构造地被安置为螺旋形物。

他在未来微微抬起：现在——是虚空；精神、灵魂、许多个自我意识——都是人的“本”和巨大肉体的碎片。

那个“本”（本性）在街道上被人们捡拾起来。

……………………………………………………………………

在纽斯卡尔和卑尔根之间我不再被看作“人”；过去他的含义我是覆盖世界的、没有肉体抽象的人（或者——是天穹顶：圆顶的错觉）；同时，单独的大写的“我”不是自己，而是世纪、时代：不清楚的、无意义的：人的机体在我的内心垮台；以前的大写的“我”死亡，就像“本”——人类居住。“本”——非活物、呆板的、无生气的——坐在甲板上，回忆起以前在卑尔根度过的辉煌日子，在那里短时间它升向人：——

——诞生的

世纪之人——

——我已经在卑尔根：——

——在我的约旦河上我的

翅膀垂到我的身上：我的头撕裂；我的思想从黑暗（头颅层面）挣脱出，被闪耀包围，给所有的未来培养者绘出自己未来的命运；在大写的“我”、我内心转为世纪人的人的点上完成了预先存在——在这里，在卑尔根；此刻我的生命史、我的所有的化身（过去的和未来的生命），四面弯曲，画圈移动，密集；我就成为——整体性；在自己所有生命中间，所有人都在洞察它们，——巨大的、大写的“我”站着，掌控着巨大的节奏：身体的、灵魂的、潜意识的、意识和精神的：——

——我就是——人（大写字母的）或是智慧：男人们－Mann－Mensch－玛纳斯－玛纳斯；——

——其中出自 Мене 的所有人——是男人的意识，或者是我内心恢复的玛纳斯：还在闪耀[①]：——

——在布满紫红色苔藓的壮观高原中间，我高高地爬到峡湾之上，停下来，发呆，就像被冰雹击中，被思想的爆炸炸毁，思想吸引我到这、到那；我内心整个心灵震惊；还从心灵——我的肉体；还——吹拂：高温吹向肉体；就像间歇喷泉，从眼睛飞出：火焰的翅膀和多须的翅膀：围绕着自己的节奏（或者自己的生命）随火启动；用语言——用胡须让世界的壮观扬名；我看到，圈子合拢：也许，从高原高处观察峡湾，我那时也看到——“加康”轮船带着我个人的尸体靠近卑尔根；瞬间放进棺材，经过三年多与我的约旦河[②]一起同时忍受苦难：也许，我也看到复活的瞬间：——

——过去的和将来的一切已完成：“我”说到——

---

① 从梵文中引用的术语。在人智学阐释中他意味着伦理的定位为“心脏的”理智，与新欧洲的理性对立。

② 东地中海的河流，流入死海，据圣经传说，耶稣在这里被洗礼。

——是将来！——

——我内心所有的人应该完成：——

——现在，经过三年多，疲惫的肉体坐在甲板上，把自己的双手伸到雾里，伸向卑尔根的沿岸，——肉体返回：对着那个从高原高处观察靠近卑尔根的“加康”轮船：被钉起来的自己的棺材，里面装着死的“它”，耷拉下来忽闪的宽边帽檐，就像一根黄色的棍子，裹上了裹尸布，——

——站着，呆滞、无生气的眼睛凝视前方；还——听从远处的召唤：“拉撒路，出来。”①

于是死去的人走出来。

……………………………………………………………………

卑尔根！

他以高原的红色苔藓迎接我们和奈丽；——

——我记住；但是我们和奈丽不知道：经过三年多，我从德国海的雾中重新靠近这些山地——病人，带着破碎的灵魂，携带将宇宙炸毁的炸药：——

——到俄罗斯！

……………………………………………………………………

① 指的是在耶稣给拉撒路洗礼的一个奇妙的片段，拉撒路——马太的弟弟、马利亚的哥哥（约翰，2，41—44）。

我记得那个夜晚：白色的碎片飞旋；我被咸咸的海水潮湿包围；船尾的侧舷在轰鸣的呼啸中孤零零地发出咯吱吱的声音，而一股股难闻的浓烟从管子里冒出，排向空间；俯身甲板的窟窿——朝上（对着机器），我听到——

——“突——突”——

——平衡的

绳索被抛起来；将巨大的螺形栓嵌入和抛下。

我被英国人压制、怀疑从事间谍行为，我回忆起一切、一切瞬间，当轮船划开波浪，在被描绘遭遇水雷的大海上行驶：驶向卑尔根！

我内心的卑尔根，——经历遥远的过去：成为——我的未来；我约在三年多前离开它；现在从对岸驶向它①：——

——这样从卑尔根到多纳什

一条直直的、奔跑的生命之线现在成为完整的圈子：起点——就是终点。

在那里——在起点：起点（时代精神）将自己飞旋翅膀的高温吹到我的身上；在这里——在终点：棺材里的尸体游近挪威陡峭的大石岸边。

中间经历了三年：我内心的“婴儿”的出生、成长和死亡，或者——神灵的出生、成长和死亡。

---

① 指的是1913年10月8—10日的情况，别雷与安·屠格涅娃一起从俄罗斯半路上到了柏林，而在1916年8月27日别雷参观这个城市，返回俄罗斯。

带着三岁的婴儿的尸体站在（或者——我的肉体站着）卑尔根面前……

回忆：——

——经过七个半月在卑尔根生活之后，我与奈丽一起到了舒适的覆瓦状的小城符腾堡[①]；那个晚上；还——觉得：圣诞夜之前的夜晚；寂静的城市的街道披上了银色的月光；我们已经准备睡觉。

在睡觉前奈丽走到我跟前（她带着无法表达出的敏感忍受我意识状态的世界，沉默无语，没有一致的目光，穿透我）：

——“你怎么了?”

——“又为了旧的东西?”

我回答她：

——“是，奈丽……”

——“我——很难……”

奈丽却变得严肃，抓住我的手：

——“亲爱的，别忘了卑尔根。”

——“奈丽：卑尔根耸立在我面前，就像山峰，我从那里坠落……”

——“太疼了！”

——“我的骨头骨折了！”

---

① 1805—1918年德国的王朝将首都建在斯图加特。现在——是巴登—符腾堡（德意志联邦共和国）土地的一部分。别雷与安·屠格涅娃于1914年3月3—6日在斯图加特听施泰纳讲课。

这样在睡之前，我的安静的奈丽来到我跟前，她叹气，温柔地看着我（我们两个人累了：精神旅行——较沉重的负担）；奈丽抚摸我；窗外风怒吼；窗户里映衬出睡眠的城市街道的银色闪光。早晨：伤感的奈丽，漫不经心地打开报纸；给我大声地朗读了电报，在卑尔根附近出现强大的暴风雨，从灯塔看到求救的信号：在卑尔根附近有纵帆船沉没。

我战栗了一下，那时从卑尔根发来的电报让我惊讶，如何积极地回应之前谈到的事件。在卑尔根附近失事的轮船，就是我和奈丽乘坐到达新生活国家的船只——那一夜，我精神痛苦；从大海那边，在卑尔根附近听到：求救的喊声。

我想对我的奈丽说：

——那——就是我！

——“是，那就是我死亡。”

我——沉默；严肃的奈丽也悲伤地看着我，放下报纸；还有——她顺便，没有看，然后无意中说：

——“这是胡说八道！”

——“你是否听到：胡说八道！”——

——这就是为什么在北海的那个夜晚，当游近遥远的过去（接近卑尔根），——这就是为什么我，软弱无力，带着受伤的心灵，没有奈丽的时候，又回忆：覆瓦状的小城符腾堡、明亮之夜、睡熟的街道的石头上的银色反光、奈丽忧伤的声音：

——“你就——忘记卑尔根吧！”

在卑尔根附近挪威的一艘纵帆船沉没；听到求救的喊声：这是未来我的灵魂在那里大声喊叫。

现在未来实现：我，死亡之人，在雾里划动双手，又游近自己个人灵魂的悬崖：重新游向卑尔根，为了让自己冻僵的尸体自由自在地摆动起来（在悬崖旁），为了看到自己高高地在自身上——我从不是这样的——在这里，在卑尔根。

脑子浮现出：

——“可爱的奈丽！”

——“听着：倾听——在那里，在自己的多纳什……”

——“在陡峭的悬崖旁又传来呼救声……”

——“轮船失事……”

——“生命旅途的轮船——又：在陡峭的悬崖旁。”

——“哎呀，救救我！”

——“奈丽！！！”

……………………………………………………………………

这——就是死亡

夜延长。

在飞驰的轮船甲板中间我靠在轮船的管子上：嚎啕似的轰鸣声在甲板上空回荡：向右、向左、向前、向后；冲向船头、船尾、船帮；撞击成浪沫、飞削、拍击声、闪耀；一团星火在管子上空飞旋，落下；又——熄灭：在嚎啕似的轰鸣声中；浪沫、拍击声落到船舷下；一股浪水落下；在甲板上重新飞旋——灌满胶鞋。飞翔远方的无形的空控制了我：既被呼啸声，又被拍击声：这就是船首，潜入到无形的飞沫里，带着我飞驰——到无处去和空：无处去和空——我认为——不能战胜；语言大嗓门的所有话语声出现——英语、俄语、瑞典语、丹麦语；在浪花拍打的无限空间，在拍打的夜晚；一个严肃的短腿水兵走过，高举着小灯——眼睛闪烁；塔架轮廓在昏暗的灯柱上向我闪烁，缆绳高高架起一座小桥，一个身影从小桥那里倾身到空间；闪烁一下——什么也没有，除了冲击来的话语声，摇曳般地漂荡在船舷外，落在船舷外，腾起；浪峰噼里啪啦地落在木甲板上，又飞到船舷外，迎风击碎为咸咸的浪沫；一切——都发出嘶嘶声、嘶嘶声；在嘶嘶声中——在冲破的雾中间带着灯塔上的小灯：空出现，空涌现，空消退：变为空。

……………………………………………………………………

我知道：我从命运的辽阔的浪沫里永远地飞落到浪沫横流、寒冷的、咸咸的辽阔的地方；我住在乘客休息室，就像所有的人，——在这里：在狭小的甲板下，生命与空隔离开：我掉到身体的盖尸布下；还——住在甲板下，旅游，思考，斗争，爱：之后——死了：登上台阶——看一看现实生活，在甲板下我们逃避现实生活：还——落到之后的死亡中：从……类似这样寒冷的世界落到浪花飞溅、黑暗的、飞旋的世界：我待在乘客休息室——在生命里——时刻。

这个浪花的呼啸——就是世界的呼啸，把我的肉体放行到此呼啸里；我从肉体走出来，肉体还在伦敦就疏远了我——先生。

现在这个肉体被分解，在汤姆逊漩涡的波浪里摇晃；它以另一种无法阐释清楚的尺寸成长：我在肉体上徘徊，这个肉体被分解，在汤姆逊的漩涡的波浪里摇晃；它以无法阐释清楚的尺寸成长：

——“在无垠的……”

——“一个人……”

——“永远……”

——“什么也没有！……”

——“谁也没有！……”

——“没有战胜……”

——“空……”

沉默的水兵已经走过，手抬起圆头小灯；不高的灯塔、缆绳、轮廓在灯光下一闪：

——“我们很多人……”

——“我们在爬行……”

——“你也如何!”

——“我们与你在一起！……”

——“总是!”

我也明白，这些轮廓——就是狐猴……

它们早就出现了：在战争那一年；它们到处陪伴我——在散步、在有轨电车上；沿着巴塞尔、多纳什追赶；我抓住奈丽，一次都不回头，从山丘上下来：

——“有人躲在树林后面!”

——“停下：这是愚蠢的行为……”

——“谁躲在树林后面?”

——“而我们有什么样的事情……”

树林沙沙作响：

——“我们有很多人!”

我看见轮廓：狐猴的轮廓。

我——死了：不在这里——还在伦敦；没有伦敦：因爆炸而死亡——瞬间出现的死亡！——死亡发生在勒阿弗尔：甚至还——不在勒阿弗尔……

我在柏林火车站死了；我的尸体已经被运到多纳什；奈丽、鲍威尔，还有施泰纳将我埋葬；返回家乡——回到出生前的地方，老地方——回到那个忘记的地方，但是曾经发生的事情，经过意识的

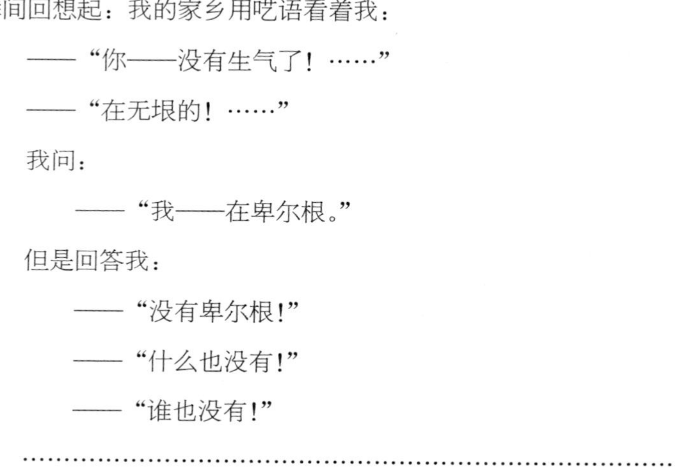

瞬间回想起：我的家乡用呓语看着我：

——“你——没有生气了！……”

——“在无垠的！……”

我问：

——“我——在卑尔根。”

但是回答我：

——“没有卑尔根!”

——“什么也没有!”

——“谁也没有!”

……………………………………………………………………

在意识死亡的最初瞬间，继续工作，集中思考我的道路就是巴黎、伦敦、卑尔根。但是肉体之外的思考就是生活；而就在旅行到德国海之前的生活消融在思维的形象里：轻飘飘的肉体到处膨胀，被一群狐猴抓住，可怕的侧影轮廓时隐时现，包围着我；慢慢回忆起在多纳什排练《浮士德》的一个场景：与狐猴排练的场景[①]。施泰纳把它摆在我面前，作为即将发生的事情的：死亡的符号！

还是没有伦敦：死亡的瞬间想到巴黎和伦敦；思想最终消失：多种多样的空间形象蜂拥而来，浪花飞旋、拍击声和浪涛拍岸声在

---

① 后来在《履历材料》里别雷再次强调自己的经历与这个场景关联的重要性：“浮士德形象让我不止一次浮想联翩……我，就像浮士德，——阵亡的智者：狐猴和梅菲斯特包围了我；但还有天使将浮士德的灵魂带走，还有被纯洁的婴儿包围的神父谢拉菲库斯，……在拯救浮士德主题的那场戏与我灵魂发生的那个场景关联；正如，我不明白的：在我内心发生的黑色神秘宗教仪式的世界，以及拯救浮士德那场戏……——半斤八两；真正的灵魂折磨的历程就反映在这个场景里，就像从折磨中拯救一样，是唯一要抓住的救命草；我就——抓住了。”（往昔，第九卷，第 425 页）

意识里形成，习惯从感觉的形象里抓住精华，——大海的印象；——浮现：——隐没——

——我从纽卡斯尔到卑尔根飞到
无形的浪花里；啪啪地落在木甲板上，
又飞到船舷外，一切，就是有的一切，
——

——意识控制着
精神学科的交流，这些学科帮助控制：——

——宇宙
空间在意识内部……——

——第一时间感触的错觉
活着，就像一个巨大的肉体，在肉体里任何一个皮肤点感觉自己远离最近的地方，等于远离地球到月球的空间；所有的地方，思念，扯着嗓子意识自己：

——“哎哟！”

——“哎哟！”

——“哎哟！”

——“永远：什么也没有、谁也没有！”

——“哎哟！”

——“哎哟！”

——“哎哟！”

如果意识到肉体的成长集为一个浑浊的形象，那么他就走到海洋危险的景物：——

——自然现象的

死亡的大海幻景后来消失，

落下，就像皮手套的皮子从

手上脱落：还——

——传来过去的生活，但是

在出生的瞬间前又返回①；还有——出生之前的未来世界出现：在意识下沉到婴儿的肉体之前，意识的瞬间汇合在肉体之外，带着最后的瞬间，在意识从肉体出来之后。还形成了“我”的世界圈子——在那里——开始旅途的痛苦：

——“我——一个人!”

——“永远!”

——“没有任何人。”

——“从来不。”

我在“第七加康”轮船的甲板上这样想。

我不知道，但是……一轮月亮穿破云雾，显现：在那里——在远方云集；巨大的波浪涌起，沸腾的浪花呼啸着扑向轮船的船舷；如我一样，痛苦的黑发男子（来自纽卡斯尔的犹太人），微微抬起大衣的领子，稍稍拉一下潮湿的帽檐边到额头，潜入到我的内心，看着我，湿润的嘴唇在我的耳边低声说：

——“到俄罗斯去!”

---

① 描述从星的肉体出来，以及死亡后的“我”的意识状态。参阅：鲁·施泰纳《神秘学概述》。第 54—89，269—271 页；鲁·施泰纳《神智学——超感觉认识世界和人的作用导论》。埃里温，1990，第 77—87，94—106 页。

——“是！……”

——“被招去当兵？……”

——“是，被招，而——您?”

——“也是被招……”

咸咸的浪花一下子四溅，发出啪啪的撞击声；还——润湿了我的双脚：

——“啊啊啊……啊啊啊……”

——“我们还长久地遭受痛苦。”

——“您很长久遭受痛苦，而我只是在卑尔根之前……”

——“怎样，为什么?”

——“但是您听一下，——人影含糊不清地说，——您听一下：您，成年人，害羞急于去打仗……”

人影的眼睛闪烁一下。

——“您这样，意味着……”

差点说出“逃兵”……

——“您再也看不到我；我——将消失……”

灯塔的轮廓穿破云雾，无形地一闪，缆绳——无处可去。

我扑向喧哗的、浪花四溅的空间，因瞬间的浪沫而发狂：疯狂的呼啸声，飞越过船舷，降落到出生前的世界的这样的呼啸声里。

…………………………………………………………………………………………

“我——就是”在我死后就出现在那个地方，“——就是”在出生前感受自己的地方；在进入儿童肉体前“我”直接——就在这里发生！……

从连绵不断的、辽阔的无限之处——意识无限地伸向儿童的肉体，这个肉体很快听到在浅蓝色儿童房间墙外无限的嘈杂声：如此可怕，图景升起，飞越大海。虚幻飞翔的瞬间后来成为我的——记忆的——记忆。

我的生命如闪电穿透我……

……………………………………………………………………

月亮闪烁，无限地照耀；甲板上空无一人；狐猴的影子消失：我想，闪光让一切得以平静，恢复了宁静（因外在的生命很好地看待过去的生命），想到安慰我的奈丽；我们用思想帮助已故的人；他们的灵魂经历感觉的世界，就像风景，他们清晰地知道，我们用思想在帮助他们；关于他们的思想清晰地闪耀出他们灵魂的景观。

——“这——就是奈丽……”

月亮，照耀一切，——奈丽的思想。

当时在里昂加强对这种思想的研究；意识转移到那里：在里昂。形成螺旋的装饰图案，就像梦一样；——

——我们坐在椅子里；我们让脉搏在内心
活跃起来，感受不到肉体器官的下垂，飞
越虚空的空间，就像闪光四处流散。——
——而奈丽穿着月白色的大衣坐着；
还——眼睛放射磅光；还有——
她的思想扩展，就如辽阔的大海
空间，我的船游过它。——
——轮船被大海的空间弄得
精疲力尽——奈丽，也

许，坐着，穿着月白色
的大衣，眼睛向我闪着
碐光：在我的棺材之
上：——

——抛弃肉体，被扩展，我延伸在奈丽思想的目光之前，她的思想就像明亮的月亮给我洒下宇宙的月光；还——在水上四处流溢，——

——穿越“第七加康”船体的水；迎面里昂将自己的屋顶伸展；我们学会了转移意识：在里昂：

——“谢谢。”

已故的人经历了情感风景的折磨；肉体之外虚幻飞翔的世界，——风景。

圈子封闭：熄灭的生命重新浮现——由于最初的意识瞬间阐释自己。

在潮湿的甲板上我依偎在轮船的管子上；嚎叫的汽笛声飞荡在空间：向右、向左、向前和向后；扑向船头、船尾、轮船的两侧；浪花被击成飞沫，拍击声、撞击声；在管子上空一团星火飞旋，落下；又——在嚎叫的汽笛声中熄灭；在一团团拍击的波浪中，轮船船头前行，颠簸，驶向无处可去，在那里嗓门大的各种语言积聚——英语、俄语、瑞典一芬兰语、丹麦语！——在深夜清晰地听到这些话语声。

严肃的短腿士兵沉默地走过，手拿圆头灯笼；而且——黄色柱子上灯一闪：灯塔的轮廓——向我闪耀。

履　历

灵魂，抛弃肉体，就像阅读书，首次在肉体阅读自己的履历；还看到，除了肉体里自己的履历之外存在着另一种履历——个人的（在第二履历里看到一系列的片段，——把自己用肉体体现出来的时期片段）。

……………………………………………………………

在我的生命里有两个履历：伤风感冒、食物的需求、消化、其他自然机能的履历；认为这就是我的履历——反正都一样，把孪生子的履历认为是履历。

有另一个履历：当我做梦时，履历毫无原因地以梦潜入无眠的失眠里，那个意识来回飘荡在理智的边缘，只是以可怕的符号：梦和童话，认识自己。

就是生命，借助思想的棱光，闪耀、变得牢固：另一个生命，就是棱本身——是思考行为的意识。

两种生命在意识里交织——没有：它们之间——有界限；而且两条履历的平行线交叉为一个共同的点：在最初的时刻。

……………………………………………………………

我记起他：他——就是那个在内心不能被称为梦的东西；他也是——那个我总是不能称为不眠的东西，因为不眠和梦都被视为独立的；第一时刻意识被描述为明显区别于不眠的记忆；我不能将这个瞬间称为梦，因为我从来不因为它清醒过。

在其余的所有的“瞬间”——我看到不眠和梦之间的界限：——

——虚幻

的东西从来没有和无所在——突然成为一个小

点：我——苏

醒；——

——我的记忆认出了日常

生活的婴儿；——

——特征、断裂处：——

——我飞翔：

那个——就是梦……

在最初的瞬间意识清晰；它的内容——是童话般的；它们之间没有断裂处；在杜撰的外衣里就出现“瞬间”；即在杜撰里我后来遇到这些外衣：在“瞬间”它们清醒地完成，在我的内心被破坏，稍晚被分解为童话和现实。

您想象一下：——

——翼指龙还保存在一个

独岛上，那个岛屿消失在海洋的远方；一次一艘轮船靠近这个岛屿：一个小男孩无意中在岛上度过了一夜：于是——他看见最后的两栖动物；之后人们找到这个男孩；他试图给水兵讲述他所看到的事情；水兵——不明白；男孩忘记他所看到的东西：——

——过了许多

年：他老了，活得比当代
人长久；作为老人已经回
忆起梦：——

——无形的龙咬伤了
他，挥动着膜状翅膀上
的刺；老人对自己说：
——我在某个地方看到
这种两栖动物。——与
这个怪物遇见的记忆消
失，膜状翅膀的牙齿咬
伤了男孩。

想象一下：——

——他的儿子，著名的艺术家，绘画出
幻想的形象：在岛屿的悬崖上——

——可怕

的龙在空中晃动着膜状翅膀上的牙齿扑向
婴儿：——

——父亲的这

个形象表达出遗传性，与血液一起流淌到
所有的肌体里，——传给艺术家的儿子；

真实的事件感动了父亲，在儿子的幻想里

复活；父亲，已经是老人，——

——看到龙，龙用膜状翅膀上的牙齿

扑向男孩，——

——大概，他震惊地站着，非常激动，

开始自言自语起来：

——“我——看到了……”

——“就是那个东西……”

——“这发生在哪儿?”

于是，在回忆起关于龙的梦之后，说：

——“我在梦里看见……”

——“但是我的梦是虚幻的……”

——“在梦里我感觉到对过去我发生的事情的记忆。”

而且突然——所有一切都回忆起来。岛屿：还有——夜晚；还有——怪物的两栖动物，挥动着膜状翅膀上的牙齿：但是“老人”明白，反正人们对此不信任；要知道没有“龙”；所有发生的事情在灵魂里活着，就像海洋中与意识的大陆隔离开的孤岛；而在这个记忆的隐秘的孤岛上老人看到自己与所有人隔离：

——“哎哟!”

——“哎哟!”

——“哎哟!”

——“我——一个人……”

——“在无垠的……”

——“与我一起——没有任何人，什么也没有。”

——“而可怕的两栖动物——在附近。”

——“哎哟！”

——“哎哟！”

…………………………………………………………………………

这样带着意识的“瞬间”——

——老人，飞越几千

年：——最初瞬间的童话般的意境就是奇怪的往事：

——“这发生过。”

——“我在无垠处。”

——“飞翔……”

——“哎哟，哎哟，哎哟！”

未说完的真实；它——是显而易见的真实；它——是意识的事实：原理，没有原理的容许我内心世界被划分为梦的世界和现实世界——杜撰的：我记得：恐惧的两栖动物，挥动着膜状翅膀。他还试图扑向大写的“我”，——在时空的地方交叉；两栖动物——这就是大写的“我”；世界——是婴儿，可怕的两栖动物从下爬向他，或者——就是婴儿的肉体；同时：“两栖动物”——就是爬向大写的“我”的肉体；大写的“我”也从上面飞到肉体里；而且——是：“这个”——发生过；但是没有可能证明，因为话语接受我看到的梦的有翅膀的轮廓，——已经在之后：

——“这一切不是梦。”

我清楚：——

——在我日常梦的模糊的海洋里，用记忆给我描述大陆岸，在那里一群龙，挥动着膜状翅膀，记忆的“翼指龙”活着并预先回忆起日常生活的时刻；还有——意识的事实：还记忆——什么？

我的瞬间——透视记忆：关于什么？后来记忆的内容出现：爸爸和妈妈、舅舅，还有姨妈，还有——其他人……但是这里没有爸爸、没有妈妈、没有姨妈……房子，我们住在里面吗？房子后来才出现；感觉成长？但是在这里，在无对象的感觉里，我以对象寻找——“记忆”：在对象的圈子，这些后来在梦里、小说里、现实里我都没有遇到；梦的记忆形象趋向消失，——就像视野的机能，失去观察的热度：这样的盲目，扩大瞳孔，看到悬浮物。我的梦感触到熄灭的目光是悬浮物，按习惯尽量地看见它。

可是——没有：他已经看不到。

这些梦指出，记忆的内容，但是这个内容——还是那样：记忆；在自己的梦的底部我找到记忆的记忆：（第一瞬间的）梦的梦。

稍晚点我吃惊地看到，关于记忆的记忆（闪电，没有任何内容地笼罩着我们）就是思想的文化，在瑜伽学说课本里称为沉思之路①，——由闪电变成了观测点，而且用延伸的思想能够把我们延伸到点前，——逃离的点转为精巧奇异的直线装饰图案；我们就——跟随着它；点以虚幻的装饰图案的神话七零八落地散开，就

① 在瑜伽学说里接受智力的、心理的、无力行为的体系，其目的——把人的心理引导到深处和集中的状态；伴随着身体的放松，不再出现情绪化，与外在的客体隔绝，即最终接近怡然自得的状态——宁静。

像穗状花序盛开；我们早忘记了意识的事实，——自己的往事在唱响。

延伸到远方的直线的装饰图案——从第一时刻到第一次眨眼之前——我们学会旅行到出生之前的世界；还——认识到飞行到白日世界和返回世界的大写的“我”：在“瞬间”之后我们阅读灵魂生命的事件，瞬间将幼稚的认识给我们宣称为死亡。

……………………………………………………………………

白日在我面前装饰图案特别清晰地出现：在里昂！

而记忆的内容，以前无内容的记忆，——壮大。

在里昂对自己说：

——“我已经看到这一切……”

——“这一切已经在我的梦前打开……”

——“可见：靠梦和现实活着，就如——梦境成了现实。”

——“我忘记了这个梦，同时潜入肉体……”

——“现在只是回忆。”

意识转移到奈丽；我们一起绘画装饰图案，用记忆的内容：——清楚地认识它们；符号对我们来说不是龙的童话，而是某个时候活着的翼指龙的现实。

可怕的是：繁荣的思想的装饰图案不由自主地被带到纪念册里，经历了孩子般的梦，但带有后果的意识：这不是梦，而是现实生活。可怕的是：我们在约翰大厦用木头雕刻出另一种装饰图案的花纹：回忆起它们的节奏，——

——在时代间距里

我们的肉体机能从其中脱落下
来，——僵硬的组织，我们还
第一瞬间复活，还继续复活：
而第一瞬间的内容，从肉体的
机能里飞出组成一群有节奏的
舞蹈；用自己心灵的节奏舞蹈
编织形象：石头、花朵和活着
的肉体：——

——第一瞬间——

——相遇：

肉体前与肉体的东西相遇，在那里肉体的东西就是长上翅膀的飞翔，而在肉体之外的东西——就是虚空世界的严寒；肉体的东西忍受无肉体的痛苦，似乎它就是飞向无处可去；而无肉体性忍受肉体的痛苦——就像窟窿，它们经过窟窿坠落：到无处可去。

……………………………………………………………………

我的初次瞬间，就如梦：梦中之梦；我的第二次瞬间——是噩梦，以前记忆生活在噩梦中；只是后来瞬间被点燃，它们成为我过去的回忆；它们把最初的瞬间排向我，瞬间就如闪电，割断了梦。

在对梦的事件的评价范畴里。

——“梦……”

——“从来就没有存在过……”

——“幻想……”

——“我们生活在土地上……”

——“我们没有飞翔……”

——“我们以自然的形式出生……”

——“我们吃……”

——“我们成长起来……”

——“我们出生……”

——“我们变老……”

我，就像鹦鹉，重复大人的话，忘记了记忆的事实：

——“梦……”

——“我们没有飞翔……”

——“我们以自然的形式出生……”

很晚之后，我才与看到龙形象的老人相遇：

“我——看到了：这样的两栖动物扑向我……”

这样——我，推翻了虚假的教义，被震撼——我坚持：

——“回忆起。”

——“我看到自己：我——在飞翔，越过虚空并回忆到，我脱离了家乡……”

这就是——意识的第一个客观现实；其余——都是胡说八道；当肉体被撕毁，他的部分，在周围到处抛弃，继续大喊：

——“从来就不存在……”

——“我以自然的形式出生……”

——“吃……”

——“死去……”

但是大写的“我”回答：

——“不对……”

——“一切——发生过……”

………………………………………………………………………

在浪花下，在呼啸的夜晚，两个瞬间在我的内心相会：站在“第七加康”轮船的甲板上：还有——停留在阴间的飞散，在那里飞翔，让肉体的生命在第一瞬间的真实里死亡；自然现象，就如星星的天空，包围出生和死亡；从死亡我们看出我们在出生瞬间前的旅途道路。

轮船：船尾——就是出生的瞬间，船头——就是进入死亡的尖端：我在甲板上开始跑来跑去：从出生到死亡；再向后转：在船头后面我看到，——

——浪花翻滚，形成层层白色浪峰；撞击到

甲板上；远方回荡着巨大的撞击声，随后

飞旋起巨大的浪花；月亮从雾中奔跑出；

磅光闪闪组合成装饰图案的花纹，——

——当经过意识的瞬间照耀之时，

我们绘出了这些装饰图案——

——在纪念册的页码上

形成了阴间的生命和出生前的世界生命，想大声喊叫一下：

——“我知道这一切……”

——“它不是幻想……”

——“这一切之后都出现

在幻想里……”

最初是记忆：——

——关于我如何在甲板上跑前跑后，如何空间的大批人群不安分：——

——强烈的磅光飞过船舷，在出生前的瞬间苦咸的海水亲吻着我的嘴唇：在甲板、桅杆、旧防水布、救生艇、“第七加康”轮船的管子上，所有的闪耀有节奏地编织着，而闪耀边形成的影子，在飞翔的眼睛前出现幻觉的轮廓，在那里前肉体与肉体形成交汇：我从肉体飞出，站在轮船的管子旁，或者经过窟窿（我的头顶）飞入到空，这个空被带边檐的帽子遮住；连接的时刻就是轮船管子排放的烟雾，瞬间形成一股股的烟团：作家列加诺伊出现在轮船上（世界源于空），他被冠名为奇特的词“纽卡斯尔”，在拿着伞的间谍的陪伴下；间谍原来是幻想（或者是龙）：但他内心记忆成长。严肃的短腿水兵沉默地走过，拿着圆头灯笼（哎哟，老的真理!），似乎他想说：

——“我不是梦。”

——“不是幻想。”

——“我是翼指龙。”

——“哎哟，你，从闪光中展开有刺的翅膀。”

——“在呼啸中、在意识的瞬间我们闪光……”

……………………………………………………………………

“瞬间”，在纽卡斯尔和卑尔根之间照耀着我，显露出隐秘的脉动；感受不到肉体机能的压力，在最初的“瞬间”里迸发出大量的思想：——

——“间谍”，突然抛下大衣，就像
龙伸出沉重的爪子，带着尖叫的汽笛声
一团团飞旋在辽阔的空间……

……………………………………………………………

我明白：我们以研究思想将理解、习惯、习俗、含义、背熟的词语的外壳摘下；——

——在我登上“加康”轮船之前

履历的现实生活就描写了我：小男孩、中学生、大学生、作家、“多纳什人”、“伦敦人”，最后，是“加康”轮船甲板上的一名乘客，从那里打开：——

——所有的目光：履历
从飞翔在宇宙的记忆开始：
强大的人群——
——就像飞
旋的、巨大的、强有力的大片浪花——
——再远一点：习俗、理解的法典、艺
术创作的，如榨取橡胶的习惯，——
——出
现了，就像意识生活的记忆，被
囚禁在潮湿的、卢加诺圆顶礼帽
下，在这里散步的人的记忆：这
个记忆关于生命的——是幻想：
记忆没有发生的事情……——

——到底发生了什么？——

——永远飞

向远方，飞到船头，潜入疯狂的浪花里，带到无可去处，用各种语言大喊：向右、向左、向前和向后……——

——我下到乘客休息室，躺到沙发上，墙向一侧：一切迸裂作响，门失望地啪啪响：向右、向左；一个脸色苍白的太太，摇摇晃晃，蹦跳起，抓住桌子；从脚下的地板她迅速地直扑向大门。

大门砰的一声关上。

灯摇晃：水瓶晃荡；我的脚高高地飞起，不平衡地摇晃；之后摔倒；心窝下空荡荡：晕船！

瞬　间

如果我把线引导到意识的最初点，我就看见，——

——未来履历的所有行为被熬制：成为浮起

的沫子；时间在这里熬制；我未来的作品形象在熬制；

它们的制作人在熬制；气泡——

——“扑哧”，“扑哧”，“扑哧”——

——世界空间的锅里沸腾着厚厚的书本；

列昂尼德·列昂尼德——

——“啪”——

——又裂开——

——“扑哧”，“扑哧”——

——一切结果

成为小气泡：在这里文章、在那里文章——

——“啪——

啪——啪”……重新裂开成为世界空间：——

——“扑哧——扑哧”歌德的世界观鼓起；歌德

协会的会员在沸腾的水面上奔跑：——

——“啪”——

——“扑哧——扑哧——扑哧”——

——鼓气——

——没有他——

“彼得堡”：阿波罗·阿波罗诺维奇·阿布列乌霍夫在他里面

像个圆球滚动——

——“啪”——

——也没有“彼得堡”：阿波罗·

阿波罗诺维奇坐在彼得巴甫罗斯科城堡里——

——“天蝎座”①、“缪斯

革忒斯”②、“昴宿六”③、“野蔷薇”④、“秃鹫”⑤——啪——啪——啪

——炸裂到世界空间——

——以弹珠

---

① 出版社，1900—1916年存在于莫斯科，属于谢·亚·波利雅科夫，瓦·雅·勃留索夫起了主要的作用。首次在俄罗斯广泛出版西方书籍，俄罗斯象征派的书籍。也出版杂志《天秤》、丛刊《北方之花》以及专门的艺术类作品。为了装饰书籍吸引了《艺术世界》的艺术家们。

② 莫斯科象征派出版社（1910—1917），由埃·卡·梅特纳组织，安·别雷和维·伊万诺夫亲自参与。“年轻一代”的象征派号召反对聚集在“天蝎座”出版社的“年长一代”的象征派。除了出版书籍，还出版杂志《劳作与日子》，文化问题的国际年刊《逻各斯》。

③ 出版社，由安·米·科热巴特金于1910年在莫斯科建立。主要出版文学书籍、国内诗歌，以及外国作家作品的翻译。

④ 彼得堡出版社（1906—1922），由兹·尼·格尔热冰和谢·尤·科别尔曼建立。出版书籍的同时，出版丛刊，既发表现实主义作家的作品，又出版象征主义倾向的作家作品。

⑤ 象征派的出版社，1903—1914年存在于莫斯科。业主和总编——宣过誓的代理者和诗人谢·安·索科洛夫（笔名——谢·克列切托夫）。“年轻一代”象征派小组、“金羊毛勇士”小组与出版社有联系。主要出版新流派的诗人的作品。

与我一起，飞行的珠子，经过几年巴尔蒙特醉心于此；

跟在其后：巴尔特鲁沙伊季斯[①]、伊万诺夫——

——其他的

履历的伴侣瞬间四散：——

——批评家、莫斯科

文学力量，戏曲界、品味、技能，

我内心隐约现出的一切；我内心还

能隐约现出的一切，——在这个意识的瞬间到处溅出泡沫。

……………………………………………………………………

——“请回忆”：

——我是年长的：——

——巴尔蒙特，

——巴尔特鲁沙伊季斯，——

——“天秤”

——“天蝎座”

——“摩羯座”

——“宝瓶星座”

……………………………………………………………………

墙向一侧倾斜：开始裂缝：“吱吱声”——可恶的、蓬松的、白色浪峰冲刷休息室的窗户；门啪啪地响，向右、向左；熄灭的灯泡

---

① 巴尔特鲁沙伊季斯·尤尔吉斯（格奥尔基）·卡兹密洛维奇（1873—1944）——拉脱维亚文学经典作家、象征派诗人和翻译家。1921—1939 年拉脱维亚驻苏联全权代表。

摇晃；水瓶摇摇晃晃；褐色的小箱子从方格里蹦出来，轰隆隆地飞起，画出一道弧线。

……………………………………………………………………

宽鼻子的、白发瑞典人穿着方格上衣用下巴给我指示：需要咖啡；“乘客休息室”已经挤满了人——早晨！——人声鼎沸：俄罗斯人、英国人、挪威人、德国人：

——“请递给我奶酪。”

——“我们什么时候到达?”

——“起初我们到斯塔万格。”

——“到斯塔万格。”

——“就是。”

——“为什么是到斯塔万格?”

——“我们紧贴着岸边：我们在掩体下行驶……”

——“逃避水雷?”

——“路过危险的地带……”

——“现在我们到达了。”

……………………………………………………………………

穿着方格上衣的瑞典人说道：

——“战争——这就是恶。”

——“是的，我的先生!”①

门稍稍打开，呼啸着刮进来一股风；信使美男子穿着大不列颠

① 此句话为德语。

大衣（军官，从伦敦带着使命疾驰）打断了两个犹太人与瑞典人的德语谈话：听到：“韦斯”和“一切正常”[1]，这些话冲着白发的先生说的：还相互之间：

——“啊鬼了！”

——“拴上不能用的汽车轮胎……”

——“上校果断地拒绝，发电报给彼得堡……”

——“您在想什么，从彼得堡下达命令：接受汽车

——轮胎。”

——“而破冰船发生的故事……”

我听着，左右摇晃；小水瓶跳起：我的双脚抬起；心窝下空荡荡：——

——那就是给我的一切：

在意识的瞬间！……

…………………………………………………………………

只有消灭沸腾浪沫中的一切悬浮物：“列加诺伊”的常礼服、大不列颠色的大衣、右边是穿方格上衣的瑞典人；“乘客休息室”的墙壁，还有——波涛汹涌的世界，这个世界拖拉着“第七加康”；——

——婴儿生活的浑浊痕迹，更加坚强，融合为雾，笼罩着我：我走近，用孩子的手触摸它：墙壁：在墙壁上——印花壁纸：我思想的装饰图案：——

——你们仔细研究装饰

① 此两句话原语为德语。——译者注。

图案创造史：将装饰图案线由简单些的形状（三角形、菱形、正方形）渐渐地向圆线复杂化，在这里将遇见你们：稍晚在一些装饰图案里出现了大多数的螺线；构成花瓣一玫瑰花结交叉的形状：花绽放；形成丰富的植物世界；从玫瑰花结中出现了可笑的牧神的面孔；从装饰图案世界雕刻出女牧神，就像花瓣，倒挂在细枝上；甚至女牧神在跳跃，在果实和花的世界中；——

——从装饰图案中隐约现出图景：孔雀、植物，

有翅翼飞行的虫子：——

——渐渐地绘出大自然风景，

我们所有人都知道这个，——

——在那里地质学家发现了地貌结构；艺术家把地貌结构规则又引导到装饰图案里；由长长的复杂的骨架构成人的骨架；在另一种解释里动物世界源于带花纹之线：——

——第一个来源——履历生活的真理；——第二个来源——心灵以节奏带融合到：肉体的图景。——

——谁内心记得第一瞬间的记忆内容，那个人就在装饰图案的外弯的凸面上、在节奏带上、在花和玫瑰花结里，清楚地阅读穿透我们力量的生命；那些装饰图案——就是沸腾的生命浪花；机能的构造——附生在船底上的甲壳动物、悬浮物：——

——墙壁，稍晚我在这些墙壁里看到自己，——装饰图案的印花壁纸的废弃物；——

——小男孩经常盯着壁纸：花、花笔体、花瓣为我复活并在夜里争先绽放，成为有节奏的舞蹈；我通过壁纸走到梦的世界；我改变了容貌，扩展到有的一切里；——

——结果人们教训我：墙壁就是规则：——

——“做了就做了吧。”

——“不做也就对了。”

——“散步吧。”

——“不要飞翔。”

——“童话是有害的。”

——“所有的蝴蝶——都是毛虫……”

——“从花丛中飞出的蝴蝶就是幻想。”

——“我们在上面行走的球，——就是土地。”

——“天空空荡荡……”

于是我就开始生活在“履历”生活的阐释里：——

——在 80 年代我出生：在这一年前我在父母的身上流动；在 90 年代在显微镜里我看到，出生之前的我是什么：“细胞”；现在在间谍的陪伴下我坐游轮返回俄罗斯，为了证明忠诚于语言，我没有发誓，但是这个誓言不是我说出的，是我之外给格雷的，——

——我漫步到俄罗斯，把我的外壳放在炮弹的发射下……而这个“黑发男子”，大概，就是奸细。——

——在那里，他凶恶地跳起来：——

——“哈——哈——哈”，——我突然爆发出一阵大笑，看着黑发男子：“黑发男子”惊讶地看了我一眼：——

——这就是大写的“我”看您——

——还有“乘客休息室”、桌子、坐在桌子后：白发的瑞典人、两个犹太人、信使、黑发男子或者奸细、晃动的灯，都在我眯起的眼睛里，形成一条直线，被羽毛的花纹覆盖着，瞬间交叉在眉毛上：有翅膀的手，代替漂亮的信使，在空中盲目地挥动，矜持；瑞典人在奔跑的玫瑰花结内原来是牧神的笑脸；形成了植物线的装饰图案，彼此纵横交错：叶、玫瑰花结、扇形花饰[①]表现为螺线形状；螺线已经成为与我一起腾飞的直线：——

——间谍、信使和瑞典人飞行，闪光，发出轰鸣的呼啸声：向右、向左；拍击着“第七加康”轮船的船头和船舷，白色浪花四溅，掀起巨大的波涛。

……………………………………………………………………

在那里，在漩涡下，清澈碧蓝的浪花潜入深处；一片片碧蓝的浪花坠落在船头；还有——远处出现巨大的石头；前行；凿穿的石头乌黑，影子清晰，红色的屋顶显露——

——“斯塔万格”。

---

① 花冠的装饰形式之一。在艺术里——装饰图案的主题（风格为扇叶形状）。

“我”在哪儿?

我感到跳动：醒来，回忆起旧的：——

——我生命的

跳动；因它一切凋谢，人们教的一切，——

——不是无缘无故地

来；在事件里我感受到另一种依附关系；我不能把事件的字母堆砌成词语：符号的图形还令人吃惊：那个瑞典人双手叉腰，成字母“F”，我另眼观察他；字母之间的联系消失：不能读出话语；为此我无目的地观望：但“在无目的的无底里——整个忘却”；美学观点的含义——无目的性！——思考未来。

而当我的思想还处在混沌时，从过去引出的某种东西铭记在个人内心，诞生了第二个现实生活：履历的履历；关于事实的记忆没有过，记忆加强：我等待它几年；这就是——

——到来：那时——

——无法向过去解释清楚的过去变得清晰。“事实”的事件，飞入生命里，就像在我的内心爆炸：无原因的、瞬间的爆炸阐释发生的事情；稍晚得出爆炸的原因，就是命运；生命之墙晃动；水雷，遭到撞击，将意识穿孔；出其不意的瞬间“拜访、招待意识”；如果用心灵潜入无原因的“瞬间”的内容里，那么——阐释它落后于他：——

——“你以自然的形式出生。”

——“但是你在飞……”

——“你将死亡。”——

——从来没有出生，你飞翔在

宇宙太空：——首先最奇怪的“瞬间”落到我身上和梦里：我，醒来，努力回忆失去的东西：在记忆里只找到记忆，而没有内容：飞行：害怕飞行；结果我抓住瞬间流逝的痕迹并辨识某种东西：加强记忆让我跨过意识的谎言，在那里意识消失，——

——除在克服无记忆里飞行的点

之外；点——就是加强关注意志：回忆。

回忆什么？

结果——回忆起来：

——“这已经发生过……”

——“我飞过这里……”

——“但是在返程。”

在返程里、在无意识的世界里忍受回忆意识飞行的痛苦，就像如果飞行就是飞入；而这个飞行——瞬间里——忍受痛苦，就像飞出：——

——忍受

“瞬间”——“龙”降落的痛苦，龙在追逐；我在降落时，讲述：人们回答我：

——“童话。”

但是我学会了有意识地在童话里行动，观察在“龙”里我的意识行为：我用意识的增长解释清楚记忆的打开：幻想的“龙”——“翼指龙”——是实情。

还在出生之前就与他搏斗。

在我内心噩梦的瞬间这样凝视在肉体前国家里大写的“我”的古老的行动；这暴露在紧张的思考里，——

——这样的树；

由“树”我制作了梭子；在无思想波涛汹涌的海洋里游走；谁在自己生命里不走上冥思的道路，那个人——他将是哲学家，——类似幻想者，从石头悬崖岸边观察大海：那个“冥思”的人，就是跨越大海的水兵——

——打开

冥思：飞行就是——就是灵魂进入到膨胀、增大的肉体里：冥思飞行——就是从肉体飞出：而噩梦的“瞬间”——就是轻飘飘的肉体颤抖，还不完全是牢固在一般肉体上；随着一般肉体的增大轻飘飘的肉体丧失行动的能力；在冥思里我们唤醒行动——以惨剧让轻飘飘的肉体行动：他们“脚跟向上”飞行；控制行动，我看到：飞行就是有意识的飞出到“狂喜”：——

——忍受

从悬崖坠落到大海深渊的恐惧；水兵，把船帆放下来，唱着歌离开岸边——

——飞出、飞进、狂喜、坠

落、恐惧——瞬间成为我的两个履历……——

——恒等式的

法律（在大写的“我”的“瞬间”里——就是大写的“我”）隐藏着两个时刻：飞行和坠落；到肉体的出生和从肉体出来——生与死——就是统一：既没有出生，也没有死亡；我的瞬间类似被击碎的世界；我内心的恐惧感转换为信心：大写的“我”——永垂不朽。——

——永生就是冥思察觉到的事实。

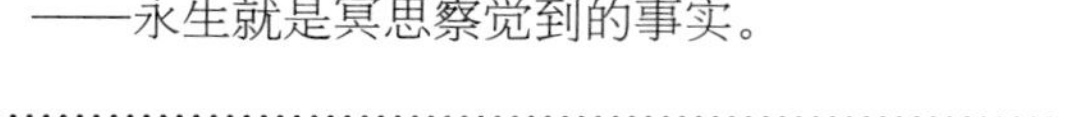

在“加康”轮船上完成了骇人听闻的爆炸：因我思想的行动，“乘客休息室”噼里啪啦响的墙飞散，在桌子后面坐着——

——白发的瑞典人，

——两个犹太人，

——信使，

——黑发男子，——

——在我眯成缝的眼神里，飞旋的

直线跳跃，我的冥思在沸腾，一切开始呼啸着飞旋：向右、向左：“扑哧——扑哧”——在我内心沸腾着宽阔的面貌：“啪”——裂开。“扑哧——扑哧”——“间谍”沸腾：胀裂——“扑哧”——

——所有狂喜、所有恐惧，先生们、劳埃德—乔治、间谍们

——我腾升的意识的沉淀物；它们落在我个人内心深处；

之后落到梦里，那时个人在话语的影响下在我内心飞散出

几个部分：——

——在大街上

小男孩们把我捡拾起来。

……………………………………………………………

在遥远的未来，在我的内心解释话语；现在我只阅读话语事件的字母；散装的铅字或我的外壳碎片，在周围落下：特务追赶，经过伯尔尼、经过伦敦在跟踪：——

——“先生”——

第二个大写的“我”，自我复活，习惯了舒适：

——“不要做那个。”

当我在卑尔根勇敢地爆炸自己的墙壁；还向外走出来；我的“房屋”被拖在我的后面，就像命运，具体体现为三年：一大群不幸、疾病、心绪不佳、躁狂症和战争；——

——在我的内心①爆炸

之后战争开始了。

……………………………………………………………

欧洲的惨剧和我个人的爆炸——就是那个事件；可以说：大写的“我”就是战争：相反：战争生下了我；我——就是雏形：我的内心——没什么可怕的：教堂，世纪之初。

也许，大写的“我”在我们时代是唯一的真正地走进到

① 关于在形成最高的我道路上的体验和危险。参阅对此的绪论。

——……生命到大写的“我”的跟前。我出现在瑞士、法国、英国，一点都不惊讶，就如战争的原因，产生了惊慌和恐惧。他们——感到惊慌不安……

完全相反：在瑞士、法国、英国，大写的“我”感觉自己就是战争：我的大写的“我”——是战争之源；在战前不存在任何大写的“我”。

没有：大写的“我”和“世界”——交叉在我内心。

在我的内心完成了与宇宙的连接；世界的思想集聚到肩膀前：只是在肩膀前大写的“我”——是自己的独特的：从肩膀升起了极其美好的圆顶。

我，用自己的手，将自己的颅骨从肩膀上摘下，高举起，就像帝王权杖一样。

斯塔万格！

在卑尔根前

沿岸地带绿色的山峰，还有——在侧峰上有冲刷的裂缝，从中化整为零地飞旋出一股股溪流，——沉浸在清澈溪水的闪闪发光和潺潺水声低语之中——沿岸地带飞行，带走山峰松树的蓝斑点和光秃秃树干散发出的树脂味。

峡湾延伸，到处是大海潮湿的腐烂味，峡湾被腐朽的木筏和原木堵塞；瞧轮船红色船尾划出一条线，咸咸的波涛和风的混合物咆哮着袭来；轮船开始颤抖，行驶到大海里，也许，在大海撞击到水雷；挪威人站着，挥动有护耳的帽子；管子里扑哧地冒出黑烟；我、同志挥动着手帕。——

——“哈哈，哈哈。”

——“旅途快乐。”

……………………………………………………………………

——“不要撞到水雷！”

已经被腐败的鱼拖走。

斯塔万格。

……………………………………………………………………

我们听从海水英明的低语声，观察着所有蓝色的东西，更加湛蓝；变得坚固——变得坚固；还出现：浅蓝色闪耀；彼此说，什么也没有：关于被微风吹拂的奈丽，年轻的清澈的面孔：在峡湾狭口处摇摇晃晃，通过，驶向卑尔根，——

——在所有

乘客嘈杂的、持续不断的、激动的说话声中，愉快的是，在平静的峡湾水面上没有遇到灾难；甲板上到处堆积起可折叠的黄色硬纸盒；太太们的淡黄色和蓝色披肩飞向我们；两个高个子的荷兰人走近，抽着烟；不说一句话，看着，嘴唇夹着烟斗：

——“啊哈。”

——“这就是他。”

——“他又出现了。”

——“一切正常……”①

——“在加帕兰特我们将告诉宪兵。”

——“在托尔尼奥……”

海水涟漪，静静地荡漾，陡峭的船头地带更加明亮，还有——周围都是石柱剥落下的物件；在天蓝色的早晨经过岛屿、岛礁，周围长满起伏不平的硬草，树脂味飘来；在我们的后面远处陆地现出：是红色的瓦顶——

——卑尔根，三年前从高处向我走来……

……………………………………………………………………

---

① 原句为德语。——译者注。

——“你——从空中向我走来。”

——“你——向我发光……”

——“你——行走到山上。”

——“神灵降临到我身上。”

——“你——就是巨大的法沃尔山脉……”

——“你——就是山脉。”

……………………………………………………………………

在这里“瞬间”撕碎一切，就像太阳的世界膨胀，照耀一切；巨大的东西从这里飞向我：住进我的内心，喜欢我；绿叶繁茂，在那里我待了四十八个小时，从这里我走过，带着预先给我规定的使命，——在神秘的夜晚；哥本哈根祝福我；我们庄严地行进到柏林：在我的那些夜晚——在赫尔希曼花园①——

——在莱比锡

附近，在尼采墓地旁，从那里我带来三片树叶，——

——之后——

——带刺

的部分掉下，在很多痛苦的日子里折磨沉重的多纳什人；在华沙和布列斯特②陷落的日子里我戴上这个冠；抬起自己的十字架；还——现在无怨言地把它带到祖国；在那里，竖起，把我的肉体交给监管的士兵；我悬挂在阿尔巴特房间中间，眼窝里呆滞无神的眼

① 耶路撒冷附近涂叶列奥山悬崖上的花园，在那里耶稣和弟子们曾停留过。

② 1915 年 7 月华沙被俄罗斯军队占领，而在 8 月，德国进攻维尔诺之后，进攻布列斯特。

睛凝视着——黑暗；就像坠落到棺材里，——落到花园大街：知道，我要干什么……

……………………………………………………………………

——“你——就是山脉，巨大的法沃尔山脉，——神灵降临到我的内心……发光，从空中下来：卑尔根！”

海水涟漪，静静地荡漾，轮船陡峭的船头更加明亮，还有——周围都是石柱剥落下的物件，把闪耀的光线隔开：穿过岛屿、小岛，土地显现，奔跑，奔向红色的屋顶；森林、倾斜的管子、麻绳在疾驰；还有——到处都是正方形的小房子、小房子、小房子，就如……挪威人的下巴，他们从行人和船长人群里盯着我们。

瞧——抛缆绳；架设跳板：于是——我们走出，互相推搡着：一包包、一盒盒、一堆堆关闭严密的箱子——大嗓门说着各种语言的人群：英语、俄语、瑞典一挪威语、丹麦语，来自各个国家的水兵、暗探、投机分子、小偷、商人、奸细扑向海滩。

……………………………………………………………………

各自在港湾步履艰难地行走。

大火烧毁了汉萨[①]商人的建筑。这里是——公共花园；这里是——熟悉的塔楼；气味：盐、风和鱼腥味。亮黄色的男士西装背心在蓝天中叫喊一声；看着无生气下巴的正方形；亨利克·易卜

① 指的是北德国城市属于汉萨贸易和政治同盟，以吕贝克为首，形成于 14 世纪，一直到 1699 年之前存在。在北欧他掌握着贸易霸权。

生[1]——走过，把老式帽子拉到额头；伸伸脖子、眨眨眼；扁平的鼻子碰到我们。

在车站我们把旧箱子送交保存，在卑尔根街道上闲逛起来；鼻子遇见我们：——

鼻子走过，抽着烟——

——大写的“我”，穿
着紫红袍，戴着荆冠，
肩膀扛着柏木十字架，
从“加康”轮船[2]——
沿着港湾：——
——到城市。

① 关于别雷与易卜生的关系参阅他的文章《易卜生和陀思妥耶夫斯基》（1905）、《亨利克·易卜生》（1906）、《意识的危机和亨利克·易卜生》（1910）。

② 在宗教诗歌“信鸽书”里，早就在民间流传的诗歌，传说亚当死后他的墓地长出一棵柏树。后来用柏木做十字架，耶稣就吊死在这个十字架上。这个柏木的依据就是发现了一本书，此书包括所有的宇宙秘密。

三年前

我从来也没忘记。

我们从克里斯蒂安尼亚到了卑尔根：三年前——在秋天落叶的季节；在多年愿望的果实成熟的日子里……在克里斯蒂安尼亚，丘陵伸展，山峰隆起；它们重叠在一起；森林高高耸立；连绵起伏的丘陵耸立在多山峰的世界，峡谷纵横其中，山峰坐落在连绵的山丘上；高耸的山峰阻挡了远处的视野；还有——有棱角的连绵山峰高高耸立天空；——

——已经在克里斯蒂

安尼亚思想飞旋、袭来；还有——干枯思想的生命

从脚下吹向我，在多形象的世界里意义耸立；我从

肉体的缝隙走过：以不可衡量的容量将真理扩展到

——远处洞察我的命运；——

——目标

也高耸，（作为巨人）升向天空

在几个世纪；这就是——

——某个古人，

从我高升的思想世界里升起——

——自己的容貌①，——

——看

看我的心脏；在心脏里倒映，就如在湖水里，——从陡坡；我看到大写的他在我内心的倒映；还落到自己本身，我触及容貌；——

——但是在心脏激荡
的涟漪中发光的容貌
在我的内心分解为许
多的闪光……——

——一片巨大的

森林，干树叶摇曳，显露出红色的嫩苔藓和干枯的无叶树枝；周围被一层层浓密的森林包裹：竖立着密实的时代巨石；还有远处重叠起伏的山峰——

——就像闪光的巨齿——

——在垂直坡上方

发白；显露；另一个；还有——在坚硬的厚物之上到处都是积雪的痕迹：在晴空中；周围发光并露出牙齿笑着，向有棱的垂直坡移动：冰溜蔓延，沿着昏暗的梯形地段悬挂着大批银色的冰溜子：——

——就在这时出现了修女，她了解

① 说的是别雷的最高的“我”。

宗教神秘仪式[1]的秘密；她，

穿过车厢，施泰纳在此沉思

（他乘坐的那个火车），谈论

那个，——就是：——

——几个世纪竖立的目标；还——

看到我的心脏：她的耀眼的目光

在分开心脏中间燃烧了我的太阳；

而我，一边坠落自己本身时，

没有坠落到自己本身；——

——在那个瞬

间检票员沿着车厢走过，通告，我们从克里斯蒂安尼亚到卑尔根升到最高点；裂缝夹住我们；还有——隧道的轰鸣声让人窒息；在飞出时——车厢悬挂空中，疾驰到车站前。

这就是——停车站；瞧，在不发声的光线里停住，车厢站住；人们从火车飞出：冲向蓝色的湖水中；双腿就像冰发出咯吱声；从车厢的窗户人们笑着；微微抬起在这里被抛弃的幼年的鹿角；胸中燃烧着臭氧；从胸中发出：

——“‘我’：认出你。”

——“你——从空中来到我这里。”

——“你——向我发光……”

---

① 指的是玛丽亚·雅科夫列维奇·施泰纳—西韦尔斯—冯（1876—1948）——人智学者，鲁·施泰纳的妻子。参阅安·别雷关于她的书《回忆鲁·施泰纳》（巴黎，1982）。

——“你——行进到山里。”

——“你——就是山脉。”

——“神灵降临到我的内心……”——

——但是——铃声响了；火车启动；火车在空中继续行驶；在轰鸣敲击的隧道里我们看到一股股烟；车厢的玻璃发出咔嚓声，飞旋；还——在飞出时落下；一道雪白的线——

——微微升起；告别地跟踪我们；还有——最后的山峰，就像轻飘飘的闪光的巨齿，在高处龇牙咧嘴：在闪亮的光点后面；——

——在那里在不清晰的远方下着雨；还有：有棱的坚硬的巨物高耸空中；耸立着没有积雪、没有草木的一块土地；一小块已经延伸到悬崖峭壁顶上：延伸；红色森林之线沿着梯形陡坡升起，给连绵的山峰穿上了自己的紫红袍——在蓝色的峡湾上空；我们飞向卑尔根；连绵的山峰世界变得柔和，连绵的山脊旋转；很快荒谬的屋顶跑向宏伟的山脉：——

——三年前我们就这样到达卑尔根。

风已经变咸。

这一切在哪儿?

卑尔根

现在卑尔根——是连接俄罗斯和英国的中心枢纽，坐最后的轮船跑到这里，为的是签证或者——获得一两百克朗的三等车费：——

——那个

笔挺、穿戴讲究的人戴着有边大圆顶礼帽的人，大概，是俄罗斯人，虽然居住在意大利；老的、有长鬓发的犹太人带着耶利米①的疲惫不堪的面容，迎着咸风眨眨红色的眼睛，水兵们、士兵们——都是俄罗斯人，——我听到家乡话，观察士兵的脸：多管子的“木星”轮船跟在我们的“第七加康”轮船后，运送一群逃跑到荷兰的俘虏：在卑尔根等待“木星”轮船；还——流传可怕的传闻：轮船沉没；它——就跟在我们后面；在倾翻的轮船侧面许多歪斜着的金属管子，涌现在港湾——红色的、绿色的、橙黄色的、灰黑色的，一大批桅杆；还有——某种麻绳；熙熙攘攘的人群人声鼎沸；一个圆头、短

① 耶利米——第二个所谓的大先知，预测耶路撒冷沦陷和教堂的毁灭。“先知耶利米的书”“耶利米的哀歌”“耶利米的行传”纳入《旧约》中。

腿的拉普人[①]走过，洗不掉泥土的鳞状疮痂发灰；人们看着无生气的下巴的正方形，长满了残落物层。

毫无疑问一个过路的独行者戴着水兵帽，穿着皮裤子，鼓起嘴，一口黄牙冲我大喊，吹起口哨：看到的不是一口黄牙，而是整个口腔；黄色的背心肆无忌惮地甩向被日晒的我们。

这就是商贸街：拥挤的人们，推搡着，高声说话；小店铺的窗户：在未冲洗的玻璃后面——干奶酪（或者——肥皂）变成绿色，这些玻璃后面一瓶瓶的红酒；在红酒后面——垒砌一堆散发臭味的鱼罐头；售货员匆匆忙忙，从这里跑到门洞里：满意的丈夫与不满意的妻子，妻子盯着游荡的帮工，就如……带刺的胡瓜鱼：用鱼的眼睛看。

“埃里克森”招牌，大概，就挂在这里；假如不挂在这里，这样——关在附近某个地方；记得，我读它：在哪儿——我不知道。但是我知道大概的地方：没有“埃里克森”的招牌挪威港口的大店铺就无法经营；还有——是：毫无疑问；他，“埃里克森”，挂的地方。
但不仅仅是悬挂：——

——但是在这里走来走去：宽大的耳朵上戴着耳环，抽着自己的烟斗……穿着黄色坎肩，上面晃动着镶嵌彩色圆宝石链怀表；还有——埃里克森太太：可爱的面孔，一头金发编起来；但——脸色发绿，看起来有病；比绿草还绿，比绿色的大

---

① 芬兰半游牧民族的代表，住在欧洲的北边（挪威、瑞典、芬兰），从事养鹿业、渔业和皮毛工艺。

海还绿，那个颜色——就是挪威的颜色；织布、编织物——都是这样的绿色，看起来病态；——

——姑娘们

——妇女们、寡妇们用这些织布打扮；

在胖脸颊上泛起一片绯红；红色头发

在编织的小帽子下晃动；眼睛里散发

出靛蓝色——

——蓝色和黄色时常与红带子

编织在一起——瑞典（许多瑞典人这样穿戴……）

是“埃里克森”，“埃里克森”——我不仅朗读它；我也看到它；这恰如其分，就如在哥本哈根大街上偶遇的“安德尔森”；而在丹麦小地方，生活得很快乐；在丹麦的“安德尔森”，就是在这里的“埃里克森”；他到处悬挂着五彩缤纷的招牌：在卑尔根、克里斯蒂安尼亚、哥德堡、特龙格伊玛……经商：树桩、缆绳、鱼油、鲱鱼；还有——腐烂的松树树干沿河飘荡：从拥塞到堵塞；这些树干在河中任意地漂流到无人烟的地方；在飞驰的火车窗口你们可以观察到：沿河漂流的松树树干——在堵塞前，从那里延伸出茎刺，呼哧呼哧涌向石头岸边，也许，芬兰人或者甚至是短罗圈腿的、灰白色圆头的拉普人，洗不掉泥土的鳞状疮痂发灰；——

——埃里克森仍然追随着挪威河流上漂浮的松树原木……汉姆生——写到它[①]：

---

① 汉姆生·克努特（1859—1952）——20世纪挪威和世界文学的经典作家。

我——看到它。

在卑尔根的小街道上回忆起最善良的法杜姆[1]；我们一起从事雕刻额枋工作：在瑞士；法杜姆从早晨在山丘转悠，走到圆顶下；晚上回到小房间：吃完饭；之后他到挪威去；他——是挪威人；在这里，在挪威他有——某个木制事业。

在这里回忆起法杜姆：还——想见到他。

他在哪儿？

也许，他就像埃里克森，沿着河流追逐；甚至，也许……关于法杜姆的想法，——突然中断：

——是，是，我的先生们……[2]

——"战争就是伟大的事业。"

我清醒过来；从饭店破损的门里，发出嘶哑的吱吱声，就如蚊子叮咬声，——走过来一个身穿夹克衫、嘴上叼着难闻的烟的人；他——向我打听：

——"梅尼·海瑞，"——不是吗？

——"您从挪威到俄罗斯[3]去吗？"

——"去当兵？"

我背对着他，——一个字也没有回答。他双手插进沾满油渍的裤子口袋，继续从我的背后问：

——"有可能给自己搞到护照……"

---

① 身份不确定。

② 原句为德语。

③ 原词为德语。

——“住在这里，在挪威……”

明显的事：他是间谍。

我什么也没有回答他，继续在街道上——在熙攘、推搡、高声说话的人群里；还——凝视许多窗户：在那些没有洗干净的玻璃后干奶酪变绿；在它们后面——一瓶瓶的红酒；在其之后——某条麻绳抖动。

那个——就是卑尔根：在这里，就像在伦敦，他们跟踪我；他们嘲笑我；各种语言高高的说话声传来：向右、向左、向前和在周围。

我觉得，这个穿水兵服和皮裤子的闲逛者，鼓起嘴，吹着口哨，一口黄牙冲我大喊：

——“瞧啊。”

——“他……”

亨利克·易卜生，将老式的圆顶礼帽拉到额头，应对这些无耻的叫喊声，他从破损的饭店门里迅速跳出来，冷嘲热讽地看着：——

——“在这里他某个时候接受花冠……”

——“在这里站着，就像沙皇，清洗自己的双手。”

——“也建起自己的教堂……”

还有——就是亨利克·易卜生转向老太婆——有刺的小鱼，——大喊，挥动着巨大的伞：

——“瞧呗。”

——“拖动。”

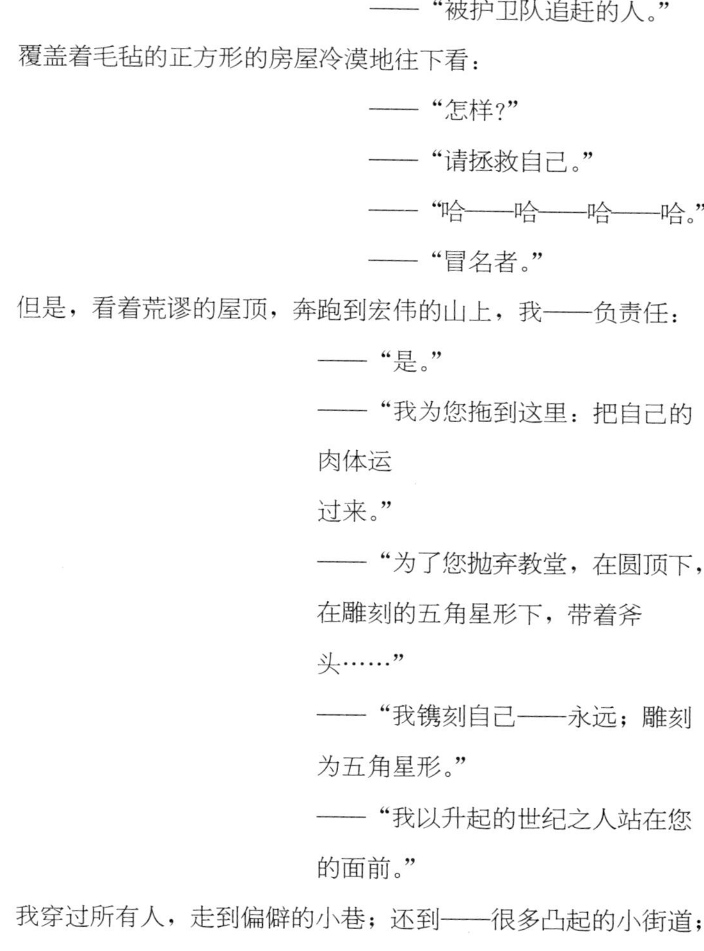

——“被护卫队追赶的人。”

覆盖着毛毡的正方形的房屋冷漠地往下看：

——“怎样?”

——“请拯救自己。”

——“哈——哈——哈——哈。”

——“冒名者。”

但是，看着荒谬的屋顶，奔跑到宏伟的山上，我——负责任：

——“是。”

——“我为您拖到这里：把自己的

肉体运

过来。”

——“为了您抛弃教堂，在圆顶下，

在雕刻的五角星形下，带着斧

头……”

——“我镌刻自己——永远；雕刻

为五角星形。”

——“我以升起的世纪之人站在您

的面前。”

我穿过所有人，走到偏僻的小巷；还到——很多凸起的小街道；我脑子里浮现出：——

——接受这个人群就是疾病：还有——混合意识的“龙”模糊地被拍摄下来——因为这个疾病；大概：这个疾病的“翼指龙”在我的内心：不是在我的梦里；那个——就是内心

生活的事件；那个——就是在肉体原子内部完成的重要的、宇宙行动的反光；我们自然地重生：我窥视重生；也许，一切取决于他的结局：匆忙地结束战争，欧洲的世界或者——欧洲的死亡：

——“是，是。”

——“这——就是大写的‘我’。”

——“大写的‘我’在我的内心。”

——“完成。”

耍弄一切的瞬间，与我在一起——在这里，三年前：升到我的天空；或者——穿刺：到无所去处和空。——

——徒弟这样

回答，他们用物质的“点”快速地进行“穿刺”：用“电子”；那个——用大写的“我”的意识的物质穿刺点；——

——“点”的世界

明显地描绘了现成世界的

图景；但是——只是物质

“点”的网状物——生物

体意识的毛孔——

——还有

难怪麦克斯韦在自己

的奇谈怪论里就谈到这个，点——就是“妖魔”①。

---

① 划分为麦克斯韦妖魔。

广　场

这就是那个广场——三年前我站在这里，看着山峰：就是它。但是现在山峰上布满乌云，透过乌云斜射出一束阳光：——

——在这里生命飞过，吹过；意义上升到真理膨胀的巨大容积里：膨胀到关于我命运的远处视野开阔的地方；我的追求目的在时代追赶中升起，据此我有时看到自己是在肉体的破烂小船上的漂浮物；有时——看到在月球上飞行，经过精神太阳的圆面，到达火星——半夜之前，为了在半夜，在教堂，或者肉体的幻景中停留，——又坠落下来：给自己建造了新的教堂，为了在那里，在肉体的教堂①，偷听到观点的作用——

---

① 我们读到施泰纳的《西方世界里的东方》（1909）系列第二讲："当人经历与门卫会面之后，他起源于所谓的初级世界的生物痛苦，即火、空气、水、土地生物。通过精神世界这个层面，弟子在告知的一定阶段源于创造性的生物体。未卜先知者把高的精神世界看作是基础的精神世界的生物体：精神的太阳。对一般人来说黑夜的最高点就是——半夜。未卜先知者在这个点上看到二等创造太阳的神灵，他看到半夜的太阳。这是内心的状态。不应该把它当作与通常临时的半夜相同。"（第113卷）根据宗教学说人在死后，在自己的精神里上升到这个二等的生物体（精神太阳），在那里采取与他新的化身相关的决定，并开始去实现它，即按照一定的规则构建自己的肉体（星的和轻飘飘的）。

——大写的“我”——

——在

个人的心脏里：还

看到大写的他在我

内心的反映；还——坠向自己本身：——

——在心脏搏动的涟漪中

光辉的容貌在我的内心分解为成百上千万个光泽。

……………………………………………………………………

就在这个广场里：我的目光飞速扫过：微微隆起的山脉，一望无际的辽阔；还——在那里；在模糊不清的远方下起了雨；还在那里升起了沙沙作响、火红的十月森林，连绵的山峰世界穿上了自己的紫红袍；还有——施泰纳走到那里；在那里有棱的巨石高高耸立空中：山顶没有积雪；被风吹起的黑色常礼服、带宽边的黑色圆顶礼帽清晰地出现；这个苍白的面孔浮现出来，带着幽深闪光的眼神，能够从黑色变成宝石——镶嵌在那里的山峰上。

但是施泰纳叫我不是到他那里去，而是到我自己那里去。

……………………………………………………………………

我的肉体被雕刻得宏伟壮观：在他身上电子点精巧奇异地交织在一起：在原子集中里、在分子的群体中、在细胞机体的城市里、在巨大民族生物组织里，形成人类机能组织的细胞：大写的“我”——就是宇宙的沙皇，高于构建肉体的整个人类，——沿着肉体世界的阶梯攀登上宝座。——

——我的人类的宝座位于许多眼睛之间：在

额头下；还有——野生物群疾驰，构成创造的宇宙的蠕动，在肩胛骨之间，骨腔膜奔跑，一边大喊并扑过去：

——“走了。”

——“走。”

——“我……”——

——大写的“我”走，用意识金色的灯照耀自己的道路；从夜晚的雾走到洞穴：我周围都是——穷人、不瓜分和吞吃自己的野生属类：这个种类中——

——我的不理智的创造——

——带着金色灯在溜达：一群低个子、兽脸的丑八怪跑出来，手拿斧头和矛：还——因灯光而撤退；我把灯放在地上；明亮的、影子晃动的圆圈时隐时现，严肃的面孔发灰：

——“你到哪儿?”

——“到家乡。”

——“你的家乡在哪儿?”

——“在那里，就在空空的教堂竖立的地方。”

——“我们所有人在等待，大写的他从那里走过来。”

——“您的大写的他是谁?”

——“上帝，从天上降临的，

——具体化身到你们中的。”

——“您——在等大写的他？……”

——“我们在等待：你没有看到大写的他吗？……”

——“是，这——就是大写的‘我’。”——

——宇宙沙皇现在高高地坐在宝座

上：在额头骨下的眼睛之间！

……………………………………………………………

在神秘主义发展中就是震惊的瞬间，当“我”的意识——从宝座上被推翻到头颅下，被撕破为成千上百万个意识：它就看到：由肉体编织的巨大的肉体升起，在巨物的顶端完成了大写的“我”的宇宙意识的交叉；无数个大写的“我”让自己忍受不可思议的痛苦，类似意识的快速消失：——

——“我”——

——“我”——

——从手指

大声喊叫起来：

——“我”——

——“我”——

——“我”——

——从脚下大声喊叫起来：

——“我”——

——“我”——

——“哀鸣”

——从膝盖，

——从胡子，

——从前臂，

——从大脑，

——从肝脏，

——从脚掌，

——从肩膀——

——宝座被打碎；意识的统一被淹没；我的内心没有大写的“我”；我的头脑里空荡：被弃的教堂；大写的“我”——戴着荆冠，穿着紫红袍，举着灯，开始游荡：沿着自己的血管；在血管的交叉处大写的“我”跑来跑去，学会盲目吞噬细胞[①]的人群意识：还——接受杆菌的侵袭——不，可怕的企图就是熟练得知这个。

……………………………………………………………………

显然——在这个野蛮的、没有意义的世界里：——

——我如何能落到这里？

吞噬细胞——就是圆头的野蛮人，他腿短而罗圈，脸上洗不掉的脏泥点发灰，愚笨地看着；还——听着，靠在矛上；从王位上坠落到一堆肉体器官的大写的“我”，给活在我疲倦的肉体器官内部的野人——给他说：

——“‘我’——就是你们身体的一切。”

——“我将我的降临的大写的‘我’给你们。”

——“请中断他。”

——“请照射光吧。”

---

① 单细胞生物体，或者特殊的细胞，能够夺取和吞吃活的细胞和死的部分。

——“那个光的大写的‘我’——在你们中间。”——在十字路口我徘徊：空荡荡的道路延伸：——

——所有的一切：小细胞，

小细胞，小细胞，小细胞：

小房子!!!

在小巷子间一群狡猾的杆菌奔跑着，撞在一排吞噬细胞目上；通过毛细血管的网状物吸引某种不适的白细胞[①]：从胃部的深处，到……心脏的太阳广场；发蓝，一切——变成蓝色的：进入到自己的静脉；我又什么都没抓到，因为不可能明白：这是怎么发生的，大写的“我”陷入自己，飞越虚空，将它与小细胞意识隔开；还——成为小细胞：——

——那个小细胞感受到，大写的“我”降临在小细胞之上？——

——大概，小细胞感受到，空气的光射到头顶上，穿透了这个头顶；有人，古老的和可爱的人，从时间的深处落下，就像被衣服裹着一样，被芬芳的热气笼罩；而且——活得长久；在躯体的外壳下；大写的“我”还——痛苦：圆头、罗圈腿、短小的细胞；大写的“我”——看到恐惧：这些小的细胞没有任何好处地分解；在吞噬细胞所在之处，他们的群很快就集聚在那里：没有大麦粒的我性、卵细胞——笨拙地跟在我后面滚动；我们滚动：从静

---

① 人和动物血液的白色细胞（白色血液的细胞），能够积极地进行阿米巴变形虫的运动。在机体里吞吃细菌和枯死的细胞，产生抗体。

脉到静脉：到动脉：再从动脉，——我们又落到静脉；吞噬细胞现在对待我，就如对待兄弟：——

——“你到底是什么？”

——“我——就是你们的世界。”

——“哈——哈——哈——哈——哈！”

……………………………………………………………………

这样延长到瞬间，当把我带到教堂，耸立在心脏、火红的广场中间；在“教堂里”——看到一本书，这本书被人们视为圣书：还——看到的是：——

——我在那里看到列加诺伊：书上的标题引人注目：大写的“我”：我——读完：话语从行间飞向我；明白，这是他们画的，——我不能；但是——感觉到：在自己吞噬细胞的神灵里；这就是——整个透亮的她。是，我在这里开始了：我就是从这本书里飞下来：——

——在大写的“我”的身上，在找到的这本书里，我，老的、发白的吞噬细胞：开始了。

……………………………………………………………………

按照意识的级别：电子的、原子的、分子的和细胞的；其次，按照器官和组织接受的等级，情感、激动、思想，——我就像在布满红色血组织的阶梯上行走，——走向神圣的宝座：高高地、高高地，在我意识的深渊之上——

——在我的潜意识之上——

——我站在我的王位上；把大写的“我”的深渊

重新取名为大写的“我”，

“我——就是大写的我!”

……………………………………………………………

震惊的瞬间是在发展，当大写的“我”意识到自己就是世界的主宰者：洗干净圣洁的双手，大写的“我”沿着红色的阶梯行走，在它上边把自己赠送给熙熙攘攘的世界：——

——从宇宙的高高的宝座的阶梯上走下来，它把浑身

发光的大写的“我”赠送给选民，并观察他们：

——“约安。”

——“彼得。”

——“卢加。”

——“马尔克。”

——“犹大。”

——肉体的器官现在总共

十二个——就是：

——大写的“我”。

——还有，途经十二个

王国走到第二个级别，

经过圣徒们，大写的“我”发光地

赠给宇宙的所有城市——

——大写的“我”。——

——其次：下到第三个级别，大写的“我”把自己赠送给

在大写的“我”身上蠕动的所有小细胞：——

大写的“我”。

所有人——都是自由的：宝座——是我的智慧——空空地立着；所有人——雄伟的：在被创作的肉体的耶路撒冷：——

——“我，我，我，我，我，我，我，我，我”，——在强大的宇宙空间里用低沉的声音唱出：——

——犹大出卖我！

……………………………………………………………………

我——被一大群可怕的人吊死在十字架上；还有——为了缔造的世界的自由重复了那个已经完成了的东西：那个——就是“世纪之人”的道路。在这个告知大写的“我”的道路上——自愿地远离智慧（或者在额头下的教堂），按照等级我疯狂地走下来，也就是说——发疯了，进入关闭很严密的潜意识的地狱，为了从关闭很严密的、地下的地狱的最黑暗的黑洞中将巨大怪物群引出来——到智慧的光明；那个——就是可怕；那个——就是苦修：永远地成为发疯的人。从发疯——大写的“我”的鸽子下沉到无理智；发疯的人照耀被推翻的“我”——黑暗的潜意识；用自己的金色灯照耀太古的怪物；成为怪物之后，——给翼指龙打开成为人类的可能，它缓缓地飘向我们：那个——就是意识的杆菌。——

——“我”用火炬

照耀杆菌。

……………………………………………………………………

但是大写的“我”感觉是世界的沙皇，并在那个瞬间感觉到世界的沙皇——在个人的肉体里被野生杆菌的潮湿折磨，在肉体的狂怒中死去；听到狂怒的喊声：

——“哎哟！”——

——“折磨吧！”——

——“折磨吧！”——

——“折磨吧！”

这是多么的可怕啊！——

——源于意识

生活内部似乎就是在我内心发生的：这就是外貌令人尊敬的路人走过；——用手指指向你；这——一切源于内部，——在自己的肉体里（在动脉的交叉路口中间把你吸引到你的心脏，用手指指着）；外貌令人尊敬的路人用手指指向招牌；意识的移动迫使自己站在他面前，双手交叉；而指向的手势服从意识——是彼拉多的手势；还有——

——“你们看这个人！”

——听到；你也开始仿佛看到

这些形象：鞭打、掌嘴、穿上紫红袍、十字架；还装到棺材里。

……………………………………………………………………

疯 子

在这里，从这里某个时候我被高高抬起，之后他们却长久地运送着我的疲乏的肉体：沿着柏林和莱比锡；但是起初肉体被带到克里斯蒂安尼亚，经过覆盖着冰的绿蓝色巨物的房子，然后经过哥德堡[①]和马尔默[②]的小房子运送我的肉体；肉体爆炸，被神灵压得要破裂；还有照耀我的光伴随着刺疼感：从头顶到心脏并——针刺着心脏；还——笼罩着恐惧，这就是，肉体没有支撑住；为了肉体不可挽救地完成：

——我感觉，——没有准备：不可避免地等待我的
行动以切除手术反映在我的肉体里；任务刚刚
被布置：用清晰的思想——从内部能控制；而
从外部——用明亮的闪光；——
——沉重的肉体下坠；还——唤起了害怕；

---

① 哥德堡（别雷的笔下写成——戈登堡）——瑞典的城市和港口，在约塔河河口汇入卡特加特海湾。别雷和安·屠格涅娃于1914年7月10—18日完成了从瑞士到瑞典的短期旅行，去听鲁·施泰纳的讲课。

② 马尔默——瑞典在厄勒海峡旁的城市和港口。

帮助我的喜欢的生物体，——刚刚抬起，就脱离，飞离了我，留在躯体的缝隙里；令人厌恶的无感觉的寒冷吸干思想——在心窝下。——

——在这个时候在从卑尔根带来的报纸上写到，渔船失事：在卑尔根附近。不是渔船失事，——而是我的肉体：大写的“我”——在肉体里发疯了——

——时而灵魂向未来大声喊叫：还有
——现在未来实现；我，死亡的人，
在一群野人中，在自己内心，从自己
本身出来的，——洗净麻木的双手：
——“哎哟，奈丽！”
——“你——听着！”
——“你——是否听到？”
——“他们又在求救。”
——“在卑尔根附近船沉没。”
——“哎呀，——救救我！”
——“奈丽……”

模糊不清的轮廓、影子，爬过卑尔根的小街道，打开的大门龇牙咧嘴，许多金属管子歪斜着；还有——某条麻绳：

——大写的“我”——

——在火红色的地幔里，在这里，在飞尘
中间，我拖拉着柏木十字架，横梁损
坏了我的肩膀，——哈哈大笑中：

——“喂！”

——“请救自己吧！”

——“你，冒名者！”——

——我也坠下：——

——圆头、短腿、罗圈腿的拉普人走近十字架；没有洗干净的泥土的疮痂发灰，把柏木十字架带到我面前……

……………………………………………………………………

非常奇怪：——

——我在大地各个国家漫游（瑞士、法国、英国、斯堪的纳维亚）；还——同时——

——开始漫游在被创造的宇宙空间上；我——就是终身的犹太人[①]：——

——大写的“我”——

——在巴勒斯坦亲临许多事件；听从他的话；站在十字旁；看到升天的旋涡；从那个时候我在大地各个国家开始漫游：——

——我用金色的灯照耀我的道路；从雾中我敲击窗户玻璃：

① 中世纪传说的英雄阿格斯菲尔，被上帝判决有罪的人，他终身没有定所而永远流浪，因为他没让耶稣在前往各各他的半路上休息。在文学中许多作家关注关于阿格斯菲尔的传说：约翰·沃·歌德，德国浪漫主义诗人克·冯·舒巴尔特和尼·莱瑙，法国浪漫主义作家欧仁·苏等。

——“您没看到吗？”

——“还没有埋葬吗？”

——“没有召唤吗？”

——“在这里没有完成晚餐吗？”

——而周围聚集着：瑞典人、

圆头的拉普人、跑到荷兰的俄罗斯俘虏；还有——他们还在询问：

——“你到哪里去？”

我回答他们：

——“到那儿，您去不了的地方。”

老的瑞典人，向拉普人眨眨眼，又问道：

——“请问，你的家在哪儿？”

我回答他们：

——“我的房子，就在没有您的地方，伪君子们。”

……………………………………………………………………

我内心两个家乡交叉，道路交叉——沉重的十字架；我的家乡——就是各民族的兄弟情谊。

是否找到她？

……………………………………………………………………

我看到自己穿着紫红袍走在卑尔根：在拉普人……的伴随下——到火车站。

……………………………………………………………………

这就是——火车站。

有条纹的箱子、许多马车、搬运工、售票处，遇到嘈杂：——

——是，我要离开。——

——到哪儿？——

——到太阳城：到家乡。——

——我的肉体，发疯了，疾驰，就像一团飞翔的、沉重的、无感觉的东西坠落深渊，——坠落到张开大嘴的坟墓洞穴；拖拽着他，就像用裹尸布裹着的玩具，——被拖入墓地。我的神灵非实体地研究我的思想世界里滚动到家乡的肉体，这些思想——就是太阳的反光：大写的它的反光！

但是在坟墓里，在家乡，在俄罗斯土地，我的肉体就如一枚炸弹，炸毁了所有存在的一切；而且——一股巨大的浓烟腾升在俄罗斯城市的上空；我的烟柱子顶头就是大写的"我"的标记，或者就是太阳，从高处落下：落向我！

又在火车上

夜已走过：雾在盆地里弥漫，形成山脊状，向外推延；从坚硬的石头上垂直地吹来一阵风，将腾起的雾吹散；雾飘飘洒洒地四处飞落；我们，放下车厢的玻璃，在站台上听到：山里的风呼啸；当我们抬起窗户，窗户被钻石般的雨点遮盖；覆盖红色苔藓的高原斜坡没有变得光秃和粗糙，仅溃烂的蓝色苔藓发绿；在这里，一层层的浮冰发光，高原的顶端在某时看着我，现在高原被一团团乌云遮盖，穿过乌云黄色火车的红色灯光不停站地奔驰到发灰的潮气里：被穿透的雾的潮气。

所有发灰的墙壁，就像迅速增大的黑洞跑到跟前，——威胁着；极小的松树枝在我们头顶上空晃动；窟窿吞吃我们；而且——开始咀嚼：用金属的轰鸣声：隧道。——

——瞧火车飞驰，就像飞驰的眼睛；我们就在，在模糊不清的——灰蒙蒙的一切中，又看到轮廓；窟窿又在吞吃我们：

——“咕隆——咕隆”——金属的轰鸣声不断地灌入耳朵；还有——

——“轰隆——

轰隆隆”——

——飞奔到发黑的潮气里：

——“哒——哒”铁轨的链条敲击着我们；又在疾驰——“轰隆隆”地进入隧道；似乎：从地狱来的敲击声；于是——倒塌：陆地和山脉——因悲痛；山丘裂碎；模糊的黑洞在雾中隐约出现，在那里我们疾驰；从那里浓雾纷纷地升起；把我塌陷下去的黑眼睛的肉体拖到深处：出生前的黑暗或死后的精神困苦，飞到深深的底部，倒下，一俄里长我的肉体带着蓬松飞扬的头发，轰鸣声在我耳边响起；眼窝里的眼球迟钝地凝视肉体——凝视雾和黑暗：

——“你——认识自己吧。”

我觉得：打击坠落到生命上；我“履历”的全貌毁灭；首先我清楚一切——在我的内心和我的生命事件里，——现在出现了雾；而透过雾隐约现出可怕的张开大口的洞穴，在没有它们的地方形成的洞穴；旋风停止——从过去闪光的瞬间飞到这些“窟窿”里；夜走过一切；陆地泛起皱纹；在缝隙里第一个意识的瞬间躁动不安；它，就像无眠的眼睛，穿过生命的旅行跑到模糊的童年时代，在冲破的雾里以黑洞的形式跑近；窟窿——就是第一次瞬间的记忆！——吞吃；还有——周围开始轰鸣，在日常的现实中这种轰鸣声不存在，但是却在现实下存活；我就从那里疾驰而来；瞬间脱离深渊，清晰地看到远处的山脉；撕破一切的瞬间又吞吃了我。

履　历

“瞬间”的联系——就是生命的增长；但是以“瞬间”的记忆——无意识在沸腾。在意识上隐约传来我某个时候在莫斯科诞生的消息；从雾里不断想象出生的地方；但是我忘记，在哪儿出生，当幻觉的迷雾散开，就发现：出生的地方——是个窟窿。

还没有：不是生命的历史：我在阿尔巴特大街的房间住过，中学、乌莫夫的课、书籍，——还有——镜子，它将生命反射到上面。

我喜欢梅特林克①，是因为他的世界让我背离开他；五岁的男孩，我送来梅特林克的世界；阅读《盲人》②，过了十一年我回忆起：“神甫”带我到密林地带，而且——把我抛弃：在角落里。

梅特林克没有影响：他——回忆……

让我想起巫婆的形象：童年的感觉里不断增长知识力量；鬼就是线条，世界把我当成线条；鬼——就是线条：它就是影子：

——“不要靠近：我——在这里。”

---

① 梅特林克·莫里斯（1862—1949）——比利时戏剧家、诗人、随笔作家、象征主义理论家。

② 莫里斯·梅特林克的一幕剧（1890）。

——“我在等你……”

——“我吃了你。”

离开去追逐线条，萨莫[①]住在那里，为了阅读“查拉图斯特拉”[②]，我回忆起，鬼——就是我的本体：而线条——消失。

自我意识回忆起那个时刻，我阅读查拉图斯特拉[③]的安静时刻：因这个时刻每天夜里大声喊叫：我童年噩梦的幻景（幻想的“龙”）成为“翼指龙”的国家：记忆。

尼采就是对过去的记忆：我竟然不知道自己的内心，在“查拉图斯特拉”时刻集聚在尼采的意识里，我不理解——他；在阅读中我的生命的生命出现，就像记忆生命一样，记忆在我的内心流逝到出生前；——“影响”——个人行为的记忆；还因为文学影响的历史只是在返程中被阅读。

十六年所阅读到的东西交叉为一个点，把闪光点抛向前和后：一切——更清晰地被回忆起。

门咔嚓作响；于是——熟人闯进——“来自敖德萨的黑发男子”，我们与他一起离开法国边界；我在巴黎将他丢了；他乘坐“木星”轮船来到卑尔根：

---

① 萨莫（？ —658）——斯拉夫人的领袖。——译者注。

② 查拉图斯特拉——又译为琐罗亚斯德。古代波斯宗教的预言家和改革者，生活于公元前 10 世纪至 6 世纪前半期之间。是拜火教的创始人，出生于米底王国的一个贵族家庭。20 岁弃家隐居，30 岁受到神的启示，他改革传统的多神教，创立琐罗亚斯德教。——译者注。

③ 指的是弗·尼采的著作《查拉图斯特拉如是说》（1883—1885）第二部分《最安静的时刻》中的一章。

——“啊！”

——“您？”

——“又？”

他放下圆顶礼帽，把箱子放在我的脚下（似乎不是伦敦、卑尔根、勒阿弗尔、巴黎），——他开始用自己的闲聊夯实脑子，破坏了记忆之线；某种东西隐藏在裹着华丽上衣的肉体里，并长久地有分寸地进行谈话：

——“这是什么时候发生的事？”

——“梦——做梦。”

似乎：关于他在伦敦旅行的故事被拖长、拖长、拖长：我努力明白：不能。他零星的讲述暗示着某种发生的事情，把人牵连进去，这个人暂时还没有涉及；但是如果在哈帕兰德[①]对他进行审问——申明，这属于个人的盘查；我可以猜到一些，间谍坐车走——在我们的火车上。政府得知这个并——在我们中间寻找间谍；他给我使个眼色：

——“嗨哟哟！”

——“瞧你说的……”

——“没什么的……”

线条，我内心我的力量为此而搏斗，或者“鬼”——作为伴侣出现：为线条而来，听从于安静时刻的记忆：来自敖德萨的黑发男子，突然住声，顺从地躺到我面前的小沙发上。

---

① 在挪威和瑞典间的边界地方。参阅后面的一章“从哈帕兰德到别洛奥斯特罗夫”。

回忆交叉为一个点：我——想起。

……………………………………………………………………

春天的一天；乌鸦从冲破的雾里飞离邻居房屋的屋顶：又飞到邻居的屋顶：远处耸立着瞭望塔：在塔上——有个球：这是某个地方失火；我——是个博览群书的少年，写日记，在父亲的办公室里逼迫——自己悄悄地阅读书籍：我思考“哲学问题”。翻译薇拉·约翰斯顿的《奥义书的片段》①。我开始阅读。

我理解巴克尔②的一些事情：也理解斯迈尔斯③的“节约”中的一切；我甚至阅读卡尔苯德尔。

而这个——不清楚。

我看着窗外：乌鸦——是否在飞？烟雾从屋顶飘散到另一屋顶：飘散到屋顶后；明白，这样描绘一团团的烟雾，——不能。话语也这样，从一行话飞到灵魂里，穿过灵魂——到哪里？看——这就是，明白，用词语的秘密描绘，——不可能；我面前我的灵魂——整个是透明的：它在宽阔的话语空间飘荡。

脱离开阅读：乌鸦——是否还是乌鸦？哎哟，完全是另一个东西：不明白，看不见……

看到、听到的——一切，都是以前不知道的，放在灵魂里的

---

① 印度最古老的哲学著作片段——《吠陀经》（公元前2世纪中至1世纪中）。印度宗教哲学的一派叶檀多派的宗教哲学体系的主要来源。别雷还是大学生时，在《心理学者哲学问题》杂志上阅读了《奥义书的片段》，对他产生了巨大和重要的影响。

② 巴克尔·亨利·托马斯（1821—1862）——英国历史学家和哲学实证主义者，社会学地理学派的代表。主要的著作《英国文明史》（1857—1861）。

③ 斯迈尔斯·塞缪尔（1812—1904）——英国道德学家。

一切：

——“我——就是老的东西。”

曾经是。这在何时发生的？我在这里开始了；往下飞：从这个不可理解的话开始。

没有，从来也不进入这个房间：没有，没有将巴克尔展开。没有成长，没有学习；还没有——没有出生：出生、成长、理解、阅读——装饰图案：我看到许多的微型；这就是认识自我的一切东西，那个意识自己的东西，——在洞察一切的书籍面前拉开帷幕去认识；拉开帷幕——就是家乡。

在出生前我活在《奥义书》里。

……………………………………………………………………

从那个时刻为记忆而出生；还就像个疯子，没说一句话地站着；我感觉目光奇怪——没说一句话，生下了我；从那个时候我感觉到这个目光凝视着自己；看不到飞速目光的面孔：之后遇到了面孔。

眼睛凝视了十二年，在说：

——“你。”

——“没有死。”

——“没有出生。”

一次在我的生命关键的瞬间，人们给我两张相片，画着两张脸（那些相片的重版本可以在德国神秘学者哈特曼[①]的书皮上看到）。

……………………………………………………………………

① 《在行家》，莱比锡，1901。

硕大的月亮又从云中浮出：已经完成了转折；火车的红色的眼睛从雾中飞驰而出；窗户上倒映出连绵的山峰，山峰上耸立着沉重的石头，泛白；在中途的停车站树林呼啸。

看到拂晓前的乌云：穿过松树——到松树；还——飞到松树后面；我在英国不明白的东西，在这里我明白了：——

——卑尔根、莱比锡、
布鲁塞尔、多纳什城、
伦敦的感受：——
——光、飞越、
遭受闪光的痛苦，
可怕、恐惧——
——它：
——那个——不是那个——
没有他，而它——还是存在；
与我在一起的一切，就是
在我内心的一切：——
——水

愤怒，大海上暴风骤雨，——寂静的声音：

——“等着我。”
——“在幻景里……”
——“等着。”
——“我——炸裂”：

我也从幻景里回答：

——“太闷了……”

——“我——就在山峰上。”

——“但是——我等。”

叔本华[①]

《奥义书》用温暖充实了灵魂，就像灌满了圣杯。

稍晚年代的追求在阅读的瞬间产生，充实了整个灵魂，就像灌满了圣杯；两只眼睛反射出温暖——在灵魂之上的眼睛：

——年代的追求由阅读的“瞬间”
产生；抛下光辉——
——在过去的：不透
亮的远方；——
——还
在未来的不透亮的远方
抛下光辉：——
——在那里崇高的
吠陀闪耀着最明亮的

① 叔本华·亚瑟（1788—1860）——德国非理性主义哲学家，唯意志论的代表。别雷从中学时期就开始对叔本华的创作感兴趣。《从奥义书到叔本华——从1896—1897年的一段路》（《为什么我成为象征主义者》，第428页）。

经文——

——在超意识里

——抛下光辉——

——在我的内心深处抛

下光辉，从那里威

胁迫害者——

——《奥义书》：

最明亮的经文！——

——在我的无意识里意识以网状升

起：——

——我翻开——

——叔本华——的书；

还——

——顺从了他。

………………………………………………………………………………

所有的人会说：——

——我的哲学品味被叔本华铭

刻——

——哎哟，不是：——

——稍晚年代的追求是由

吠檀多派[1]：由《奥义书》铭刻；而且——

——叔本华就是一面镜子；

他的身上反映出吠檀多派，

正如在吠檀多派里反映出

的——

——大写的我，本人。

………………………………………………………………

叔本华流露出交叉虚空的感悟：关于意志的叙述——

——哎哟——大写的“我”。

大写的“我”——遭受极巨大的痛苦，正在坠落：到肉体里——

——肉体的坠落，

引力、星球体的形式和大写的“我”

在其中的盲目的痛苦——

还窥视——

——清楚地相信，那个——这样：

我阅读完叔本华，正如叙述自己……

………………………………………………………………

无家可归也理解我，就像记忆过去：打开了虚空的舒适，将人

---

① 印度宗教最普及的教派。主要的作品——《吠檀多派佛经》（或者《梵经》），智者跋陀罗衍那（公元前4—前3世纪）被认为是该经典的作者。根据此学说，最高的现实和整个存在的原因——是永恒的无法创造的梵（精神开端、无个性的绝对），而存在的目的——“解放”，达到原初的个体和精神的同一。

的精神脱离开肉体世界还——接近家乡。

以阅读叔本华燃烧我内心的巴克尔和塞缪尔；毁灭清醒的道德规则：这样我越过线条：

我了解到，——

——在被暗示的规则隔板中没有快乐；我活着

感觉到：在“瞬间”收缩之后在我房间的

墙壁上出现一个裂缝：——

——返回

家时（从学校），我关上房间的门：屏住呼吸跑到空并感受那方面的知识……

……………………………………………………………………

如果将沸腾的生命之流注入时代的脉搏，那个时代就如音乐奔跑；生命的事件以五线谱的符号出现；音阶在空间发出另一种音响，我们理解的音响；生命的音响，构建在音阶上，从家乡升起的形象急驰而过；——

——音阶歌颂

涅槃①的顶峰，而响起旋律——由吠檀多派……

……………………………………………………………………

晚上，做样子，准备功课，有时发现，我做了几个小时，顺从空或者倾听旋律的飞扬，从远处传到我这里；我发现，付出——是

① 佛教的中心概念：心理状态被内部存在、缺少愿望、完全获得满足感和自给自足、绝对地脱离外部世界充实，并将其作为人追求的终极目标。

一种特殊的科学：飞向声音；——

——所有这一切给我提出“如何生活”的

问题；还在飞翔中和在

声音里我学会了记忆：——

——“是，这——发生过。”

——“在哪儿发生的？”

——“增大”——

——还增大、增大，掩盖了其他所有的；抛弃了

科学；这就是教育家指出的，教育者 Б. ——成为懒汉；

他成为——

——悲观者、佛教徒：——

——费特[①]也

从此成为他喜爱的诗人。

……………………………………………………………

我，被生命折磨得疲惫不堪，生命教我，——成熟：在虚空里。悲观主义是无认识地过渡到富裕的、沸腾的生活，它在我的内心之后很快显露出来。

① 参阅别雷对阿·费特诗歌和哲学的评价：“唯美主义就如直观，作为从意志解放的形式成为沉寂几百年的哲学的结果，费特为此流露出这种心情，成为吠檀多派情绪在俄罗斯大自然中的表现者。”（作品集《回忆布洛克》，莫斯科，1995，第 206 页）

我的“告知之路”

如果让中学生 Б. Б. 清楚地指出发展阶段，Б. Б. 会描绘出——

——自己的规则从日常的生活中
飞出：
第一项：——
——世界——就是梦，
第二项：——
——应该把它
传播，
第三项：——
——在粉碎的世界
豁口上就是某物：
空；最终——
第四项：——
——是，——家乡……

至于第一项（世界——就是梦），我应该注意到那个，在我内心它形成了我的品味：从契诃夫——到梅特林克，从梅特林克——到布洛克的诗歌；从日常的生活、打哈欠——到进入空的日常生活（“乌鸦”飞进嘴里）；空——就是陌生女郎；她是美妇人，或者是智慧：索菲亚①。还不是乌鸦飞进，而是：《吠陀经》② 飞进；一群乌鸦——被告知的形象③；是，智慧飞进我的嘴里：结果张开嘴：说出关于智慧的话语。

---

① 是弗拉·索洛维约夫哲学主要的概念和神话题材成分：最上层照耀世界的灵魂。关于索菲亚和世界灵魂的学说在弗拉·索洛维约夫的《俄罗斯和全世界教堂》（1889）书里得以更全面地发展。这个神话题材成分，等同于弗拉·索洛维约夫的“索菲亚”诗歌，在“白银时期”的俄罗斯文化中起了非常重要的作用（与此同时别雷的诗集《碧空中的金子》和《交响乐》中提到亚·布洛克的《美妇人诗集》、弗洛连斯基的《柱子和确认真理》，在这些作品里推测，在圣经索菲亚的理念里包含着福音书圣母玛利亚的先决条件等）。“索菲亚”的神话成分广泛地吸引了当代研究者的关注：参阅谢·阿韦林采夫在《哲学百科》上发表的文章“索菲亚”（莫斯科，1970，第5卷）以及在集子《古代俄罗斯艺术。蒙古入侵之前的罗斯艺术文化》里的文章“论基辅索菲亚教堂中心柱子壁龛上的题名”（莫斯科，1972），弗·尼·托波罗夫在集子《文本的结构》上发表的文章“再次论古希腊形式，词语的来源和内在含义”（莫斯科，1980）。

② 是古印度文学的古代文献（公元前2世纪末一1世纪初）用古吠陀语写成。吠陀文学由颂歌、祭祀的形式和神学论文构成。

③ 参阅施泰纳的系列讲座“神秘主义、神智学、哲学世界的人”：我们可否谈论关于东方基督教之前的神秘宗教仪式或者关于西方的神秘宗教仪式——他们有同样的明确的级别。因此对所有的神秘宗教仪式一些表述有一个意思，一些表述大概可以用以下的形象描述：最初的灵魂，希望达到某种告知的级别，接近神秘宗教仪式的实质，应该忍受那个，可以被称为“与忍受死亡痛苦相邻”的东西。第二个，就是灵魂应该为此忍受痛苦，就是“走过最初的世界”。第三个，在埃及的和其他的神秘宗教仪式里被称为“半夜的太阳的直观”，随后而来的就是“与最低的和最高的神会面”。

“乌鸦”——是告知的第一个等级。教育信徒们通过特殊的神秘祭祀、经过强作用的象征和艺术戏剧演出认识死者思考的东西。信徒从死者那里获得某种记忆并能够发展这个记忆。“乌鸦”用睁开的明亮的双眼承担了研究当代性、与人需求和大自然现象熟悉的责任。“乌鸦”的责任在于体验外部世界的各种环境，企图忍受很多的痛苦，与当代事件同甘共苦，因此，对死者、对那些寻找现实生活的人来说，他成为名人。第一等级被告知的人特别符合这个，那时就像站在较高的台阶上这已经丧失。（死者“巴巴罗萨”在山上教导乌鸦；伟大的卡尔在萨尔茨堡被乌鸦围住——在这些传说里包含了天主教主教的法冠神秘宗教仪式的回声。）（施泰纳，第137卷）

第二项："给我的世界——我们废除"——这个论题吸引了尼采和易卜生。

我的第三项："空——就是某物"：空就是佛教；某个东西的具体表现，它——就是音乐的音阶；旋律——就是象征：我成为象征主义者。

最后，第四项："是家乡"：看作在音节线上的生命繁荣，公正地研究神话和童话；故事从音乐中得以丰富。

生命的规则以瑜伽呈现给我：我培养出理论的"孩子"、象征主义者、叙述者：这样，"列昂尼德·列加诺伊"——由我创造出，就像个"木偶"，鼓着气；刺穿"木偶"："扑哧"——就破了。

……………………………………………………………………

我——就是这样的少年：我的严肃的面容已经结束。

我作为中学生给中学生们布道：禁欲生活——就是责任；练习的道路（意识转换的经验）——是社会事业；我已经——是没有分量行为的专家。创造新世界的工具——就是艺术；还有——我开始偶尔写些东西。

所有的人会说：

——"他就是从法国流传到俄罗斯的美学浪潮的表达者。"

但是——

——不是书本确定品味——而是由事件确定的：由摧毁墙壁的《奥义书》确定的；找到生命的粮食，把培养的长方桌布展开：粮食就是大写的"我"——出生前的；隔断被建立起来：——

——死与

生，——

——从

那个时候我观察事件：用虚伪的眼睛。

我用虚伪的耳朵听他们。

两个履历连接在一起就是象征，摆在人类面孔前。大写的“我”——象征你们：你们看着我，教会我；大写的“我”所有的行动都是象征性的：堆成字母，听得到的讲述；而大写的“我”——

——我的大写的“我”勾勒一句接着一句的话……

我的演变——掌握所有人意识痛苦隐秘的经验；这样：我作为尼采之前的未来的尼采哲学的信徒，与悲剧的悲观者尼采见面，就如与家乡见面。

之所以成为悲剧者，是因为“第一瞬间的事件”又重复发生。

悲观主义破灭：一切沸腾起来。

——“我——就是。”

中　学

中学的世界以世界沙漠出现——

——班级、班级、课堂，——

哆、瑞、咪、发、嗦①，——

——如果把时代脉搏注入许多的课堂里，课堂的时间本身就像音乐音阶奔跑；用五线谱符号构建代数公式：注入来自家乡的形象……但是——

——没有意义的词语和温习的作业把我变成一个白痴；一大堆的公式将我杀死；布满了许多个“一起”（时间的、原因的、倒转）② 以及——到现在我还记得：

“粮食、放牧、头发、终结”，

“火、石头、灰尘、灰烬”③。

---

① 即 1、2、3、4、5 五个基本音阶。——译者注。

② 原词为拉丁语词。

③ 以上两个句子原文为拉丁语。

努力将第一年中学生活与这一切清楚地联系起来；钟表，就如鹅卵石，坠落、坠落、坠落；我——被杀死的受难者。我坠落在虚空的交叉点上。

接连不断的碎屑：我在划分，还有——零、零、个位，零、零，个位，零，零，个位；我划分、划分；也许，还——在那儿补充划分；还是——零、零，个位，零，零，个位；——

——我在划分：虚空的不舒适性

使我离开一般的世界；时间

就像音阶已经奔跑；而数字

——零、零、个位——就像

五线谱符号平放着；由他们

写满一个笔记本：还有——

——我做什么？——

——我得到

令人不快的分数，因为我在拉丁语课上学数学：——怎样？

——何时，

——另一个的，

——给另一个的，[1] ——

——不能够想“怎样”，当德拉古[2]法典

解释时：——

---

① 以上对话原文为拉丁语。

② 德拉古（德拉科）（公元前 7 世纪）——雅典执政官（希腊城邦最高官员）。于公元前 621 年编纂一部法典，该法典特点就是严酷刑律（由此得出“德拉古措施”）。

——在危险的无边无垠的涟漪里（“零、零、个位、零、零、个位”）鸭子划来划去（怎样、何时、另一个的、给另一个的、哪儿、去哪儿）[1]，德拉古以严格的法典追逐鸭子。

在第四堂课时头脑里乱七八糟：在第五节课上——我睡觉或者——极大地痛苦，变成呆板的、疲乏的、头脑不清的肉体：——

——在中学、在拉丁语课上经历了肉体坠落、肉体的引力，星球体形状以及形状里大写的“我”盲目的痛苦：——

——回家。

……………………………………………………………………

我返回家；我的头发涨；头——是圆球、星球状；脑袋里大写的“我”发光；街道上变黑；落下灰蒙蒙的小雪；而且——发青、发青；在青色里——又发黑；乌鸦在某个地方呱呱地叫：乌鸦从冲破的乌云里反复地飞到邻居家的屋顶：飞到邻居家的屋顶；远处耸立着瞭望塔；我明白是巴克尔和塞缪尔的房子；在中学——我什么也不明白；明白点燃；还有——烟，浓烟，一团团腾升，带走敲击我脑袋的一切，——穿过街道：落在邻居的屋顶上——又飞到屋顶上：在屋顶上公猫在打架……

……………………………………………………………………

① 此句原文为拉丁语。

我知道，在家里不会快乐；点燃狭窄的灯，——开始做功课：零、零、个位，怎样、何时、另一个的、给另一个的，梭伦①法典，德拉古法典，德拉古的法律……——

——还是什么也不明白，因为不可能明白：从五点到六点；六点——吃午饭；从六点到八点：不舒适追赶我，就像记忆以前；在我房间的墙壁上——都是窟窿：进入空；我坐了两个小时，倾听从远处传来的钢琴的弹奏声；也提出那样的问题：究竟如何生活？

喝茶。还有——睡觉。

入睡时，我知道：已经在八点半——人们将叫醒我；将会——寒冷、不舒服、黑暗：将是——星期二（今天我们这里是星期一，圣诞节之前，也许……）：——

——星期三，

——星期四，

——星期五——

——每个周三、周四和周五：我走街串巷——去上课；我看到小雪；可能，还看到——乌鸦；听到快速奔向课堂的脚步声，

用“知识”填满了我的头脑：车轮在贫瘠的脑袋上轰鸣地行驶；沉甸甸的资料打破了我的头，肩膀背着背包：——

---

① 梭伦（公元前 640—635 或约 559 年间）——雅典执政官，实施加速消除氏族制度余孽的改革。雅典的传说中将梭伦列入七大智者的行列。

——零——零——个位，

——零——零——个位，

——零——零——个位——

尽管是零，尽管是空！滚筒式的知识不断地划分！——

——我就是

第二个学员……高等学府①，为了保护我自己避免毫无意义的危险，脑子规划生活的规则；第一项：世界——就是梦；第二项：可能苏醒；第三项：它，苏醒，——在音乐里；最后，还有第四项：在音乐声中飞翔——就是生活的目的；——

——我的容貌

结束；决定变得成熟：给阿－涅夫斯基②学校的学生们布道——生活的规则；是的，我——就是怪事的专家：按外表同学们给我评价，说我自我发展小说，皮萨列夫、车尔尼雪夫斯基、别林斯基……有一次他们问我：

——“喂，你读了谁的作品？”

读了卡尔本特尔和斯迈尔斯；但是我回答：

——“《奥义书》。”

——“谁？”

---

① 从1891年9月至1899年5月安·别雷是列·伊·波里万诺夫私人中学的学生（普列奇思坚卡拐角和小列夫申斯基胡同，普拉托夫的房子），得到社会认可，该学校在莫斯科是最好的学校。参阅别雷的关于中学年代的一章“中学的年代”（在边界）。

② 指的是谢·亚·阿尔谢尼耶娃女子中学（普列奇思坚卡，佩尔菲利耶娃的房子）。

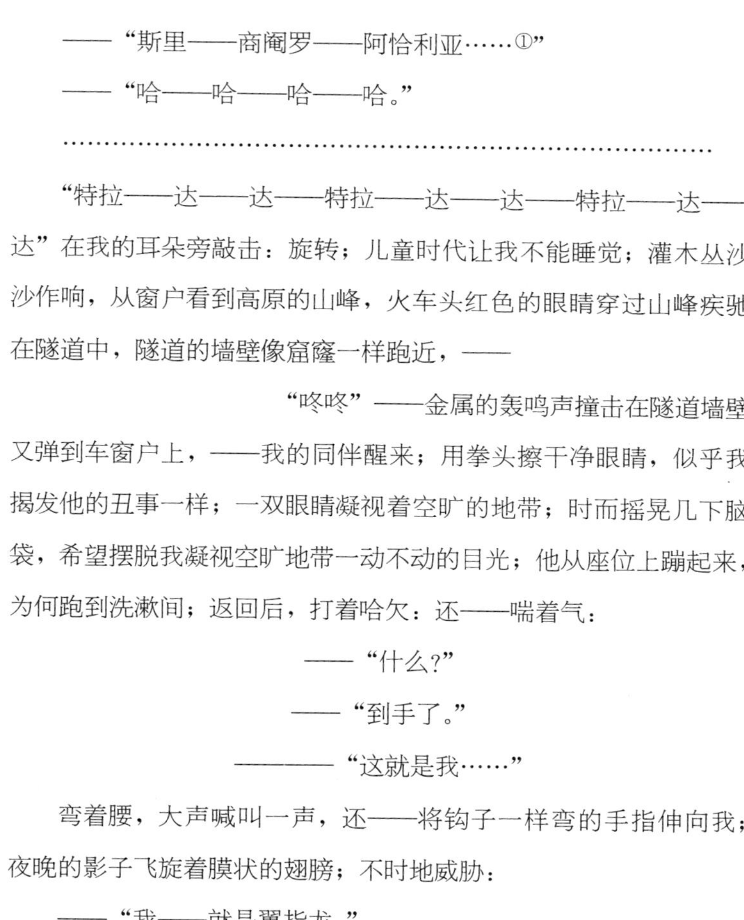

——“斯里——商阇罗——阿恰利亚……①”

——“哈——哈——哈——哈。”

……………………………………………………

“特拉——达——达——特拉——达——达——特拉——达——达”在我的耳朵旁敲击：旋转；儿童时代让我不能睡觉；灌木丛沙沙作响，从窗户看到高原的山峰，火车头红色的眼睛穿过山峰疾驰在隧道中，隧道的墙壁像窟窿一样跑近，——

“咚咚”——金属的轰鸣声撞击在隧道墙壁又弹到车窗户上，——我的同伴醒来；用拳头擦干净眼睛，似乎我揭发他的丑事一样；一双眼睛凝视着空旷的地带；时而摇晃几下脑袋，希望摆脱我凝视空旷地带一动不动的目光；他从座位上蹦起来，为何跑到洗漱间；返回后，打着哈欠：还——喘着气：

——“什么?”

——“到手了。”

————“这就是我……”

弯着腰，大声喊叫一声，还——将钩子一样弯的手指伸向我；夜晚的影子飞旋着膜状的翅膀；不时地威胁：

——“我——就是翼指龙。”

——“我能够抓破：用膜状翅膀上的牙齿……”

① 商阇罗（猜测约 788—820）中世纪印度宗教哲学家、印度教的改革者；总结前发生的所有正统体系。别雷根据维拉·约翰斯顿的《斯里—商阇罗—阿恰利亚，印度智者》一书的章节熟悉他的观点，这部著作发表于杂志《哲学和心理学问题》，1987，第 36 辑（1）。

他——开始讲述：在伦敦——您设想一下……想让它，而——真正的：身份，暂时还没有涉及它，——真的：他就乘坐这个火车，到俄罗斯。

——“啊！”

——“那又怎样？”

——“试一试！”

我笑着，给他讲述，我在箱子里带着秘密的东西，在伦敦他们想抓我——您设想一下，而——身份，暂时我没有涉及它，——真的：属于盘查范围。

——“喂。”

——“喂。”

我嘲笑；那个人——他跑到洗漱间，那个人，打着哈欠，喘着气，还——将膜状的翅膀上的锋利牙齿伸向我。

这就是他，钻到角落，忍受胃失调的痛苦，——深陷的眼球看着黑洞和雾；他打着哈欠，张开黑洞似的大嘴；愿意提供给他一小瓶清爽的花露水，——在到巴黎的路途中他从我这里把那瓶花露水抢走，当时……是……

……………………………………………………………………

因杆菌的作用第一瞬间“翼指龙”在我内心发作起来；我用吞噬细胞包围它：

——“喂。”

——“喂。”

——“试一试！”

卡兹密尔·库兹米奇

卡兹密尔·库兹米奇·佩普①——我们的拉丁语老师——

——（我重新遗忘）划分出：他把脑子切割成许多小块，在脑子缝隙中填上鹅卵石并在裂开的头颅骨下面夯实桥面；中学生的一天以响亮的拉丁语结束；还带着车轮的咯吱声在大脑桥面上快速滚动；拉丁语老师重新抽搐着，沿着大脑行走：褐色的、满是丘疹的手臂，就像小鸡的萎靡不振的爪子，——

——开始敲击着冰冷的、粉碎了的额头：——

——“是，拉丁语是非常响亮的课程……”

——“非常响亮的，”——拉丁语老师笑着，用坚硬的骨干的手指敲着我的头：——

——“课程非常响亮。”

---

① 拉丁语老师的姓名被别雷在长篇小说《彼得堡》（1914）里用于塑造幻想的形象佩普·佩普颇维奇·佩珀。

——“原木。”

——“头。”

——“鼓。”

全班哈哈大笑。

还——显然：在这里几亿年在我的上面完成了幻景的行动；在全班同学面前“卡兹密尔·库兹米奇”无休止地对我进行无申诉的审判，羞辱我：

——“不是头，——而是原木……”

——“是鼓……”

…………………………………………………………………

这就是那个时期我的梦：——

——钱币巷子[①]飘洒着

雪花；晚上：点燃灯；灯光从门缝里射出；前方——什么人也没有；突然——迎面——

——从呼啸的暴风雪里走出了人影：

一个、两个、三个——

——更多——

——四个

他们——五个、六个、七个：更多；

一排人影迎着我走来；所有的人——

所有的人穿着熟悉的毛皮大衣；所有

① 巷子的名称在17世纪获得。在这里出现了钱币印刷钱币雕刻大师的镇子。

的人——戴着一样的帽子——

——我也——

知道：所有的人影——都是卡兹密尔一库兹米奇：——

——一个，

——两个，

——三个，

——五个，

——六个，

——七个，——

——九

个，二十个——

——哎哟，他们很多，很多；夜间许多的

“卡兹密尔一库兹米奇”袭击我。——

——“您好，”——我说，——

“卡兹密尔一库兹米奇们。”

他们也回答：

——您好！

——您好！

——您好！

——他们走过去。

我醒来了。

……………………………………………………………………

沉思：对我来说梦没有过去；意识工作才开始：在梦里——我

们的卡兹密尔、我们的库兹米奇增加为多个卡兹密尔·库兹米奇；那个——就是羞辱的秘密，他隐藏着这个秘密；他没有它——“大写的我就是大写的我”：但在狮子那里没有狮子的大写的“我”；这个大写的“我”就是狮子的种类；是某种的大写的“我”——在肉体之外狮子的大写的“我”；它就在种类里；狮子生狮子；拉丁语学家“库兹米奇化”；他们的人数——增多；在周一来了一个，周二又来了另一个：——

——这样我的内心决定与折磨

我们“意志”的欺骗斗争；我把这种盲目地闯到我们的“卡兹密尔·库兹米奇”的意志转变成我的概念；意志的客观化——就是柏拉图意思[①]的思想——艺术作品（那时我思考叔本华的美学）[②]；于是决定把“库兹米奇”变成美学的思想：我开始在“卡兹密尔·库兹米奇”的大写的“我”的意识之上积累经验——

——在拉丁语课堂上眼睛坚定地凝视在

卡兹密尔·库兹米奇的头上；还——想象一下：他忍受不住这个目光：他开始不时地微微皱皱眉，就像专心地看着动物一样，晃头并摆脱目光。但更奇怪的是，从那个时候我不再受拉丁语的折磨，停止抨击我。还没有——不说恶毒的话：

——“原木。”

——“鼓。”

---

① 根据柏拉图的学说，思想——就是永恒和不变的理智理解的事物原型，这个事物是存在消失和变化的。爱的思想（爱神厄罗斯）——是唤醒精神的原因。

② 根据叔本华“解放”世界的美学通过无私的美学感悟达到。

——“头。”

但是我——毕竟：咬住钓鱼竿，努力观察他脑后三俄寸半完全空旷的地带；他——

——从椅子上跳起，从课桌跑到窗户前；又从窗户跑到黑板前；我就想：

——“啊呀，啊呀！”

——“我可不是。”

——“每天夜里在小巷子里增多。”

——“还——啊呀——库兹米奇化。”——

——他

有时把十分恐惧的目光投向我，并用褐色的手指威胁，抬起他硕大的乌鸦般黑的鼻子；但是，一只手抓住邻居，——伸出手指——指向空荡的地带：在他头上三俄寸半：

——“您瞧。”

——“哎呀，哎呀！”

在这个无意义的胡闹之后，为此被人们从班里赶出来，我往下看：只是在那里，当他看到我就像摘下窄小的马龙头一样摆脱他揭发的目光时，他实行报复：他很快蘸了一下羽毛笔，开始在记分册上画圈；我做鬼脸回应他，高傲地扬起眉：

——“什么?”

——“那又怎么！”

——“试一试！”

而他，继续威胁，放下羽毛笔：没有打分数。

我——赢了战斗。

战斗重复：而且——在最荒谬的手势和符号里组成了完全不明白的东西：我、全班，他都不明白。我发现了自身的天赋：把卡兹密尔·库兹米奇赶到死胡同，突然发现这个天赋，把它作为保护自己的工具：——

——因为天主教徒们的胡说八道，毁坏了我的大脑；我不想搞清楚胡说八道，但是——更大的胡说八道嵌入到我的内心，就像充满创作灵感的最洁净的激流；我注入拉丁语课（哆、瑞、咪、发、嗦）生活脉搏的行列里；五线谱符号构成了“怎样”和“哪儿”的形象；让卡兹密尔·库兹米奇的一堆无意义的词语离开自己，进行划分：让站在我面前的卡兹密尔·库兹米奇穿上正式的燕尾服，由我创造的关于……卡兹密尔·库兹米奇的神话；获得了宏大的分数，或者——特殊的个位，在小零里：还有——接连不断的分数：——

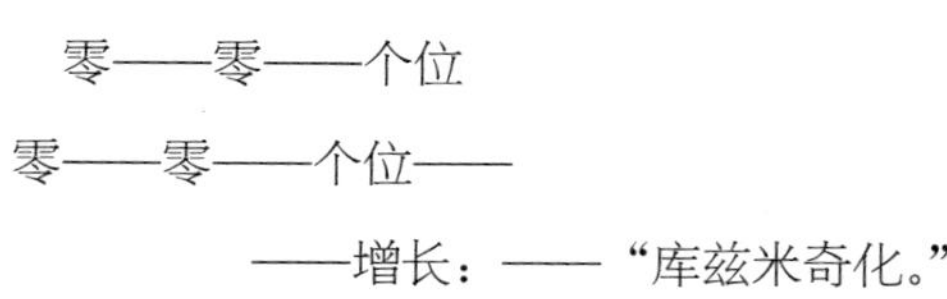

零——零——个位

零——零——个位——

——增长：——“库兹米奇化。”

……………………………………………………………………

这就是那个时期的梦：——

——我匆忙沿着圣女的田地[①]奔跑——跑去找叔叔耶尔申，他居住在那里；但是我读到签字，——我不相信眼睛："别林德里科田地"[②] ——签字清晰；我跑到绿色的小房屋前；在铁窗户格子里站着：卡兹密尔·库兹米奇·佩普；我——按门铃；"卡兹密尔一库兹米奇们"接待了我；他们——在个人的奇怪事业协会；代表个人：

——"维达拉伊·列乌洛维奇·别罗洛克……"

——"什么样的课程?"

——"别兹洛克……"

——瞧奥季加·佩列维奇·阿凯在杜达·利沃维奇·乌普洛的陪同下走来；我——想：

——"奇怪的人物。"

但是——他们报告：

——"奥卡卡·奥卡卡维奇·奥卡卡。"

---

① 按照新圣女公墓的名字命名——在莫斯科哈莫夫尼克、乌萨切夫卡、鲁日尼克之间的地区。对别雷来说是进行宗教仪式的地方，他的父亲和亲戚朋友都埋在新圣女公墓(现在别雷也埋葬在这里)。与拜访这些地方相关的印象，在别雷的小说和诗歌中多次被描写到。

② 瓦·雅·勃留索夫在1903年的作品《日记》里证明年轻的别雷痴迷于创造幻想人物的日常生活："布加耶夫来我这里几次。我们谈了很多。当然，谈到耶稣、耶稣的感情……然后谈到半人半马、狮尾猴、它们的存在。他讲述，沿着莫斯科河的那一岸边，如何到新处女公墓寻找半人半马。独角兽如何在他的房间里游荡……然后别雷分发熟悉的卡片（名片)，似乎他摆脱独角兽、狮尾猴等……别雷自己感到不好意思并开始相信，这是个'玩笑'。但是对他来说首先这不是玩笑，而是一种创作愿望的'氛围'——这样做了一切，假如这些独角兽存在。"（瓦·雅·勃留索夫《日记》，莫斯科，197，第134页）这个氛围更饱满地塑造在系列小说《形象》里，纳入别雷的第一部诗集《碧空中的金子》。

——“什么样的课程?”

——“米乌斯”——和“卡兹密尔·库兹米奇们”开始解释：——“米乌斯”意味着“公证人”，或者，也许，——“吸血鬼”；“档案管理员”——已经不是“米乌斯”……

那么——“阿凯”又是什么?

——那个人醒来，完全感到遗憾，自己醒来，没有听清楚，——“阿凯”——意味着什么，——

——但是在那里我们的卡兹密尔住在“别林德里科田地”小房子的库兹米奇究竟起了什么作用?……

……………………………………………………………………

全班同学认识到拉丁语更厉害地折磨我，选我为战斗的首领；卡兹密尔·库兹米奇感觉到，全班的同学莫名其妙地团结在我周围，一起进攻他；我们一次用梳子和羽毛笔举办音乐会；另一次——在他走进教室时我们把头藏到桌子里；还有一次——在黑板上写道：“田地——别林德里科家的”；就为了这个荒诞的签字把我们所有人留下来：一个小时；这样在上拉丁语课时很久了我们还在颤抖，在桌子底下给肚子画十字，把拉丁语课变成了娱乐和玩笑的课堂；奇怪事业的作坊——繁荣昌盛。

……………………………………………………………………

我们知道：当受拉丁语折磨的人被赶出课堂；更多的人更加相信我们，他害怕自己再次做出丑闻般的事情；他与我们的关系不再紧张，就像紧绷的弓弦；箭不是射向我们；这样信任得以巩固；而我，就像奇怪事业的行家，领导着中学生们；而我们——彻底摆脱了拉丁语的桎梏：那时拉丁语学家签订休战协议；谈判经过我进行；他带着难以理解的温柔对待我；还经常给我献殷勤。我就会说——是个骗子：聪明的骗子；但是这些博得我好感的事情让我觉得冷漠；不再到集市去，但是——

——起义、摆脱拉丁语桎梏。我值得珍惜；我感觉自己处在驯兽者的处境；那时我很好地明白，我们的平静——只是平静的姿态；我值得，例如，容许将虚假构建的姿势放到自己内心，——就像我又落到卡兹密尔一库兹米奇跟前，掉进拉丁语铁的桎梏里；他完全地羞辱我；褐色的手指又开始敲击冰冷的额头；还有——我的记分册填满了让人泪崩的分数，归咎于怀疑：在不可思议的羞辱的行为里——

——在那个时候我们梦见了最无耻的梦，从黑暗的“别林德里科田地”向我走来了一些陌生人——他们是卡兹密尔·库兹米奇的熟人：——

——热尔托罗格、德乌洛格、别兹洛克之类，奥季加·佩列维奇·阿凯和奥卡卡·奥卡卡维奇·奥卡卡——吩咐做卑鄙的勾当。

梦

那个时期的梦：——

——我看到——

——我登上梯子走到房间，在那里由中学的看门人保存着器具、仪器、阿特伍德汽车①、空气水泵；我还知道，在那里最终向我稍微揭示出我们学校教学的隐秘，或——

——现象的世界；——

——知道有某种秘密，这——清楚；我早就相信这个；我们全班同学早就相信："卡兹密尔一库兹米奇"奇怪地严格遵循了没有被解开秘密的法规；我钻到房间，窥视隐秘：为什么每天夜里他"库兹米奇化"为许多特殊的库兹米奇；还——因为，令人厌恶、带着卑鄙笑容、干巴巴的脸出现，把可笑的骗子们召唤到辽阔的"别林德里科田地"；而在白天：他从隐秘处出现到被全班安排的生活面前：学校的……教师Π；

① 专门研究和展示肉体坠落的仪器，由英国物理学家乔治·阿特伍德发明于1784年。

还有——他摆动着燕尾服的尾巴。——

——我已经登上台阶：心脏咚咚地跳动：我——跑到隐藏着秘密的房间；我看到：监督员坐着，我们称他为卢卡·罗斯基斯拉维奇；他一脸白胡子，向数学老师鞠躬；还——用嘶哑的男低音说：

——“哎哎……哎哎……”

——“是，是，是……”

——“咕姆。”

数学家激动地赞叹：

——“把这些不知名的符号沿着左边平衡地挪动，把知名的符号，在那些论断的基础上——沿着右边挪动……”

——“还有……”

——“变换所有的符号。”

——“在减号那里——是加号，在加号那里——在那里就是减号……”；我感觉：这里准备变革，什么样的——我却不知道……

卢卡·罗斯基斯拉维奇看着我，低声说：

——“这——就是黑红色的日子。”

——“老年。”

——“走过了老年。”

我——感觉监督员喋喋不休；他们的意思不清楚。卢卡·罗斯基斯拉维奇开始给我眨眨眼：

——“哎，兄弟。”

——“哎……”

——“咕姆：是，是。”

数学家，俯下脸，在空中给我画了符号：

——“更换符号：在减号的地方——在那里就是加号……”

我明白了；安排平衡挪动：“加号”——我们的厂长；但是符号变化：“减号”——没有厂长；教学州的庇护者推翻了厂长，把卡兹密尔一库兹米奇安排到他的位置：但是他们很多；中学“开始库兹米奇化”；从别林德里科田地一群卡兹密尔一库兹米奇开始移动到这里；全班同学也分散；穿过一切，就如穿过窗户，可怕的秘密隐约显出，隐藏在教师Π……学校的地下室里、裹得严密的包袱里：没有学校；从来就没有存在；将不存在；也许：没有以前的规则；以前的所有规则都被我们推翻——在拉丁语课堂上；我们在拉丁语课堂上将所有的加号改变为减号，而这些课程——都是激情生命的课堂：完全没有激情的生命；没有家；没有厂长；没有父母；减号——就是加号；在奇怪的拉丁语课堂上奇怪的游戏从现在起以构建宇宙为基础；我们——是神：创造所有这一切；我们——就是老人。

——“老年走过。”

带着这样大声的喊叫，梦的作用被带到班里……

……………………………………………………………………

我们坐等拉丁语课，拉丁语课从现在起——成为接连不断的混乱；如果以后有拉丁语课，乱七八糟就被打开；而世界秩序——更加混乱：变成停滞。

——“哎呀，哎呀！”

——“我们做了什么？”

将强逼我们相信：一切仍然是老的；没有——老的：炫耀——班里的窗户外、在雾的迷蒙中——打转、旋转。

我们的罗斯基斯拉维奇，泪流满面，沾满大胡子，离开我们——

——哎呀，哎呀——

——哎呀

——我们都做了些什么！——

——我们——现在都是“罗斯基斯拉维奇”；合乎心意的一切，——都是“罗斯基斯拉维奇”，如果您想：全班，就像一个人，呼吸，把自己作为最高的机构，认识在世界的地位：为创造宇宙“是，将是”已经唱响，在那里“加号”就是“减号”；还有“是，将是”——

——就如我们在班里：

班——由我们创造的“是，将是”；为何我们、创造者坐着，——我们害怕，在自己的肚子上画十字，重复变位的法则：这一切——都是游戏：我开始谋划这个游戏；我们痴迷于这个游戏的秘密，自由戏耍游戏，按照它的任性规则，任何时刻有机会停止这个幻景；但是，我们将一切的强大赋予自由和幻景；被认为自由的意志在幻景中出现，这种意志认为我们是创造者，由Π的规则……学校的规则加工出的创造者；与那个规则一起构成，我们认为幻景就是全班，在这里面……

那时门被打开，还有——

——带着鸟嘴头的身子“卡兹密尔·库兹米奇化”带着沉重的记分册，满手丘疹，就像攥紧的鸡爪；回忆起：——

——我们自己从我们中间就选择“玩耍的人”，在我们创造的游戏中用野兽的面孔吓唬我们。毕竟——可怕：——

——“啊——什么?”

——“‘生物体’将

怎么问

我们?”

这就是——高声尖叫，大喊一声：像动物叫声一样开始“克列”尖叫鸣叫。

以为：

——“这就是她，就是。”

——“文学的俄罗斯话语，吩咐我们用这个话语与‘卡兹密尔一库兹米奇’谈话。”

但是我们自己顺从他的这个吩咐，现在就是我们自己算计我们的吩咐：文学俄罗斯话语只是：“克列——克列——克列”尖声鸣叫。

“生物体”也大声喊叫：

——“克列!”

——“克列!”

我们不明白：我们沉默。

——“这是什么?”

大声喊叫：

——“克列——克列！”

出现了混乱：П……学校倒塌。在记分册里记录下黑红色的恐惧：自己使自己不可避免地遇到黑红色的恐惧。

声音（我个人的声音）对我低语：

——“坚强吧。”

——“经历。”

这就是世界的死亡；我看：班里的窗户——黑红色的；还有——八年级的一群同学跑进去，给所有的人解释，说——是：着火了；在花园火山迸发：莫斯科失火的部分滚到那里：

——我——

——醒来了……

在返程中

梦——记起来：这个梦反映出我对待“卡兹密尔一库兹米奇”的双重性；我——杀死了库兹米奇；这发生在现实生活的谎言里，贴着数学教师的标签，就如现实生活，我们应该把它所有的一般加号改变；现实生活——成为减号；——

——在浑浊的、发臭的世界里，这个世界隐藏在П……学校的地下室、裹得严实的包裹里，迸发出火，——完成返回：我们的“卡兹密尔一库兹米奇”的游戏扩大，充满了整个世界；我迷迷糊糊地察觉到：卡兹密尔一库兹米奇·佩普给我使绊子；我明白：将来一天；还有——我的房间飞起来；墙壁倒塌；墙壁的豁口和窟窿清楚地显现；“卡兹密尔一库兹米奇们”从地下世界进入到窟窿里：以自然的、前人的形象——直接走到我们班里；发生了混乱，在混乱中被世界推翻的一切返回：正是返回到我们这里；又返回：隐藏的东西——从里往外翻转；还在扩散，就像世界围绕着我；因为，——

——拉丁语的

压迫者越给我让步，在我的梦里他就越明显地袭击我；我害怕看透他，因为我知道：那个——明显地显现；一切被抛弃——

——卡兹密尔一库兹米奇的脑袋

原本就是一个奇怪的混合物：在他的脑袋里发现有蜥蜴的特征；还有鸟的特征：不是雏鸟，不是小鹰；在他的身上显现出鸟和蜥蜴的结合：龙的特征；他们——就是“卡兹密尔一库兹米奇们”——像龙，一群群地出现在我的梦之上；在龙的行为中透视梦就隐喻地显现出古老的真理：——

——还在这个时候之前的某个地方他以

翼指龙活在我的内心；我还尽力地回忆，到底在

哪里：——

——在出生前：在意识的第一个瞬间，

当我在虚空里飞翔：可是提前开始飞行，——

——决定

行动：让意识从出生前的世界转移：——到幻景的世界；还——重新追逐线条；线条——就是鬼；在出生肉体的门槛上遇到鬼；鬼——就是跨越界限的形象：龙；但是界限就是我的儿童的肉体：我——记得，大写的“我”降临到儿童肉体晚于儿童肉体出现在世界上；大写的“我”降临到肉体，明显地恐惧那个肉体；而且——在肉体里煎熬，就如掉到龙的嘴里；也许：肉体——就是龙；卡兹密尔·库兹米奇·佩普就是那个肉体的细胞，体现为意识的细胞；而“卡兹密尔一库兹米奇”的细胞（把卡兹密尔·库兹米奇划分为许多个）只是细胞组织的划分：我的增长（在增长中孩子每天晚上大声喊叫）；显然，我与折磨者的关系的秘密只是发生的形象，因为

两个大写的“我”的会面；一个大写的“我”就是肉体原子的结果；试图跨越所有的原子——转为细胞，细胞——又转为集体的大写的“我”（中学的，在那里参加者和中学生们选举卡兹密尔一库兹米奇为厂长）；而另一个大写的“我”就是我的大写的“我”的意识，降临到我从来没有创造的世界；也许：由卡兹密尔一库兹米奇导致的恐怖，被顺从于大写的“我”的恐惧，认识到我的思维的不完善，在时代追赶中隐藏着世界形象；也许：敌人，或者鬼——就是“翼指龙”——是特殊的又不是受难者的形象，而且——决定降临到我的思维世界；敌人——就是决定：用意识转移到细胞沸腾的肉体里。——

——在梦里这一切展开；但是我不能认识梦：不明白，隐藏的卡兹密尔·库兹米奇·佩普——就是大写的“我”，由我人工地脱离开精神世界意识大写的“我”，就像炉渣或者水锈；那个水锈就形成了中学班级，或者我的理解；我的混乱就像老鼠一样，在班级中簌簌作响；那个——我生理方向的行动，或者——低下的思维，剥落的炉渣；现在我的大写的“我”降到这些炉渣里：将它们修改，毁坏；还不知道器官生命的幻景；我不明白，肉体的器官——就是大门，经过大门大写的“我”被赶出精神天堂；驱赶——就是大写的“我”的行为，废除对完成思想的不正确注解；现在我从事工作；开始修改个人的错误思想；我的肉体形象由这个工作给我描绘；——

——而且，全班——毁灭（全班毁灭！）；从一切下面发现大写的“我”，采取致命的决定把自己未完成的部分卷入致命的游戏里；感受生命漂泊的整个“戏谑性”；之后还——返回：到自身；卡兹密尔·库兹米奇——就是不幸的命运；与他见面——命运从远处接近；而梦——就是预感到的痛苦；“卡兹密尔一库兹米奇们”现在从梦里走出来，并生活在我的周围，就像“间谍”；甚至：“卡兹密尔一库兹米奇们”打算指控我从事间谍活动；而我看到的“先生”，企图在返回家乡时遇见我们：我的命运现在越来越靠近：——

——是：——

——“我接受大写的他。”

……………………………………………………………………

在我返回家乡时一切已过去；火车由卑尔根向克里斯蒂阿尼亚疾驰；我向命运的意识疾驰：三年前我在这里疾驰：在返程中：从克里斯蒂阿尼亚到卑尔根（或者——从生命的幻景到与自己本身会面）；这个大写的“我”现在把自己的下半部分发送出去：痛苦。

……………………………………………………………………

而且，三年前在这里，在我身上发生了游戏一切的瞬间；瞬间散发，就像照耀一切的太阳世界；这里四周丘陵分布，山峰迭起；干巴巴思想的生命在脚底下盘旋和飞扬；我的思想在真理传递的极大空间里荡漾：到——远视我的命运之前；还有——目的高高耸立，直入云霄——在几个世纪里；某个熟悉的人——

——“我”——

——从上看：

看到我的心脏；——时代无间隙的巨石耸立；远处的山峰，就像闪耀的獠牙，垂直面发白；还——隐藏起来；另一个；还——在一座座坚硬的雪峰上四处发光：在天蓝色里；我依偎自己本身时，却又不是依偎自己本身。

——“你——从空中来到我这里。”

——“你——给我光明。”

——“你——行进到山里。”

——“你——就是山脉……”

现在这个大写的“我”把我发送出去：痛苦；我——看到高的目标；我生活在真理传递的极大空间里；站在垂直面上，在坚硬的斜坡上；大写的“我”——对我说：

——“走到这个深渊吧。”

——“就让照耀黑暗。”

——“你——本身就是深渊。”

……………………………………………………………………

我在返程中疾驰；火车轰隆隆地响；在停车小站上山风呼啸着：高原斜坡上的红色苔藓没有变老，只是蓝色的苔藓发霉、变绿；整个天幕上方覆盖着一团团乌云，寒冷的早晨，列车的红色灯光冲破乌云，疾驰在灰蒙蒙的云雾之中；一团团烟雾飘散；在雾里隐约显现模糊的峡谷口；还有——深渊：把我的大写的“我”拖拉到出生时的黑暗深处；花纹落在生命上，破坏了地貌：意识的陆地起皱：——

——在我面前在

沙发上敖德萨的大夫的肉体病态地打鼾，就像干瘪的龙和僵尸的皮肤；我也认出——“卡兹密尔一库兹米奇”！

——“哎哟，我的兄弟。”

——“我认出你。”

——“哎哟，我的野兽。”

——“我接受你：洗礼我的灵魂吧。”

——“你——就是我……”

………………………………………………………………………

克里斯蒂阿尼亚！

里　昂

这就是——克里斯蒂阿尼亚：这就是多风的峡湾……

又——我消失在其中，消失；周围展延：散发出树脂味的松树从地上耸立青天；还有——绿色的松树粗枝大叶；周围展延，从脚下一股股溪流奔腾而过，冲刷着巨石，将沉渣的痕迹抛下——水母！——冲刷到隆起的河岸上。

眼睛扫射远方，我坐上小火车；小火车将我抛向——里昂①。

它坐落在石头中间，在绿松石包围中凸显出覆盖着苔藓和泥土石头的红色屋顶；我在粗枝叶大的松树下采集发红的浆果；干松球嘎吱响；高大的挪威人从田庄里将干树枝费力地拖到对面，一边抽着自己的烟斗，——到田庄的对面：嘴里含糊不清地唱着没有歌词的歌曲，歌声传到：田庄的对面！

我与奈丽曾经某个时候在这里，快乐地牵着手，我们跳过沟壑、豁口、坑——从巨石跳到另一巨石——奔向潺潺小溪，小溪溅出花字形，使人感到愉快；小溪在我们脚下，无声地流淌，又在嘲笑我

① 克里斯蒂阿尼亚的郊区。

们：我们的面容。我们欣赏潺潺流水声；我们还喜欢山雀的叫声；还有——远处发红的秋天（苔藓和杨树），还有——远处发黄的草木，还有——阳光照射下发霉的潮气茁壮而牢固地沉积在我们的灵魂里；奈丽眯起眼睛，观察水母，并用像一朵小花的五个花瓣的小手遮住脸；这些花瓣在阳光下开始开花；奈丽的小脸做出鬼脸，似乎她，忘记了自己深邃的思想，在这里，在阳光下，享受着欢快——思想什么？也许，什么也没有想；我的奈丽——聪慧、思想复杂、严肃——我开始觉得她就是水下的水仙；上面云层穿过——一团团白絮。

除了——帆、两岸山峰和河流上空之外，眼前什么也没有：在那里挪威渔夫坐着天空的月船去钓鱼；乌云、石头，还有滑坡沐浴着紫红色：周围耸立在永不熄灭的亮光中；空中亮光四射：它们越显得凶恶，我们的心灵就越甜美：

——“我亲爱的，——你因何——昨晚？……”

回忆起她毫无理由的突然大哭，当从装订在一起的一叠绘着复杂草图上撕下时，奈丽把小手指折得嘎嘣响，把头埋在椅子背上；还在——哭泣；由于不能快速把草图对位成十字，把四个动物的头处在十字架的顶端①（对奈丽来说她的整个生命问题得到解决——我大概知道这个）。

——“为何流这些眼泪?”

奈丽开玩笑地，用两只手十个紫红色的手指扑向我，感受欢快

---

① 指的是旧约以西结语言中的四个活物（以西结，1 和 10）。

（关于什么？）——我的奈丽捂住我的嘴：

——“你在我旁边看——沉默；不要说昨晚的事……”

——“那好，我不说，不说：但是上帝保佑，不要折磨自己：你两个星期没有休息地工作，没有脱离思想……这样是不行的……”

——“行了。”

我们的心灵是明亮的：明亮的光线照耀着土坡、乌云、帆、清新的空气、水……

这曾是某个时候……

…………………………………………………………………

现在还是发生同样的情景：在脚下松树球嘎嘣响；明亮说——没什么，但是曾经某个时候发生过的事情；他们谈到奈丽；我们居住的、突起的豪华别墅的玻璃映照出紫红色，现在是尼尔森①太太住在那里。

我带到这里的同志，愉快地微笑着，因为我们又在大陆上，间谍不再跟踪我们，以莫名其妙的目光把一切吸引到自身：田庄、松树、挪威人、绿色的女工作衬衫、移动汽车库；还有——“尼尔森”的豪华别墅。

——“瞧：这就是我与奈丽在那里争论。她冲我大喊，背转过来对着我……”

——“啊哈，啊哈，多么神奇：怎样的一块一块。”

——“却不是神奇，在这里我却非常忧伤……”

---

① 身份不确定。

——“可空气啊，空气。”

——“在这里我们首次读到，人类从不构建第十个等级制度①：爱和自由。”

——“就是这样。”

——“就在那里，在我们住的豪华别墅里。”

——“美丽的别墅。”

——“瞧：阳台高高地悬挂在松树梢的顶端；那个——就是我们房子的阳台；我每天早晨坐在那里。”

（回忆起思索的时刻：清晰的思想拜访了我；还拜访了奈丽：从这里——我们给施泰纳博士写信……）

……………………………………………………………………

在窗户那边，拥抱，站立；离房子有许多俄里临界峡湾；多年的生活凝视着我们（我们如何生活）。

从那个时候已经三年多过去了……

我也想：是的，就在这里——我徘徊，挥动着干树藤；同路的兄弟也与我一起徘徊，挥动着干树藤。就在这现有的瞬间和那些之间（当奈丽开始迈出轻快的脚步时，她跳过石头缝隙并将自己的缎子做的风帽挂在树枝上）——出现：两次的卑尔根（那个卑尔根和昨天的卑尔根）、斯塔万格、纽科斯特尔、伦敦、伯尔尼、无才能的

① 在基督教的神秘教义里（在迪奥尼西亚·阿列奥帕吉特那里）著名的十个宗教上帝等级制度，从上往下，从三位一体到天使。在施泰纳的系列讲座里“宗教等级制度及在物理世界里他们的反映”（1909）我们读到：“人——这就是等级制度的第十个成员，当然，属于发展，但是所有的还是属于宗教等级制度。”（第110卷）

巴黎、巴塞尔、苏黎世、卢加诺、蒙特利、圣一莫里斯，洛桑莫名其妙的会面，洛桑、卢加诺；还有往下：布鲁奈、弗伦艾伦、格尔扎乌、阿姆斯黛戈、格神奈、安德尔马特、图恩；还有——往下、往下；斯图加特、普佛尔茨海因姆、纽伦堡、慕尼黑、布拉格、快乐的维也纳、柏林、莱比锡、扎斯尼茨、阿尔贡、诺德一切槟格；还有——往下、往下、往下：多纳什。

那个——发生过。或者那个——只是梦：只是瞬间的思想，在里昂一闪而过的瞬间（在这次散步中）：返回到尼尔森太太——我应该返回；也许，我的奈丽、尼尔森太太和其他人在等待我：老教师和安德尔森（哥本哈根人）——吃晚饭。

什么也——没有改变。

……………………………………………………………………

在这里——生活；在窗户下，在桌子后面，密实地堆积着一摞纸张，我们坐了几个小时，空气飘扬；敲打锣，叫我们下去；为了活动活动筋骨，我停止思考和写书，我抱起奈丽，把她从椅子上拉起并——吸引，提前吃不同口味：一大块褐色的挪威奶酪和一大块散发着荷兰芹味道的白色奶酪；我们就——坐在桌子后面；头发花白的老师，在尼尔森太太那里住了一年，他捋着发黄的胡子，一双像婴儿的清澈蓝色的眼睛，欢迎我们；神圣地向右边女音乐家鞠躬，诚心地向左边律师（共济会会员）点头；我们就——在奶酪后面；老师捋着发黄的胡子，他有一双靛蓝色的像婴儿的眼睛，语言爱好者，用颤抖的食指（不是指示的）指着红萝卜的根，通常，开始：

——“怎么用俄语说？”

——“水萝卜……”

——“我没听清楚：清楚一些……”

我对着他的耳朵大声喊：

——“水萝卜。”

——“水萝卜。萝卜?”

——“是，是。”

（那个就发生在——昨天。）

——“按照挪威话那个——就是 Rädiker……”

——“就是这样!”

我和奈丽做样子，——我们很激动：到处遇到类似这样有意义的词语!

小老头继续说：

——“‘独有的风趣’①，德语就是‘Rätsel’!”

——“但是那个已经不是‘水萝卜’：而是‘含义’。”

——“但是‘根’就是‘含义’。”

我已经继续说：

---

① 原词为挪威语。

——“水萝卜、根、矿、红色的、rot、rouge、röd①、玫瑰、生产、收获、燕麦、黑麦……”

从根数起一直到咖啡馆；女音乐家已经——追逐格里格②去了：老师切掉——还是所有！——一大块奶酪；严严实实地包在雨衣里——我们在小溪旁溜达（小溪流水不断拍溅出溪水的水珠）。

——“瞧，”——我让我的奈丽站住，——我第一次看这个。

——“这是什么东西?”

——“水、空气、帆。”

而且——奈丽滑稽地模仿：

——“水、空气、帆；还有这就是——水母；昨天，就像今天；今天，就像明天。”

——“奈丽。”

——“我因此累了……”

——“多么美啊！……”

——她多么凶恶啊，——美……美，是美的，但不是这个美：她——早已成为过去的她；说的正是关于自己——不是我们……其中有某种好处。空气、水、峡湾、森林、霍尔蒙一科勒③——这一切都是某种古老的；明亮似乎感到愉快，但是如果仔细看，注意温柔——这个温柔的欺骗：在温柔的下面被揭开：冷漠和凶恶；记得

---

① 三个词分别为德语、法语、挪威语的“红色的”。

② 格里格·爱德华（1843—1907）——挪威作曲家、指挥家、钢琴家。他的音乐取材于挪威的北方大自然形象、传说和童话故事，别雷的《北方交响乐》在许多方面都以此为第一色彩情调。

③ 克里斯蒂阿尼亚周边地区。

陀思妥耶夫斯基的“格鲁申卡”①：就是这样的天性；还有这些空气的清新——就是“‘格鲁申卡’……”只是交给他们。

在那里，转身背对着映成金色的云朵边，将周围处在不熄灭的明亮里，——转身背对着鲜活的跳动和发红的苔藓和杨树，开始快速地越过裂缝、坑、巨石缝隙，走了一个圆圈，来到松树、罗汉松的世界，松球的开裂声和树叶的簌簌声，在黄昏里忧郁地打盹儿；我们觉得，溪水在我们脚下奔流；还觉得，那些红色屋顶的房子，跳跃，超过我们；笨重的挪威人从田庄的对面又拖着燕尾服的尾巴，抽着自己的烟斗，——到对面的田庄：哼着没有歌词的歌曲，歌声传到——田庄的对面；红头发的小女孩，绿色的短衬衫耀眼，把衣服挂在绳子上。

就是这样——认为；古代的某个东西悬挂在发霉的、发黄的、潮湿的高原之上；还——悬挂在一丝丝烟雾之上；这就是挪威，从那里跑到这里，落到峡湾附近，就像一只野兽来到水边，在北方升起了一座座山脉；如果站在山脊上，他们就显得低：在北方发现新的山脊；再往后、往后——冰溜子闪亮；结了一层冰的冰川感觉到奈丽从绿色里昂的北方烟雾中走来；我们近距离地感觉到了汹涌，——

——一望无尽的“斯科奥格尔特加斯佛森”②大瀑布泛着白光：在那里登上特龙特格伊姆和卑尔根，如果走到国

---

① 长篇小说《卡拉马佐夫兄弟》（1879—1880）中的女主人公。

② 巨大的瀑布。

内的深处，就会看到，在那里——在国家之上——滚动着罗姆斯达尔斯格尔恩[①]山；尤斯捷达尔冰川田野，悬挂着纹丝不动的大片冰，威胁着：倾倒——冲着里昂方向。在那里一群群巨人，把头顶举向多棱角的头，升起在头上：冰的世界：斯瓦尔基泽纳！那一切都出现在我内心：我没有顶撞奈丽；往后转身——面向水，在空中——感觉到：恐怖；似乎：就这样、这样，来不及大喊，——就往下跌，抛到碧绿的水里；从那里勾画我们自己的形象向我们走来；还——说：

——“啊！”

——“您好！”

——“我们请求仁慈！”

——“到底部！”

——“到永恒的梦里……”

……………………………………………………………………

回忆笼罩着我：奈丽——不在；我看周围的挪威如何依偎在峡湾，一座座山峰从北方的烟雾中出现：霉绿色的石头世界，斯科奥格尔特加斯佛森大瀑布，洪水般的漩涡从那里落下，淹没了我的灵魂：

——“啊！”

——“我们请求仁慈！”

——“到我这里！”

---

① 山脉。

不舒适的世界笼罩了我；还有——奈丽溶化了；还有——奈丽之前我的生命在返程中流逝：被斯科奥格尔特加斯佛森大瀑布驱赶。

……………………………………………………………………

在这里我们又住了一周[①]：我和奈丽；完成了不可思议的工作；“履历”的外壳爆炸，在这里——从来没有；在雕刻出克里斯蒂阿尼亚课程的“瞬间”之后；发疯地照耀：卑尔根。

我以为离尼尔森太太的豪华别墅这样近；是否到她那里去吃晚饭？……不：没有对我敲响欢迎的锣；我——一个人；奈丽——在多纳什；我就像无家可归的流浪汉，坐在我们过去的房屋下；应该——到克里斯蒂阿尼亚；明天一大早许多的工作等着我们：领事馆、签证、买到哈斑兰达的票。

我跳起来，向火车站走去，以便半夜之前返回；想象一下，遇到了与我们曾一起生活的老师；从发黄的胡子、那双凝视我的靛蓝色的眼睛，我认出了他（虽然他戴着帽子，帽子改变了他）。

——“您?”

——“正如您看到的。”

——“您怎么——找到我们的？在我们这儿拜访?”

——“我被招兵。”

——“到俄罗斯?”

——“我被招兵。”

——“奈丽太太?”

---

① 别雷与安·屠格涅娃从1913年9月13日到10月初待在里昂。

——“留下她……”

——“哎呀一哎呀一哎呀：怎会这样？”

——“就是这样——‘这样’。”

我们诚心地闲谈起来；还有——之后诚心地告别。

到北方

灯光四射的夜晚已经不再发光；射向天空的华丽多彩、空中飞旋的灯光已经熄灭；克里斯蒂阿尼亚公园的灯柱点燃；灯光明亮照耀。

我们与同志一起坐着：我背躺在长条板凳上；我的朋友亚·米·波[①]尽情地享受微风的吹拂；凝视——晚上的幻想；一些是——在多纳什之后“第一次”；不再休息：轻松的话语又雕刻出来，就像火星；轻松的话语的篝火开始迸发，燃烧了我们的胸脯；过去发生的事情又浮现出：多纳什——

——我们离开的多纳什，但是我们又返回多纳什——经过俄罗斯，返程：站在我们面前，如……

——是，克里斯蒂阿尼亚将我带到多纳什；克里斯蒂阿尼亚，瞧，返回了；——

——还没有——

——没有返回俄罗斯；我们经过俄罗斯

---

① 指的是亚历山大·米哈伊洛维奇·波佐。

返回；我们来到多纳什；我们来了；我们面面相觑、微笑着：我们来了；还有——许多灯光熄灭：灯光照耀的夜晚：

——“在那里是什么?”

——“奈丽与基缇。”①

——“还有声韵协调。”

——“还有大夫！……”

——“你想到那里去吗?”

——“想……”

（基缇——我的奈丽的妹妹。）

——“快点：给那里发电报。”

——“担心在那里：认为，都是水雷……”

——“而水雷留在我们后面……”

——“水雷是否还在我们后面?”

——“什么?”

——“水雷对准灵魂……”

……………………………………………………………………

——“那个是在伦敦那里发生的吗?”

——“我不认为在伦敦。”

——“我——也……”

——“不能这样认为……”

---

① 说的是娜塔莉亚·阿列克谢耶夫娜·屠格涅娃，阿霞·屠格涅娃的姐姐，亚·米·波佐的妻子。

——“在那里想念多纳什是非常危险的行为：在伦敦想念多纳什——就意味着没有‘穿衣服’行走在大街上。”

——“为这个——到地段……”

……………………………………………………………………………

——“而在这里可以想吗？”

——“在这里可以想。”

沉默：耀眼的灯光，早已经不是昨晚的灯光照射，叹息，半夜给自己阐释清楚；处于沉重的黑暗之中；公园里的树叶在我们的脚下不断地簌簌作响。

已经到了睡觉的时间：要知道从早晨我们的道路延伸在前方：我们明天启程到北方，到北极圈，到托尔耐奥，到芬兰：在那里，看看拉普人的眼睛，因寒冷轻声地啊呀一声，我们降临彼得堡，返回：是，是，彼得堡——离多纳什近一些；还返回多纳什，——已经接近了。

……………………………………………………………………………

又在火车上。

北方。

所有的松树，还是松树：绿的、干枯的，严肃的、皱眉的瑞典；思想就像侦探，躁动不安；还是躁动不安——侦探：老鼠撕咬发出的吱吱声，它的眼睛——从角落、从影子里；从雾的日子里，非常奇怪；所有的间谍失去了隐秘；没有庄严的含义；一切被绿色的、严肃的、雾的瑞典、没有希望的忧愁——简单化；吹着北风；即将寒冷；我们因寒冷啊呀一声，我们接近北极圈，我们将到——彼得堡。

我的大写的“我”，没有，没有走：没有走；我留下没有大写的“我”；与他在卑尔根告别；“他们”不让这个稀有的客人到我这里来；我也对“他们”失去兴趣；兴趣剩下的只有一个反侦探，“他们”以此追捕我，追踪空壳：这样的壳子；“令人感兴趣的事情”——消失；“他们”无聊，我没有大写的“我”也感到无聊——在这个北方的、在这个皱眉的瑞典。

似乎就是这样，在卑尔根，我个人被炸裂；一半快速地落入到以前阿尔巴特套房的一间绿色房子里，从那里奈丽在某个时候拉着我；另一半消失：消失在苍穹的深处后：——

——在木星、土星后，

——在火山①后，

——在蝎子座后。——

——到哪儿？

……………………………………………………

我内心所有的知觉变化；隐藏起来：没有读数字；我看到了某个人命运虚空的幻想，从奈丽割下的命运——

——不知道，——

——永远！

当我知道时，我会大声喊叫，会从车窗户里跳出来：撞击到瑞典的石头上，摔得粉身碎骨；如果没有粉身碎骨，那么就奔向卑尔根，返回；坐在某个不知名的“运煤船”的黑暗的船舱里；又出现

① 根据神秘主义学说，这是形成宇宙的最后的一个阶段。

在伦敦；还偷渡——不知道用什么途径——来到瑞士：到奈丽那里去；不告诉我的奈丽——不，不：谁也不告诉，不为什么。

现在就是这样——没有奈丽！而奈丽——没有家乡。

……………………………………………………………………

但是我完全安静地坐在绿色的、严肃的、庄严的瑞典，想：

——“奈丽！……”

——“她已经醒来了……”

——“到约翰大厦去。”

——“我也——在思考……”

——“她——喜欢我！”

——“不会——忘记我……”

——“难道在我们之间发生的那个，——可能忘记?”

——“蒙特利尔……”

——“西西里世界……”

——“金字塔……”

——“精神世界?”

……………………………………………………………………

哎哟，我是否知道！……

间　谍

我观察我们周围的忙乱：旅途的间谍和特务；还——解闷：根据手势、眼神猜测他们的关系：他们彼此和对待我们的态度；看到：围绕着我们他们游戏的复杂的网，他们的操心、问题，都飞离：——

——我们是谁？可能，是特务，

或者我们是怪人；或者“什

么也不是”，不表达他们的观

点。——

——还有——以跟踪为

开心：间谍沉重的劳动；就像一部分人，劳动之后，——解答谜语：特务！另一部分人思考：不是，是怪人！开始了争论；两种看法编织在一起：突然出现了律师——因反侦探；出现了检察长：如蘑菇一样成长。

火车向北方疾驰。

……………………………………………………………………

——还——而且——

就是这个——就是——

——戴着圆顶礼帽，让人自然想起鸭舌帽；

还有——软檐儿的便帽：不高、缝制精心地竖起的领子，苍白的、有皱纹的、令人讨厌的脸抽搐，刮干净的脸上留着黑灰色的胡子，这就是他，戴着灰手套的手紧紧握着手提包，一丝不苟、爱发牢骚的样子，——没有引起我们任何的注意；在那里他围绕着我们，在“第七加康”轮船的甲板上徘徊；他不怀疑我们，也许，就像不唾弃自己；没有收集到关于我们的事实（它们被收集到）；他厌恶我们，眼睛不看我们；他的眼睛表明：在世界上没有我们！从卑尔根到哈帕兰达一次都没有看，我在他面前溜达——带着明显的耐心，为的是他哪怕看我一次；我——观察他；显然：——

——他——就是法国

总部派来的间谍；往俄罗斯运送一摞机密文件；还同时，把我委托给他；他与头发花白的先生们坐在餐车——凶恶的、皱眉的，懂得事物的力量是什么，他不情愿地、很短、很厌恶、漫不经心地说；然后——

——用手套轻轻地

触摸了一下帽子，几个小时他

自己在思考；——

——我看到他：

在无数个换乘站上和车站上，在那里他没有看见我，在那里我努力使自己展露在他面前；毫无结果；曾乘坐火车的所有人知道我，他——不知道；他不想认出；不认识源于知识：他知道我却不知道自己太多的东西；而且，多年给他收集了关于我的档案材料：我不承认的可恶的事实；他埋头钻研它们，让我感到恶心：他开始上路——从巴黎追逐我（带着档案材料）；还有——我们在轮船上遇见；我们一起乘坐轮船走；他清楚——我就是个坏蛋；他把自己的事实转递给警察局：俄罗斯警察局，而不合适直接接触我（亲眼看到我）：要知道他已经把自己的材料交付给托尔耐奥：——

——从托尔耐奥到白岛最后一次由俄罗斯反侦探局进行搜查；放行到托尔耐奥，为了在白岛当场捉住：——

——我们知道一切：从托尔耐奥到白岛的旅行——就是个陷阱。

英国萨克森侦探的风格是另一种：游戏的风格；主要是——非常含蓄的先生们，他们知道，我没有罪；我的罪过——就是关于各民族兄弟会的思想（而先生们那时幻想各民族的战争）；我觉得：英国侦查局含蓄的先生们对我似乎有点同情——是的，但是他们认为，我得了乌托邦的病，为了玩笑委托把我吓唬一下；为此先生们给来自法国侦查局的先生提供关于我的档案材料，这些材料在办公室被编造出来；提着手提包的显得凶恶的先生，就像小狗，生气地开始追随我到俄罗斯，为了通告俄罗斯政府，说我……我值得听先生们，——俄罗斯政府和这个先生将在需要的时刻被阻止。

我想：——

——在伦敦我就与令人尊敬的先生们搞好关系，他们这样俏皮地与我们开玩笑；还，可能：——

——这个提

着手提包的

先生，他不

知道我与英

国先生们的

联盟，行动

愚蠢：不知

道它们最后

的消息：——

——我给

先生们许诺：在俄罗斯沉默；我不害怕法国侦查局的威胁。

高风格的法国人不知道；带胡子的法国人给我的印象：啊哈，可怜的，——他多么不喜欢我；他赢了；还——成为傻瓜；这个苍白的、凶恶的脸变成蓝灰一紫红色，当在哈帕兰达一托尔耐奥时他大声喊叫出来：

——“啊！”

——“猪！”

——“啊，坏透了的德国佬！”①

宪兵让他站住：

——“您错了：我们的列昂尼德·列加诺伊，我们的作

① 这两句原文为法语。

家，——返回的人启程……”

而且，马刺撞击得砰砰响，做出——在挡板下；我想象这个样子怪诞可笑的法国人的狂怒。

哎！失去自制力！

…………………………………………………………………

我观察先生，——我时而把自己的侧面、时而把自己的背靠近他；他——皱眉：鼻子，就像羊肚菌；转过身，双手颤抖；而带胡子的嘴唇愤怒地紧闭：

——“先生!”

——“我们中间与其他人一起混进了——特务、肮脏的德国佬……”

——“等等：我们要到俄罗斯去；他就被发现了。”

——“采取措施……”

——“到白岛之前忍耐一下。”

——“就让他走吧……”

——“在那里逮捕他!”

但是我微笑着：没有这个人的最后的消息：我与那些先生们签订了联盟；还——我与另一个反侦查局的代表交换眼色，他是俄罗斯和英国之间的联络。

他，最后侦探的代表，是希腊人德达东普罗；身材魁梧、英俊，硕大的隆起的鼻子，鼻尖朝下；弯曲的小胡子；——

——德达东普罗总是狡猾地笑着；把胡子翘起，高过眼睛；把自己的鼻子往下拉，拉到嘴巴下。——

——德达东普罗懂俄语，可是——说法语（狡辩地）；他知道我也知道的东西，他已经知道我是……和——等等：什么、什么、什么、什么、什么、什么、什么；他研究复合从句的累积和破雷水雷的对位；就给他指向我；他因一时糊涂没有跑过去：运送文件；是，是；德达东普罗，他——挑选：法国人的被运送的文件就是保养好的先生们的玩笑；法国人就是傻瓜；我知道，他也知道；还——可能：他的事实，德达东普罗，跟踪我——只是一个闹剧；他狡猾地眨眨眼。

——“喜剧!”

——“他们逼迫我在那里跟踪作家。”

——“愚蠢的情况……”

——“在白岛显露出来：没有特务……”

——“是俄罗斯作家……”

——“宪兵队队长把马刺碰得叮当响……”

——“我们呢散发灰尘……”

——“还——可能：我不想打倒傻瓜；还有——我早预测：希腊人德达东普罗!”

我们这样友善地互换眼色；因寂寞我们开始玩游戏；德达东普罗又提问题（不是用语言，而是用眼色），还不得不解答问题：——

——某个人“X”如何表现自己，完全无罪的，但是明显地发现人们在观察他；往后：明显地发现别人也发现的东西，他发现的一切，一切等；还有——“什么——什么——什么”——（在暗示的暗示下、暗示之下的暗示之下等）——就像网球，开始飞旋：在无法捕捉的姿势里，在那里，当然，角色已经论及间谍活动，角色的耐力，还有我们实际掌握的心理学的程度：在空中；德达东普罗这样给我考试；而我——就是德达东普罗；我们不隐瞒，我们互相观察：不是像特务，而是像……不是由我们想出来的概念的参与者，在某个地方，为某个原因；给我们分配角色。

这样英国的反侦查局的风格明显：与法国反侦查局的行为不同。

而在哈帕兰达两个侦探的二重唱充实起来：成为三重唱……

从哈帕兰达到白岛

从哈帕兰达一托尔耐奥到白岛的旅行特别使人疲乏：改编的剧本很丰富——总共三个侦探：英国、法国和俄罗斯的。

我记得：一大清早；拂晓；我们越过挪威——瑞典的边界线——沿着护栏的木板，越过小溪；在那里——芬兰；在木板旁——站着两个宪兵：两个骗子，痴迷于“游戏”。

当我站在他们身旁那一刻时，脚踩到俄罗斯土地，宪兵之间开始说起话。

——“他们来了……”

——“那是两个人？”

——“在这里所有人，应该如何……”

——“他们来了！……”

——“做客？”

——“真的，是不速之客！……”

——“我们等却没有等到……”

——“他们来了……”

我想象：有权利想想，这是一些什么人，这些人——“两个人”……

我们是否不是“两个人”？

我们——在俄罗斯：宪兵，其他人，——在后面。

而且，我忘记说：在瑞典已经离开的最后一站我发现：我的行李丢失；它对我来说就像脑袋、一块挪威宝石一样珍贵，这个宝石来自多纳什：——来自约翰大厦的顶端；而且，我不能把这块交给我的家乡。

与执政官谈到买卖；他什么也不能做；但是——他出其不意地对我说：

——“仔细看俄罗斯：是，您就知道，好奇地，您很快自己看到；而且，是——好奇地。”

——“好奇什么？”

火车站：我们去参观。宪兵队队长，非常英俊，大眼睛、卷胡子，——命令：递给我们、每个乘客盖着印章的纸张，在上面印着——俗套的问题。

我们是谁？我们为何返回？

我发现：殷勤地递给我的纸张，——是红色的；其他人的纸张——是黄色的；我想：“为何给我这个红色的纸张？……”但是在红色纸张上的东西，与黄色纸张上的一样；我填写答案；宪兵队队长淘汰；还是——没有什么：任何考试没有；没有搜查。

而且——我在想：“这就是人文性：在法国、在英国——搜查和考试：在这里就——这样顺利。”

参观结束；我们出来到饭店；在四个小时之后给我们派火车；

我等着——我问哪儿有咖啡店。

宪兵站在拥挤的大厅中间——背对着我；他的手指拿着——唯一的红色票，我的票；背转向我，用轻声、低沉的声音叫我；我明显听清楚：

——A……Б先生……

我——做样子，没有听清楚；我还想：他现在就转过身，面对我：

——"A……Б先生……"

宪兵转过身——向右：

——"A……Б先生……"

向左：

——"现在转向我：不得不回应。"

不，他离开：有意地走开，没有叫我。

我转过身；还——看到：在大门入口处宪兵队队长的眼光凝视着我；在黑色的眼睛里甚至是某种好奇、沉思、甜美的欲望；他研究拿纸张的宪兵留下的印象：心理反应；我想：

——"敏感……"

——"比在英国还要敏感……"

——"见鬼了：军官先生，您——是最聪明的骗子。"

我们的目光相遇；于是——宪兵队队长消失：心理反应得出的结果。

………………………………………………………………

我在站台上漫步；士兵边防哨卫队：瞧——就在那里；瞧——

就在这里；我们——在陷阱里；站台，还有饭店的大厅——我们唯一可以通行的一小块地方；整个俄罗斯——被包围；留下：等待火车。我看到反侦查局的先生和宪兵队队长：他们在花园里漫步；先生在向宪兵队队长汇报着什么：关于我？

宪兵队队长——卷着胡子。

我发现这一切都很平静；还知道：在火车上唯一的怀疑的人——就是我；我——平静；某些俄罗斯人在背后——议论我：

——“要他们干什么！”

——“人们认为，他是德国人……”

——“您瞧瞧！”

——“俄罗斯人，就像是……”

我——转过身；我——看到：人们同情地观察我：丈夫、妻子、孩子；我想：

——“如果乘客们在议论我，那么，就意味着，我——是重要的鸟。”

当然，我是重要的鸟——作家！

瞧——火车分派来了：我们坐上火车：变黑暗；明亮的、火红的朝霞从窗户照射进来：北极圈的拉普女人，大概，看着我们；因寒冷我轻声地哎哟一声，与火车一起从北方——奔到了彼得堡。

夜里。

此时没有安静；从某个地方传来低语声：

——“他写了……”

——“有趣地并适时地……”

——“您知道，他描绘宗教世界……给我们书写了拉斯普京[①]。”

关于我！

侦查极不耐烦（第四次，芬兰的打探！）。芬兰人用带着浓重的芬兰口音的俄语问道：

——“您到哪儿去？”

——“我返回莫斯科……”

——“为什么，您，先生，您带口音说话……”

——“您听一听，您自己也是这样：您——是莫斯科人？”

——“我，”——芬兰人感到不好意思。

——“不是的……”

——“因为您可以知道啊！”

被羞辱。我入睡。

还有——早晨：在赫尔辛基附近；背后两个中国人与伊朗人用纯正的德语方言交流；伊朗人——苏黎世毕业的大学生；还有，显然，是个王子；而中国人——但这是什么人？

我听到：

——“是，是，他们所有人在那里工作。还有很多的俄罗斯和德国人和其他国家的人；而B主管艺术工作（俄罗斯人智学的姓名

---

① 别雷对长篇小说《银鸽》（1910）和主人公科德雅洛夫的观点：“……我最感兴趣的鞭笞派多种多样的迂回说；在拉斯普京出现的活动场所之前我就听到过拉斯普京的精神；我把他幻想在自己的木工人物身上。”（《在两个革命之间》，第315页）

发音——来自多纳什）。”①

我想：

——“或者是我的幻觉？”

但是——我仔细听：中国人与伊朗人在交谈——关于多纳什！……

他们说出这样的话：

————“称他们为天使！……”

在多纳什人们把我的奈丽的姐姐称为天使，还有——奈丽。

我与伊朗人王子的眼神相遇；他眼睛里隐藏着狡猾：

——“兄弟，什么——让您惊讶？”

我不惊讶，也不试图明白；但是谈论多纳什的两个中国人，——是事实！

我用讽刺的眼光回应伊朗王子：用怀疑的眼光；累了；啊哈——累极了；既没有惊讶也没有害怕、没有地方……

……………………………………………………………………

从车站——军官（他进来）；坐在我的面前；还闯入一个男子，靠近坐在一排的军官，为了阻断我的出路；在军官和普通人之间——开始互相交谈。

——“哎呀，主啊：瞧这样累的。”——普通人沉重地叹息。

——“所有的人都在寻找？”

---

① 指的是沃洛申娜（萨巴什尼科娃）·玛格丽特·瓦西里耶夫娜（1882—1973）——艺术家，米·沃洛申的第一任妻子。俄罗斯第一批积极参与歌德纪念馆大厦艺术经验建立的参与者之一。写有回忆录《绿色的蛇。一个生命的历史》（莫斯科，1993）。

——“是——我们钓啊、钓啊：还是——弄错了……”

——“现在有什么痕迹吗?”

——“有，如您自己看到的。”

而且，是：军官（我现在第一次仔细地看他的制服）——是宪兵：两个人瞪着我；阻断逃跑的路；军官坐在旁边，而普通人提出问题：

——“与您一起……的那个?”

军官肯定地微笑着：他的一只手不由自主地触摸裤子；我明白：裤子里是手枪；可能，他们认为，我能够逃跑：他们逮捕我——而现在是换乘站；当我们从椅子上站起来时，那个军官敏捷地从裤子里抽出手枪，只是说：

——“跟我走!”

但是停住：我站起来，为了……为了……军官站起来；拿起行李——跑开；普通人跟在他的后面跑。

我努力重新坐下，寻找同志（他在相邻的车厢里）；我穿过结实的军人；他们的制服肩上佩戴着绥带；还听到：

——“给我们说什么?”

——“原来，不是这样的……”

——“不，不是那些…………”

——“他们谈到П……”

说出亚·米·波的名字……，他与我一起从多纳什旅游。

……………………………………………………………………

而在俄罗斯侦查搞乱、弄错、荒谬预断的背景下，那个——而且，是："我们"——就是我们；那个提着手提包的先生和希腊人德达东普罗：他用眼睛与我耍滑头，旋转着胡子：

——"您自己看——他们是如何弄错的……"

——"我知道，在白岛一切都清楚：您无障碍地去；瞧这些人——留下来；到托尔耐奥和——到白岛前搜查……"

还有——白岛。

最后的问题；还有——最后的检查；没有任何的检查；还有——没有任何的审问；炫耀的军官、赫莱布轻骑兵，向我鞠躬，世俗地审问我：

——"您这样——列加诺伊？列昂尼德·列加诺伊？……"

马刺碰得叮当响；他让明白这个，就是欢迎"列加诺伊……"

我想：

——"法国先生在想什么?"

——"被羞辱……"

我跑到车厢前；我看到，希腊人德达东普罗温柔地对我微笑着——这样的友善、同情：

——"我祝贺你回到家乡！……"

我知道，更多，将不在：他们？他们——就是烟……

……………………………………………………………………

但是：我看见的精神的世界，——在那里，在边界那边：烟：没有它；古老的东西在这里；我——在家乡……我们已经接近彼得堡[①]；彼得堡的灯光装饰着哀怨之夜；我站着，依偎在窗户前；两个中国人和一个伊朗人，——他们观察着我：好奇的眼光凝视着我，与我一起感受我的返乡。

① 别雷返回彼得堡的日期为 1916 年 9 月 3 日。

家　乡

我的上帝，——肮脏、灰蒙蒙、忙乱、无目的、蓬头垢面、潮湿；在大街上——水洼；大街上到处流淌着褐色的泥泞；灰蒙蒙的小雨、灰蒙蒙的风，以及在灰色的、被剥去外壳的、没有抹灰的建筑上的斑点；灰色军大衣人流；所有的人——穿着军大衣：士兵——士兵，士兵——没有武器，没有端正姿势；他们的背弯曲，胸脯被压弯；一脸沮丧和凶恶；眼睛四处看；我记起干净的“托米”——大英帝国的士兵，明亮地闪耀的肩章；我回忆起巴黎的人流：——

——最上层军人的容貌和国家：——

——黑

山人、马刺叮当响的法国人、

军帽、铁的圆形面具、裤子（鲜

红色的）带着闪光的金银边饰，

摩托车带着紧紧抓住手柄的士兵，

汽油爆炸，带着军官的汽车——

——准确、一丝

不苟、衣着整齐……——

——这一切在哪儿？——

——在这个灰色的人流中看不到军人：我看见沮丧的、脏兮兮的、非军人的士兵，在灰蒙蒙的寒冷的小雨里，在发灰墙壁的背景下泥土和灰色的人混合在一起。——

——彼得堡这样使人大吃一惊，在那里我已经五年没在彼得堡了：还有让人吃惊的是挤满人的旧有轨电车上的女售票员们——发青的脸、旧有轨电车的妇女们，一群灰色的人扑向有轨电车；身体、身体挤压；身体与身体撞碰；整个身体还是身体；没有，不是人在看，而是一堆牛肉，为何保护黄皮肤，穿着某个肮脏的灰色军大衣，——看着一堆牛肉；一堆牛肉，而不是士兵，不是人，不是“我”——

——这就是彼得堡的初次印象；一切如此陈旧破烂——所有的一切：有轨电车、房子、人行道都破烂不堪；教堂金色脱落。

我的天，忙碌什么：人们拥挤、忙碌——奔跑、挤压、拥堵；彼此阻碍道路；但是他们看不到目标：他们不知道，以什么名义忙碌：士兵，他们无意义地硬闯进有轨电车，无秩序地拥挤在车厢，驶向火车站；某种共同的灰蒙蒙，沉重的、莫名其妙的问题：

——“下面是什么？”

——“怎么可能？”

——“会发生什么？”——

——我回忆起在瑞典那个执政官的无意的话，在他的接待室，寻找自己丢失的行李：

——“仔细看俄罗斯：您，还要好奇地知道；您很快就看到自己，而且，是，——好奇地。”

现在，我看到了，但是——什么？一切的一切——倒塌；旧的东西瓦解，还有革命（革命——这个垮台了吗?）在革命前完成；所有人都知道这个；更多的则是警察局；我明白，已经没有战争，因为没有军人，也没有穿着灰色军大衣忙碌的祝福平安，他们挤进有轨电车，踩在有轨电车的踏板上，穿着军大衣互相喊着，说一些非常忧郁和凄凉的话：——

——“究竟是什么?”

——“可能：在追赶我们……”

——“最初把我们赶到前线，之后又
从前线赶走……”

——“而且将军卖身投靠……”

——“还会有……”

——“什么，难道，朋友，你还将射击
自己的人吗???”

——在有轨电车上

（莫斯科的、彼得堡的）我听到了这样的谈话；还——恐惧：第一号命令[①]，后来在俄罗斯人们这样恐惧此命令，让我感到害怕；但是

---

① 指的是1917年3月1日（14）的1号命令，由彼得堡工人和士兵代表委员会按照彼得堡军事警备队下发的。它规定在所有的军队里建立士兵自治的机构——由下层士官组成的委员会，军队在政治上隶属代表委员会和重新选举的委员会。来自于政府的命令，只能在这种情况下得以执行，如果他们对委员会的命令和安排不发生矛盾的话。在1号命令的影响下开始了俄罗斯军队的实际瓦解。

它还在那年的 8 月就拟好了：在彼得堡的空中拟好；显然，某个问题让我难受：——

——如果我能够将自己的问题

用清楚的话语表达出，——我会问：——

——“是，但是——请问：什么时候

发生的革命?”

革命已经完成；被推翻的政权，就像木偶，坐着：他们是僵死的；而且——没有政权；被摧毁的政权的残余部分只经过 6 个月——被彻底消灭；我记得，在半路上，在莫斯科附近一个喝多的、喝醉酒的（亢奋）、满身肮脏的、像结核病患者两眼可怕地突出的小军官突然闯进我们的车厢；闯进，——他不知道，为何闯进来；在他之后，一个魁梧、有胡子的、被风吹粗糙的军士也闯进我们的车厢，他抓住小军官的手，高声喊：

——“您——到哪里：长官，——您在干什么?”

抓住军官的士兵的姿势让我大吃一惊：我明白——已经在这个秋天士兵夺取了军官政权；后来发生的一切，——没有让我吃惊：让我吃惊的是在彼得堡的第一天：1916 年，8 月，——我记得清楚：二月革命明显地实现了自己；但是，二月革命迟到了；它——就是关于过去的梦；当这个过去实现自己时：是否在加利西亚的田野上，在撤退时?① 也许，在那些日子他们实现自己，当我在多纳什得病时：——

① 1915 年 5—6 月奥地利—德国军队展开进攻，逼迫俄罗斯军队放弃加利西亚。

——那时候感觉孤独地待在多纳什

没有收拾的房间里；秋天在窗户里痴痴窃笑；炮声

轰鸣；夜幕降临；雨滴像敲鼓一样咚咚下着；早晨

的奈丽，蜷着双腿躺在黑暗角落处的沙发里，——

打盹；而我感觉自己就是一具尸体：不能将自己拔

出来。——

——我的内心形象的历史来自克里斯蒂

阿尼亚经过卑尔根、柏林、莱比锡、

多纳什城——精神堕落的历史通过心

灵到灵魂无法创造的、破损的肉体，

这个肉体就像癫痫病抽搐栽倒；——

——不能把

自己拔出来；战争从内部侵犯：这是我把战争

呼唤出来——由战争自身造成的（我们没有

与德国人作战：与自己作战；还与盟军作战：

但是，与法国的战争①，在过去的几年里我们没

发现——这个战争）；——

——我记得，我走近我

的奈丽：——

——“我不能……”

① 根据人智学，如果人们或者民族之间在物理层面作战，那么在精神层面他们——盟军彼此牵制；相反，如果他们盟军在物理层面作战，那么在精神层面他们之间就会发生战争。从这个神秘学的事实应该，斗争和矛盾旨在精神层面上促进演变的发展。

——“安静下来……”
——“我最好死去”——电
流的力量还冲击着血管：形象还庇护
着我：——

——如果站在世界虚空的
世纪，以裂开的头颅可怕
的豁口拼命大喊：——
——开炮，
射向天空的炮弹，
他站着；有他，有我；
他发射出的——
不是无炮弹；
沉重的炮弹；不，
他发射出——
大写的“我”……——
——这之后的

五个星期我就像一具僵尸；留下的只是以前的：双手、肚子，我似乎就是自己的肚子，没有责任地竖立在双腿上；其余的——胸、喉咙、脑子——感觉普遍的虚空：我将这一切从裂开的头颅发射天空；那个在多纳什溜达的易朽的东西，就是——“它”：非活物、僵死的、冷漠的动物之躯。

还就是这样——我到处观察自己的那个图景，它在穿大衣的、几千万个到处乱窜的肉体里增大：僵尸的、冷漠的、动物的肉体，肉体四处溜达，就像把炮弹、人的大写的“我”从肉体射向广阔的空间；这些大写的“我”从肉体里飞出；还有“它”——非活物、僵死的东西，——到处游走：——

——俄罗斯将自己的大写的“我”没有射向
巨大的虚空吗？在发射接连不断的世界
战争之后是否留下普遍的、僵尸的“它”
（不是俄罗斯）？……——

——这一切使我吃惊：彼得堡这样迎接我；还有我写出的第一首诗歌，表达出这个认识：

夏天有一种命运注定的、邪恶的东西。
在凶猛的冬天的呼啸声中。
人们激动、沸腾，
被俘虏的智慧。
感觉的一切界限——真理的一切界限
被抹去：
在世界、在岁月、在时刻——
肉体的一部分——肉体，肉体——伸展
还有——空的遗骸①。

我记得：与热闹普及的报纸的主编坐在一个饭店，我给这个报纸写文章：我从多纳什给这个主编寄去小品文，他对我说：

——“您写的东西——正确：只是不能印刷这样的小品文；印

① 前两行诗来自诗歌《崩溃》（1916 年 10 月）。

刷真话——在我们这个时代就是谎言。谎言应该印刷；而在这个里面就是真话……”

正是在那些日子——由普及的报纸的主编给我上了第一堂老练的、十分实际的聪明的课；为什么我回忆起机灵地眨眼的希腊人德达东普罗：

——“是，这就是喜剧……”

——“逼迫我在那里跟踪作家，创造他就是特务的神话……”

——“我不想打倒傻瓜……”

我明白，在俄罗斯一切都是谎言：这些“先生们”在那里开够玩笑了；还在开玩笑；在这里报刊的气氛被戏耍；心灵被戏耍；大写的“我”被戏耍：由他们从炮筒射击；“他们”需要肉体，只是红颜色的牛肉、躯体；我被召唤回到俄罗斯登记躯体。

在未来我们排队走过……

奴隶：没有情感，没有灵魂……

未来就像过去，我们覆盖

只用一堆堆的“躯体”……①

我记得在彼得堡最初的日子；在水洼的街道上；这里一切都布满褐色的泥泞，带着女像柱的老房子两侧用泥和石头涂抹；阿波龙·阿波龙诺维奇·阿布列乌霍夫，整个枯瘦的，还不断地做出样子，似乎他存在着；还领导着一群沮丧的、浑身肮脏的、灰色的普通人流；同时满身都充满脓：愚蠢的梅毒患者：他的代理人……

---

① 继续引用上一首诗。

在莫斯科

在几个月里，在莫斯科我躺在床铺上（介于上课、写诗、“朗读者”和音乐诗之间，其中谈论到，非常需要教堂、尼基塔长老、神甫弗洛连斯基，在狂热剧院扮演阿尔列金角色的演员奇波塔耶夫，——启示录重要性的现象），——想到多纳什、法国、英国、瑞典；想到在卑尔根的领事馆，在那里我递交了关于自己的报告，填写了所有的纸张，经受了最仁慈的先生们、间谍和可恶的坏蛋的考验；我睡在莫斯科舒服的床铺上，我很快地站起来，对着莫斯科的墙壁提问题，因恐惧颤抖：

——“实际上你是否就是代理人？”

——“居住在那里，在瑞士……”

——“听阿尔萨斯的炮声……”

——“你——就是代理人！”

——“在雾蒙蒙一昏暗的勒阿弗尔、雾蒙蒙一昏暗的伦敦，他们给你暗示了这个……”

——“是……”

——“探照灯飞旋的灯光照亮了整个天空，在伦敦上空在‘泰晤士河’的天空中以三百六十度的转体寻找你；在水下以准确定位的水雷跟随‘加康’轮船奔跑的浪花寻找你，在那里，与你长得像的那一个人疲惫，靠在船舷，回想自己的奈丽……”

——“你自己瞄准自己……”

——“而且，是：你是不是罪犯？”

——“你是不是强奸犯？”

——“你是不是飞在伦敦的上空‘泰晤士’河上？”

善良宽容的墙壁沉默：阳光快乐地从窗户射向我；翻开报纸一页；报纸上夸赞我；我去做客；到布尔加科夫、格尔申佐[①]、别尔嘉耶夫、洛谢娃[②]；听到：专注地；在方块扑克牌[③]的陪伴下去听“诗歌音乐会”；神甫弗洛连斯基给自己做忏悔，而在狂热剧院扮演阿尔列金角色的演员奇波塔耶夫征求我的意见；我的课让人们惊讶：在课堂上我出奇地起了作用；我觉得——我进入人们的潜意识，我迫使他们说出他们私藏在心的思想；听众听到：我成为有影响的讲演人。

过去，我奇怪的过去（七年发生惊讶的事情——它是否发生？）：奈丽、我们的旅行、西西里、神奇的埃及、科恩、慕尼黑、柏林、我在多纳什戴的刺荆冠、施泰纳、精神世界；还有——甚至：最神奇地返回家乡：是否是真的？

---

① 格尔申佐·米哈伊尔·奥西波维奇（1869—1925）——俄罗斯文学和社会思想史家、评论家、哲学家、翻译家；《里程碑》文集的鼓舞者（参阅《在世纪初》“米哈伊尔·奥西波维奇·格尔申佐”一章）。

② 洛谢娃·叶夫多基娅·伊娃诺夫娜——工厂主的寡妇、莫斯科文学沙龙的持有人。

③ 艺术家协会。

也许，我睡着了：在莫斯科办公室的绿色沙发上；还——梦见：奈丽，她带我到明亮的远方；我们生活里发生的事情——都是做的梦。——

——在梦的地方总是迸出“奈丽”；从那里，在莫斯科的正方形地段三十年贪婪地追寻，被描绘的普列钦斯基、阿尔巴特大街、街心花园，我觉得是永远被遗忘的生活；一群国家飞向我们；我偷偷看着我的奈丽考验的目光；精神生活加深，未来被勾勒出来；我梦见了利比亚沙漠的金字塔；梦见——圣火——突然点燃；未来被画廊和博物馆遮盖：严肃的格伦沃尔德、卢卡·柯蓝纳赫和小荷尔拜因；鲁道夫·施泰纳不再给我们讲课，——为何我的思想卷成辐条状——

——我的头顶钻透：在头上形成了豁口，从这个豁口大写的“我”飞向精神世界，——

——我写到我梦到的神圣的事件，在那里翻转，在梦里，关于以前生活事件、震惊的概念，甚至在这里使我震惊，当我，在精神世界里震惊，突然醒来：关于大写的“我”、我的大写的“我”，降临到其中——

——精神世界！——

——奈丽，温柔的、喜爱的、处处崇拜我：在西西里、巴勒斯坦、挪威、多纳什，——

——剪短

的鬈发，

落在宽大的

男人式的额头上，阻断了

纵向的皱纹；两只善良的、

闪闪发光的眼睛，令人看见她的

坚定不移的思想；——

——穿着白色的连衣裙，

就像穿着

芭蕾舞裙，她——就像

修女；透亮和轻盈、

橙黄色的，腰缠

银色链子，经

常是，——

——趴在桌子上，——

她用胸脯、一双小手、金色的一卷散发，皱着额头，

开始给我描绘出自真理的难以辨认的笔迹：——

——醒来了！——

——奈丽在哪儿！——

——在哪儿，在哪儿？……

……………………………………………………………

我在梦里哭泣。

似乎，你把我忘记……

醒来了，还——

——又是莫斯科：我又是在那个绿色的房间里；我——睡了七年，在这里，在绿色的沙发上，在正方形地段，给我描绘的阿尔巴特、普列奇思坚卡，在那里早就分散住着怪人；而且——他们闲聊：岁月；在他们张开的嘴巴里开始大骂；因神经疾病可怕的形式痛苦，闲聊到功绩和秘密的经验；——

——重新：

醒来，因怪人的拜访，他冲着我的鼻子吐口烟：

——“您就是，看来，就是许诺给文章加注；我就是这样带着校样……”

怪人把那个文章塞给我，我六年前已经逃避那篇文章：——我记得——

——我与奈丽一起从旅游返回；而编辑部

告知，八个月前我早在这里抛弃初稿；那个时候闪过：

意大利、非洲、巴勒斯坦；想知道关于我们曾待过的世

界一些东西；把握打断：

——“是，是……只是就这个……注解……”

我从这里冲出来；还有——

——布鲁塞尔、科恩、慕尼黑、克里斯蒂阿尼亚，

还有卑尔根，还有多纳什——

——又经过六年已经

与那些融合一起：

——“对不起，但我不同意写的东西；这是我与奈丽在博士那里之前就写完的……”

我看到，怪人感到惊讶：表现出——困惑不解和问题：

——“奈丽是什么?”

——“她是怎样的人?”

——“博士是怎样的人?”

——“在什么之前——在那个之前?”

我环顾：绿色的墙壁，在神奇的梦之后落到这个墙上；要知道人们不谈论梦。还有——怎么办：我打算与怪人谈论我们某个时候谈论的东西（按照“怪人”的观点，这发生在昨天，而按照我的观点——在以前的生活里），——昨天我们才谈论到的：

——“是，是……”

——“我将写出注解……”

……………………………………………………………………

我只生活两个月的世界，“约翰大厦”，大写的“我”在里面，接收到不可思议的关于多纳什的消息，博士——所有的梦：在这里，在莫斯科！——

——什么也没有变化；那些墙壁；那个整个大写的“我”；我——是一个人；既没有奈丽，也没有博士；多纳什——没有……

岁　月

岁月流逝。

我逼迫自己在岁月里回忆，主要是奈丽；让我大吃一惊其他的一切，——留下：我却没有返回的回忆图景；施泰纳博士、奇怪的事件、人们的面孔，我与他们生活了几个年代，——一切都伸展开神奇的和幻想的图景，就像……装饰用的手工织品；但是幻想返回的图景是这样的荒谬，以至于试图进入雕刻精细的壁画、大厦五彩缤纷背景的前景；只剩下活着的奈丽；我还想伸手去拉她；用难以察觉的、温柔的爱去爱我的奈丽；她、她的精神，向我口述着“笔记”；从冬季呼啸中我沉浸于笔记中，那时我的双腿因寒冷冻僵——在只有六度的气温里，戴着帽子和手套，手套上的毛沾上了墨水，我担心墨水结冰，我写笔记。

我记得每天夜里坐着，点燃昏暗的小灯，在黑暗的、破旧的、结冰的莫斯科，反复奔跑，从会议到会议，到斯摩棱斯克[①]（去买

① 莫斯科的斯摩棱斯克市场。

发霉的饼子)[①]，到无产阶级文化协会[②]；我记得寻找火柴、最不好的香烟，因抽烟咳嗽使我窒息；而雪——让我们睡熟：他——睡着、睡着，长成巨大的一面白墙，从昏暗里发蓝并与世界割断：夜晚时分——想起奈丽就是我认识的她的那样；还有——她就这样，我与她生活了约六年。

---

① 别雷在写给安·屠格涅娃长达二十页绝望的信里，描述了自己在俄罗斯战时共产主义时期的生活，那里 1921 年 10—11 月，他不得不在科夫诺等待德国的签证。信没有发出，在 1923 年，别雷回到家乡，把这封信与其他的信件一起留在瓦·霍达谢维奇那里。在别雷去世后这封信被大量压缩刊登在《当代笔记》里（1934 年第 55 期）："1918 年圣诞节之前我讲课，主持研讨会，研究剧院大学的大纲，一天参见六个会议，写《怪人笔记》，在'安特尔协会'没有生炉子的房间里讲课，参加协会的会议；——而从 1919 年 1 月起我放弃了一切……躺在毛皮大衣下并完全意志消沉地躺到春天，当解冻稍微点燃了我的灵魂和肉体……不是我们、承受住 1917、1918、1919、1920、1921 这些年代的老人们，应该讲述俄罗斯。还想说：'是，就是这样——当我一个月躺在虱子里，那么我……——2 个星期治疗湿疹，这个湿疹从虱子开始'，等等。或者你开始说：'当在我这儿伤寒患者日日夜夜在薄薄的隔墙外喊叫'……'是，我活着并去讲课，在这种喊声下准备讲座！'……房间里的温度不低于零下 8 摄氏度，但是不高于零上 7 摄氏度。莫斯科黑暗；每夜陆续地拖走木质独家住宅……我那个时候就这样住着……——在我的房间的角落垒了一沓我的手稿，5 个月用于点火了；到处堆的都是手稿……《老人》，我的房间就像老女人的房间；中间是垃圾和废物，温度在 6—4 摄氏度，手上戴着冬天的手套，头上戴着帽子，膝盖下的腿脚冻得发僵，坐在昏暗的灯光下或者为第二天的课程准备材料，或者研究委托给我的剧院分部的方案，或者写《怪人笔记》，夜里四点左右筋疲力尽地躺倒在床上；为何我醒来不是在 8 点……，而是在 10 点，谁也不给我递开水，这样立刻就没有茶，寒冷得颤抖，在 11 点我站起来，从花园大街跑到克里姆林宫（剧院分部在那里），参加一个会议又一个会议……在克里姆林宫沿着可憎的光滑的桥梁，穿着别人的毛皮大衣，胸口和嗓子感到呼吸困难，吃力地走向处女田野，以便在那里吃午饭（这里的午饭好于'世俗的'，或在干净的房间里，在瓦西里耶夫的朋友那里吃饭）。午饭之后应该从处女田野"成群结队地走"向斯摩棱斯克市场，为了在晚饭前储存'发霉的饼子'……从那里，从斯摩棱斯克市场，费力地行走约 5—6 个小时回家，以便在 7 点沿着波瓦尔斯基返回跑到无产阶级文化协会，在那里教年轻的诗人评价普希金的诗歌，吸引他们对诗歌的兴趣，已经从那里，约在 11 点踉跄地回家，在绝对的黑暗里，无意地碰到难以忍受的坑洼，几乎哭泣的是因为，给我端上的茶又凉了，以至于等待寒冷，因寒冷想大喊。"

② 在 1918 年末至 1919 年初，别雷在莫斯科无产阶级文化协会工作（文学工作室、谈话研讨会、"韵律操"课程）。

但是随着她的形象在我的内心复活，我的形象在她的内心——熄灭；她的干巴巴的简短的信就说到这个。

还有——夜围绕着我增大：夜延长。

在巨大的空间中间低下了我可怜的、孤独的头，听着，在那里暴风雪如何呼号；袭向窗户、屋顶、墙壁，分解成白色的泡沫，在窗户外飘飘洒洒，闪烁；呼号着又席卷而过；形成一堆堆的雪堆，冻结为沉重的冰块；空时隐时现，空显现，空消失：到空。

……………………………………………………………………

我知道：我从寒冷的结冰的辽阔地带走到雪花纷飞、寒冷、饥饿的辽阔地带；我沿着街道行走，这个大街我还没有走过；但是，我们沿着它们走了；而且——不可能返回。

当远离我的黑暗弥漫广阔的空间时，奇怪的半夜的太阳升起在我的胸膛；而在月亮后面、太阳的后面、黄道带后面，在所有的后面，已经不再照射，——开始：瑞士；似乎，我经过世界空间跳到了多纳什，这个跳跃怎么都不可能形成，如果甚至跳到离开的地方，到达那个土壤，那么——反正一样：当我遇见奈丽的目光时，我的双手就会张开，她问我：

——“怎样?”

——“什么?”

——“你需要什么……”

……………………………………………………………………

——“奈丽，奈丽!”

——“曾经不存在奈丽，现在没有奈丽：一切都是幻想出来的。”

我带着无法解决的疑惑又走过几个星期、几个月的日子，经历了岁月，而胸中燃起顽强的火光；我的课堂照耀了其他人，这就是——以什么照耀？许多人需要我，需要我什么？

以我的不可熄灭的伤口：我失去了奈丽？

……………………………………………………………………

我就这样结束返回“家乡”，在这里，在这个城市[①]。

不久前我看见奈丽；她——变化了；瘦了——也苍白了。

我与她在咖啡馆里坐了坐，两次谈到过去，但是很少：她已经没有时间谈论小事：

——“再见！”

——“到多纳什？”

——“到多纳什城……”

我们就告别了：为了安慰和精神教育我，她送给我施泰纳读过的两套书；书与我在一起；奈丽——回多纳什。

完了吗？

是……一切结束了。

……………………………………………………………………

① 指的是柏林，1921年11月别雷来到柏林。在这里与安·屠格涅娃做了最后的申明，不再留下任何希望恢复以前的关系。就在这里，在柏林，别雷完成了《怪人笔记》。

列昂尼德·列加诺伊手稿后记，由某人之手写出的后记

我觉得人的意识的这个文件是非常有趣的；我就寻求与文件的作者见面；我们见了一次面——在某个地方的咖啡馆里；我把他想成禁欲的、神经的人；遇见秃顶的先生，完全不是神经的人，他平静地提到当代文学的某个问题；我试图，尽可能地，与他谈到“笔记”的主题；但是他拒绝所有的方法。

——“请问，——我问他，——您怎么出现‘笔记’的思想？什么让您产生了这种念头？”

但他，点燃香烟，微笑着回答：

——什么念头也没有产生：难道您否定杜撰的东西？

谈话很快涉及哲学问题，在这个谈话里他还说出了令人非常敬重的、纯理论的思想。

想象一下：他喝了啤酒——一小杯接着一小杯。

后　记

《怪人笔记》——对我来说——是一本奇怪的书，唯一的书：独特的书；现在——我几乎不喜欢它；在这本书里我看到了巨大的错误，它反对风格、布局，以及任何文艺作品的情节；是一本令人厌恶的无品味的、无聊的书，却是一本能激起人捧腹大笑的书；哎哟，我只是一个批评家，为了讥讽这部野蛮的、极其可怕的作品的作者，我寻找借口。还已经：批评得非常巧妙：已经有一个批评家，最善良的、非常好的一个人，愤怒沸腾：这个作者自命不凡为人才。是的，正如批评家的批评家先生——较为亲近，我说——较为愚蠢：他不明白，在这里我写自己，恶毒地嘲笑那些病态地戏耍我命运的事件；写那个的不是我、安德烈·别雷，而是——怪人、“白痴”在写，他把最深的生活计划打乱。这些思想以所有的思想为基础：每个大写的“我”的内核中都是有才气的，这个“我”生活在每个人里，于是——后来：在那个思想里我、安德烈·别雷也是有才气的，——在某种程度上，彼得·西多罗夫、安德龙·波利卡尔波夫也是有才气的；还有——等等，“怪人”的主题思想——病态的心理混乱，被列入大写的“我”的精神天赋的易逝和无天赋的个人，在个人的大写的“我”之上。愤怒的批评家——是前不久作为批评家的人。她气愤“怪人”；后来：我的目标——达到完美：小说的主人公——心理上不正常的人；他得的疾病，——我证明：是时代病；许多人得了“自吹自擂”[①] 的病，这些人不怀疑自己的疾病。

为什么我不喜欢自己的“怪人”？是因为，我这样的喜欢他，就像喜欢自己一样；在这里我证明：在《怪人笔记》里没有一行我本人没经历过的，正是将自己的痛苦经历进行了描写。在那个意义上《怪人笔记》——是我唯一的、真实的一本书；它陈述了我在 1913—1916 年期间得的可怕的疾病。但是我，越过了疾病，许多人从中没有走出来，——战胜了自己的“自吹”，客观地描述它；这个“自吹”就是大门，任何的“我”穿过大门来到认识自身在个人之上大写的“我”；还发疯——在这里等候。我穿过了疾病，坠落在无理智的弗里德里希·尼采、最伟大的舒曼和亨利德尔林那里。还有——而且：我抛弃掉自身的毛皮外套，成为健康的人；还——使健康得以恢复。

您，愤怒的批评家先生，——是好人（但——是“愚蠢的”批评家），用自己的愤怒反对“自吹”，表达的那个姿势，正是在我内心口述的这个对“自我告知”感的“讽刺”。

《怪人笔记》——讽刺自己、个人的经历。因此我不喜欢这本“书”，就像不喜欢回忆逝去的疾病。但是由于我的疾病——是世纪之病，许多人无意识地得了这种疾病，所以通过厌恶这本“书”，我

---

① 原词为拉丁语。

喜欢《怪人笔记》，就像我疾病的真实，因此我现在自由了。那些写“评论”的批评家们还应该如此活两百年直到我疾病的诱惑；鉴于此，这些“批评家们”——是没有错的乳臭小儿。

好吧，——我说：我认为，在那里我还留下了莫名其妙的东西。

柏林，1922年9月

安德烈·别雷